邓小平
题词背后的故事

曾珺◆著

时事出版社

目　录

人民用鲜血赢得了自身的解放

——为涉县抗日殉国烈士纪念塔的题词

涉县位于太行山东麓，晋冀豫三省交界处。秦时属邯郸郡，汉始置涉县。1912 年属河南省豫北道，后直属河南省政府。1932 年属河南省第三督察区。

1938 年 3 月 31 日，为了粉碎日军对太行地区的围攻，刘伯承、邓小平率一二九师打响了涉县响堂铺战役。一二九师的英雄将士，在西起东阳关、东至椿树岭长达 15 公里的狭长地带设下伏兵。经过两个多小时的激烈战斗，歼敌 400 多人，缴获迫击炮四门，枪支 200 余支。随后，一二九师乘胜追击，又进行了武乡长乐村战斗，先后收复涉县等 18 座县城。1940 年 6 月，刘、邓又率军粉碎了国民党顽固派军队的会剿，解放了涉县全境。12 月，一二九师司令部及 100 多个党政军领导机关相继进驻涉县。从这时起一直到 1945 年年底离开，邓小平在此整整居住了五年。其间，他与刘伯承运筹帷幄，指挥若定，经过大大小小不计其数的战斗彻底粉碎了日寇对根据地的残酷扫荡，并在解放战争期间成功指挥了上党战役和邯郸战役，有力地巩固与发展了太行根据地。

在长期艰苦的革命斗争中，涉县人民付出了巨大的牺牲。为了纪念这些烈士，1946 年 8 月 7 日，中共涉县县委在老县城西城墙附近兴建了涉县抗日殉国烈士纪念塔。塔身上镌刻了八路军一二九师和晋冀鲁豫边区政府部分领导人的题词。刘伯承的题词是：“在战胜东方日本帝国主义及其儿皇帝汪精卫、保卫祖国的战争中，你们光荣殉国！所垂训于后人者，只有人民子弟兵与其父老血肉结合，以抗击人民之敌，才能获得解放。涉县抗日殉国烈士纪念塔刘伯承民国三十五年六月”。冀鲁豫边区政府主席杨秀峰的题词是：“涉县建筑烈士塔纪念涉县烈士们：你们英勇斗争是为保卫家乡、解放祖国而光荣牺牲。你们永远活在全涉县和全边区人民心里”。边区政府副主席薄一波的题词是：“流芳千古”。太行行署主任李一清的题词是：“死者精神将永远为生者所遵循”。此外，涉县县长，先参议会议长、副议长等人也分别题词。

邓小平的题词是：

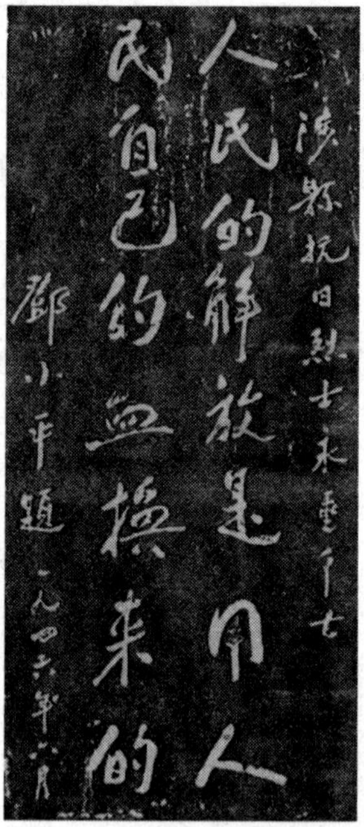

涉县抗日烈士永垂千古

人民的解放是用人民自己的血换来的

邓小平题

一九四六年六月

“文化大革命”期间，“造反派”原想拆除塔上的邓小平题词碑刻。但由于碑刻与全塔融为一体，一碑拆除全塔皆毁，便悻悻作罢，只得用石灰沙子将邓小平的题词抹掉。没想到的是，石灰却又在晚上被当地自发组织起来护卫碑刻的群众偷偷铲掉了。如此反复多次，“造反派”只好放弃了这种做法。

1978 年，烈士纪念塔迁入涉县烈士陵园内，并进行了复建。2003 年，烈士陵园迁至一二九师陈列馆西侧。

“为人民服务”

——为晋冀鲁豫《人民日报》创刊号题词

晋冀鲁豫《人民日报》是中共中央机关报《人民日报》的前身之一，创刊于1946年5月15日，社址最初设河北省邯郸市，当时是晋冀鲁豫中央局机关报。

邓小平历来重视党的宣传工作。晋冀鲁豫《人民日报》创刊正处于内战爆发的前夕，它在宣传党的方针政策、揭露国民党不顾人民意愿发动内战方面所起到的作用是不言而喻的。因此，邓小平十分关心这份报纸的创刊，并为之题词：

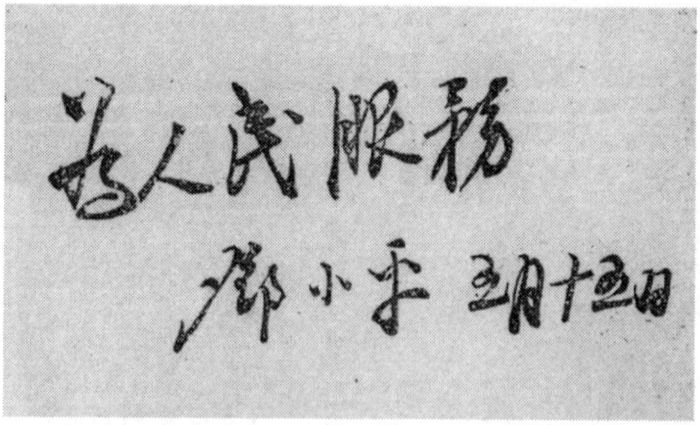

为人民服务

邓小平

五月十五日

报纸创刊号上发表了这个题词。报纸创办的当天，邓小平和刘伯承还亲自前往编辑部慰问工作人员，对其创刊表示祝贺。报社当时的工作人员郝志坚还写了一篇回忆文章记述了这一事情。这里予以全文转载：

1946年5月15日，邯郸市火磨街2号墙壁上镶嵌着的“人民日报”、“新华通讯社”红色大字鲜艳夺目，门口张灯结彩，人群熙攘，好不热闹。这天是晋冀鲁豫边区《人民日报》的创刊日。

一大早，报社同志把机关内外打扫得干干净净，在大门口合影，然后都去参加庆祝报纸创刊会去了。编辑部值班的同志把各版编辑组桌上的稿件和红笔放得整整齐齐，等候着边区首长的到来。

9点多钟，听得楼下一阵掌声，啊！正是我们久已盼望的刘伯承司令员、邓小平政委来了。他们身着绿色军服，迈着矫健的步伐登上楼梯，陪同首长的是中共晋冀鲁豫边区中央局宣传部长兼社长总编辑张磐石、编辑部负责人袁勃。

首长走进编辑部后，袁勃汇报了报纸各版编辑组的位置和组织情况。

邓政委说：“你们办的报，是中央局的机关报，是大报，水平要高于各区党委报纸哟！”

“我们一定努力做到。”袁勃说。

邓政委环顾四周说：“编辑办公条件，比在山沟里好多了吧？”

袁勃说：“好多了。”编辑部设在二楼的一个大厅，东西两壁大面积玻璃窗，光线很好。

邓政委接着说：“我们住在这里，蒋介石有气，还想赶我们回山沟去呢！将来革命胜利后，你们的办公条件比这还好得多呢！”的确，1948年解放区扩大了，建立了华北区，《晋察冀日报》与《人民日报》合并，1949年2月就搬进北京了。

接着，磐石指着桌上当天创刊号报纸一版头条新闻说：“我们揭露了国民党加紧堵黄河的花园口，蓄意放黄河水入故道，淹没解放区的阴谋。”当时，解放区黄河委员会派代表正在南京与国民党谈判，要求缓堵花园口，使解放区的黄河故道堤防有个整修的时间，而国民党不顾解放区人民的要求，提前日夜加快堵截。当天报纸还发表了当时任特派记者李庄同志写的走访黄河故道《为七百万人民请命》的长篇通讯。

刘司令员说：“这是蒋介石对我们军事行动计划的一部分，他要以水代兵吗！”

邓政委说：“我们要和平，蒋介石积极准备打内战，报纸要狠狠揭露他准备打内战的行动，克服我们队伍中的和平麻痹思想。”

当时编辑部墙壁上挂有日伪绘制的邯郸市郊区和豫北地图，刘司令员和邓政委边看边议。将近十时，两位首长离开了编辑部。

晋冀鲁豫《人民日报》创刊之初，编辑部请远在延安的毛泽东题写报头。但因时间来不及，毛泽东同意编辑部先从他的手书中辑字拼成，以后再行补写。报纸创刊1个多月后，毛泽东题写了《人民日报》报头，委托薄一波转呈编辑部。7月1日发行的晋冀鲁豫《人民日报》刊用了毛泽东的这个题词。

1947年5月15日，在晋冀鲁豫《人民日报》创刊一周年时，邓小平再次题词：“集中意志，集中力量全力击败蒋介石，争取民族解放和人民解放事业的最后胜利！祝贺人民日报一周年”。

1948年，晋冀鲁豫《人民日报》与《晋察冀日报》合刊创办华北《人民日报》，毛泽东重新题写了报头，并沿用下来。

景仙洲其人

——为景仙洲六十寿辰题词

景仙洲，1887 年出生于山西省临汾县东张乡泉坡村的一个地主家庭。他早年就读于山西省立第六中学，接受革命思想的教育；1922 年从山西大学预科毕业后，以教书先生身份为掩护秘密从事党的工作；1924 年领导晋东工人运动；1926 年加入中国共产党，领导晋华纺织厂工人大罢工。是年底，其因领导晋南学生运动被捕，被关押到临汾监狱，后押解到太原第六监狱。

景仙洲在押期间，多次受到刑讯提审，但他始终坚贞不屈。1928 年的一天，景仙洲趁敌人松懈，利用挖战壕的机会成功越狱。为了躲避敌人的搜捕，党组织先将其转送到榆次休养，后又安排到闽赣边区游击队工作，直到 1932 年才再次调回晋南工作。1936 年，景仙洲出任红一军团二师政治部宣传干事。1937 年 7 月 30 日，八路军政治部主任任弼时和副主任邓小平致电中革军委较中共中央提出，在政治部设民运部，以便于开展和平对外工作。中央同意了他们的建议。同年 8 月，景仙洲调任民运部工作，开始了和邓小平的直接接触。不久，组织又安排景仙洲到临汾老家组织游击队。景仙洲依靠地熟、人熟的有利条件，组织了汾东游击支队，打得日军晕头转向，在汾东一带名声大震。当地老百姓亲切地将这支军队称之为“景支队”。这支游击支队后来发展为团的编制，编入第二十旅。在解放临汾战役中，该旅担任了攻坚突破任务，战功卓著，后来被晋冀鲁豫部队授予“临汾旅”的光荣称号。

1944 年秋，景仙洲奉上级指示到延安党校学习。毕业后，景仙洲担任了太岳十九分区副司令员、司令员等职，指挥了著名的曲沃战役。1947 年 7 月，党组织和上级领导在清城县（即今天的沁水县）为景仙洲举行了六十寿辰纪念会。朱德到会做了祝寿辞，并赠送一面绣有“霍山下的老英雄——景仙洲”字样的锦旗。彭德怀、刘伯承、邓小平、陆定一等首长也参加了祝寿会。刘伯承和邓小平还联名为景仙洲六十寿辰题词：

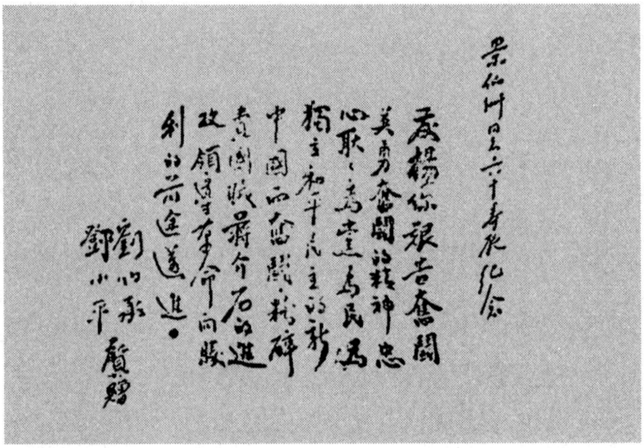

景仙洲同志六十寿辰纪念

发扬你艰苦奋斗、英勇奋斗的精神。忠心耿耿，为党、为民、为独立和平民主的新中国而奋斗。粉碎卖国贼蒋介石的进攻，领导革命向胜利的前途迈进。

刘伯承　邓小平贺赠

新中国成立后，景仙洲历任天津市委红委会主任、市纪律检查处处长等职，同时还兼任了市体委副主任、市福利委员会副主任、市监委委员等职。

1977 年 5 月 14 日，景仙洲因血癌病逝于天津，终年 90 岁。临汾市委追认其为革命烈士，并召开了追悼会，将骨灰安放在临汾烈士陵园，供后人瞻仰。

对待双堆集战役胜利的正确态度

——为《淮海战役中双堆集歼灭战初步总结》题词

双堆集，位于安徽省淮北市濉溪县东南部，地处解河、浍河中游之间，总面积120余平方公里，因当地有两个遥遥相望的大土堆而得名。这里原本只是广袤的淮北平原上一个微不足道的地方，但因为淮海战役中那场“承前启后的关键”的战役发生在这里，便使得“双堆集”这个地名闻名于世了。

1948年秋，人民解放战争进入夺取全国胜利的战略决战阶段。毛泽东抓住这一有利时机，果断发起了辽沈、淮海、平津三大战役，准备彻底歼灭国民党军的有生力量。其中，淮海战役是在以徐州为中心，东起海州、西至商丘、北起临城（今薛城）、南达淮河的广大地区进行的。参加这次战役的有华东、中原两支野战军和华东、中原两军区，以及晋察冀豫军区的部分部队共约60万人。为了巩固江淮，屏障南京，国民党在此调集了近80万兵力，企图以优势兵力阻止人民解放军南下。这其中，受徐州“剿总”总司令刘峙、副总司令杜聿明指挥的黄百韬、邱清泉、李弥、孙元良四个兵团和从华中赶来增援的黄维兵团，都是国民党军队的主力和精锐部队。

敌我兵力的强弱一目了然。面对强敌，中央军委决定由刘伯承、陈毅、邓小平、粟裕、谭震林组成总前敌委员会，邓小平为总前委书记。其中，刘伯承、陈毅、邓小平为常委，有临机处置前线战事之权。

1948年11月6日傍晚，华东野战军以近一半的兵力向徐州东侧新安镇地区的黄百韬兵团发起猛攻，淮海战役正式打响。11月22日，黄百韬兵团约十万人在碾庄圩一带被华东野战军主力全歼，黄百韬也被击毙。黄百韬兵团被歼灭后，解放军下一阶段的进攻重心就是黄维兵团。黄维兵团下辖四个军和一个机械化快速纵队，总兵力12万余人，大部是美械装备，战斗力极强。当时，黄维兵团与东北的廖耀湘兵团和华东的邱清泉兵团并称国民党军三大王牌兵团。

黄百韬兵团被围时，黄维兵团受命东进，准备北上参战。当他们带着大量重武器闯入河流纵横的淮北后，遭到了解放军小股部队和地方武装的不断袭扰，行动迟缓，先头部队直到11月下旬才进入蒙城地区，企图同由徐州南下的邱清泉、孙元良兵团和从蚌埠北上的李延年、刘汝明两兵团会合，重新占领宿县，恢复徐州和蚌埠之间的交通。

趁黄维兵团立足未稳，国民党几大兵团尚未会合之际，11月23日，中原野战军打起了阻击国民党兵团合围的战斗。11月25日，黄维兵团被牢牢合围于双堆集地区。根据总前委的部署，中原野战军所部从四个方向逐步压缩敌人，逐渐缩小包围圈。黄维兵团不甘心在包围压迫中坐以待毙，多次试图突围，但都被打了回去。到12月2日，黄维兵团十余万人被压缩在不到五公里的狭窄地区内。12月5日，邓小平等总前委领导下达了对黄维作战总攻击的命令，要求各部不惜最大牺牲保证完成任务。

12月6日，在最后劝说无效后，中原野战军发起了最后的攻击。战前，邓小平做动员讲话时说："我们一定要拼老命干掉黄维兵团，即使这一仗把中野拼光了，其他各路野战军还可以继续取得革命的胜利！"考虑到双堆集战场是一马平川的平原，黄维兵团又拥有杀伤力极强的重武器和坚固的野战工事，倘若硬攻，解放军兵力损失会极大的现实情况，中原野战军改变了战术。担负歼敌任务的各个纵队，都广泛开展了近迫作业，日夜挖掘战壕，并在战壕内构建完整的进攻阵地。到12月13日，黄维兵团被压缩在不到1.5公里的狭小地域内。就在中原野战军同黄维兵团展开决战的同时，为了迅速解决劲敌，华东野战军也抽调了一部分兵力参加作战。12月13日晚，围歼黄维兵团的战斗打响了。穷途末路的黄维不顾国际公约竟然释放毒气阻止人民解放军的进攻。参战部队的指战员用毛巾扎住口鼻，一次次向敌军发起冲锋，经过激战，至 12 月 25 日全歼黄维兵团。

双堆集战斗是保证淮海战役胜利的关键一战。人民解放军浴血奋战 23 昼夜，共歼灭了黄维兵团 11.4 万余人，生俘黄维、吴绍周等兵团将领，成功阻击了徐州、蚌埠国民党重兵集团的增援。此战后，杜聿明集团再无后援之力，于 1949 年 1 月 10 日全部被歼灭。至此，淮海战役胜利结束。在指挥双堆集战斗中，邓小平天天守在作战室里，不敢有丝毫懈怠。

双堆集战斗结束后，为了总结战斗经验，第二野战军司令部准备编辑出版一本《淮海战役中双堆集歼灭战初步总结》，邀请邓小平、刘伯承等人题词。1949 年 8 月 1 日，在中国人民解放军建军 28 周年的日子里，邓小平欣然为该书题词：

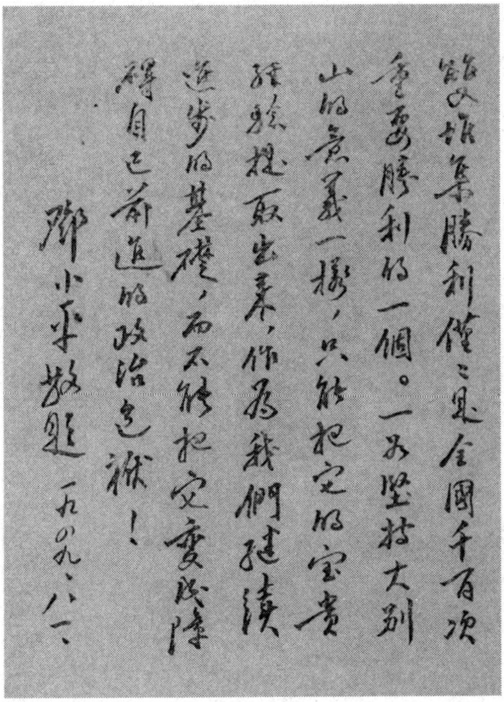
雙堆集勝利僅僅是全國千百次重要勝利的一個。一如堅持大別山的意義一樣，只能把它的寶貴經驗提取出來，作為我們繼續進步的基礎，而不能把它變成障礙自己前進的政治包袱！

鄧小平敬題 一九四九、八、一

双堆集胜利仅仅是全国千百次重要胜利的一个。一如坚持大别山的意义一样，只能把它的宝贵经验提取出来，作为我们继续进步的基础，而不能把它变成障碍自己前进的政治包袱！

邓小平敬题

一九四九年八月一日

一个两次为之题词的地方

——为晋冀鲁豫烈士陵园题词

晋冀鲁豫抗日根据地位于德石、正太、同蒲、津蒲铁路之间，内分太行、太岳、冀南、冀鲁豫四个大战略区，是抗日战争爆发以后八路军在华北创建的四大战略根据地之一。

在长期的革命斗争中，晋冀鲁豫抗日根据地人民做出了巨大的牺牲。为了纪念这些死难的烈士，1946 年 3 月 18 日，晋冀鲁豫边区第一届参议会第二次会议决定："为纪念边区子弟光荣牺牲之烈士，在邯郸建立陵园，纪念八路军总部前方司令部、政治部、晋冀鲁豫军区及一二九师牺牲烈士；在长治建立决死队烈士陵园，以纪念决死队牺牲的烈士。号召与教育广大群众，热烈欢迎对国家民族有丰功伟绩因复员而返乡的抗日军人，多方给予爱护、尊敬与帮助，使其在精神上得到安慰，生活上得到保障。对革命烈士要发动遍及各个角落的纪念运动，搜集与表彰其英雄事迹，以昭民族正气。"3 月 30 日，晋冀鲁豫军区司令员刘伯承、政治委员邓小平、边区政府主席杨秀峰等率边区参议会全体议员为烈士陵园举行破土奠基典礼。

在战争年代，建造一所规模宏大的烈士纪念建筑物并非易事。中共晋冀鲁豫中央局直接领导了这项工作，首先组织了筹建委员会、设计委员会和工程处，然后着手清理工地，测量面积，确定边界。到 1946 年年底时，陵园已初具规模。

1947 年 7 月，人民解放军进入战略反攻阶段。9 月，晋冀鲁豫军区政治部为纪念在解放战争中牺牲的革命烈士，决定在陵园南面建立烈士公墓和单人墓穴，委派苗毅征同志主持其事，并负责收葬烈士遗骨。1947 年年底，完成围墙、墓碑、大门等主体工程。1948 年 8 月，晋冀鲁豫边区与晋察冀边区合并成立了华北人民政府。当时，由于经费短缺，加之交通不便，水泥和石料无法按期采购和运输，烈士纪念塔、人民英雄纪念墓等主体建筑仍不能着手修建。朱德知道这个情况后，指示相关部门拨付边币 200 万元用于陵园建设，并把铁路从武安牛洼堡村一直修到陵园，以方便建筑材料的运输。

1949 年春，在全国各大城市相继解放的凯歌声中，陵园开始了全面施工。当时将陵园名称暂定为“人民解放军前陆军一二九师、晋冀鲁豫烈士陵园”。新中国成立后，陵园直属中央人民政府内务部领导。1950 年 10 月初，在历时四年之久的艰苦修建后，陵园终于竣工。该园分南北两院，主要纪念建筑有烈士纪念塔、人民英雄纪念墓、陈列馆（晋冀鲁豫革命史迹陈列）、烈士纪念堂（晋冀鲁豫革命烈士事迹陈列）、左权将军纪念馆、左权将军墓、四八烈士阁、晋冀鲁豫人民解放军烈士公墓等。院内共安葬了 260 多位在抗日战争和解放战争中牺牲在晋冀鲁豫革命根据地的革命烈士。其中有八路军副参谋长左权将军，中共北方局军委书记张兆丰，抗日民族英雄范筑先，一等杀敌英雄赵亨德、王克勤等。10 月 21 日，中华人民共和国内务部、河北省人民政府隆重举行了陵园落成典礼和左权将军暨诸烈士公祭大会。各界人民代表以及烈士家属共 5000 余人参加了公祭大会。

毛泽东、周恩来、朱德、刘伯承、邓小平、陈毅、张际春、李达等领导同志对陵园的建造工作都非常重视，先后题词，使得这座陵园成为保存党和国家领导人题词手迹最多的一座建筑。其中，曾亲自参与晋冀鲁豫抗日根据地的创建与发展工作、在此工作长达八年之久的邓小平，曾两次为之题词。

一次是在 1949 年 1 月于中原前线，题词是：

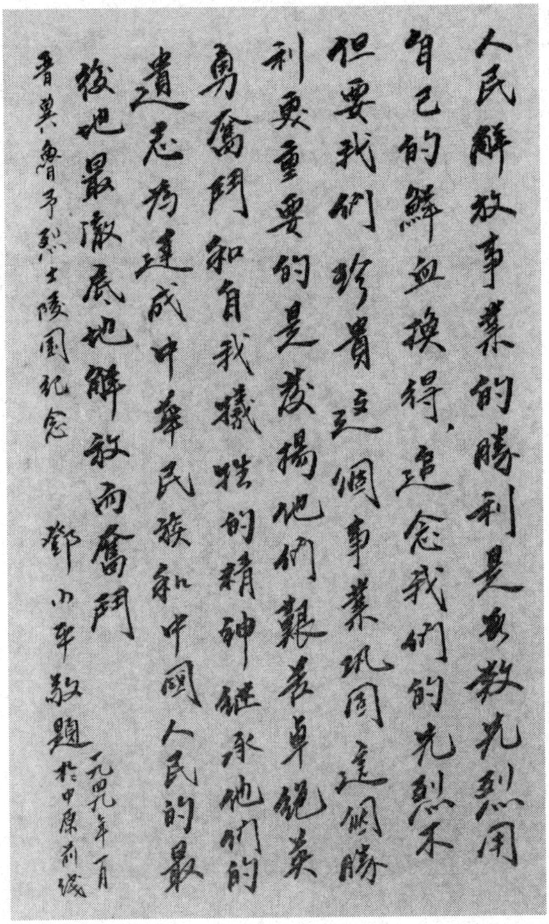

人民解放事业的胜利是无数先烈用自己的鲜血换得，追念我们的先烈，不但要我们珍贵这个事业，巩固这个胜利，更重要的是发扬他们艰苦卓绝、英勇奋斗和自我牺牲的精神，继承他们的遗志，为达成中华民族和中国人民的最后地最彻底地解放而奋斗。

晋冀鲁豫烈士陵园纪念

邓小平敬题

一九四九年一月于中原前线

另一次是在1949年10月1日中华人民共和国开国大典之日，题词是：

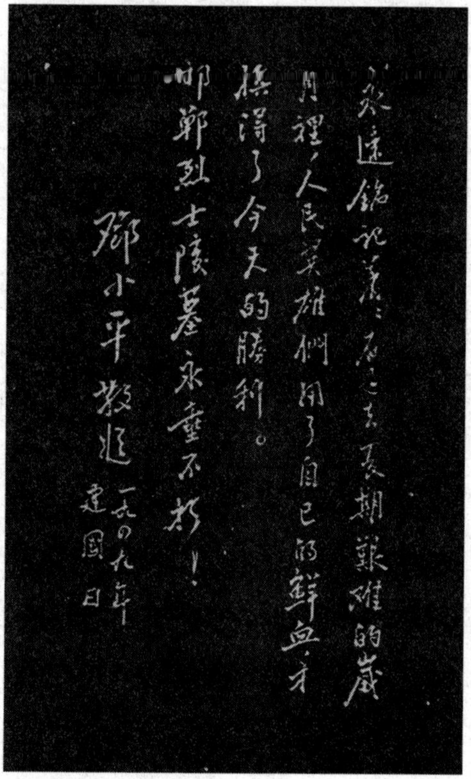

永远铭记着：在过去长期艰难的岁月里，人民英雄们用了自己的鲜血，才换得了今天的胜利。

邯郸烈士陵墓[①]永垂不朽！

邓小平敬题

一九四九年建国日

① 这一题词中提及的“邯郸烈士陵墓”，指的就是晋冀鲁豫烈士陵园。

进军西藏的主力军

——为第十八军题词

西藏自元朝起归入中国版图，此后一直接受中央政府管理。1948 年 12 月 30 日，在中国革命即将取得全面胜利的前夕，毛泽东在为新华社写的新年献词中，明确发出“将革命进行到底”的号召。此后，他开始将解放西藏提上议事日程。

1949 年底，川、黔、滇、康相继解放。解放西藏的条件已经成熟。1950 年 1 月 2 日，尚在苏联访问的毛泽东从莫斯科给彭德怀、邓小平、刘伯承、贺龙发来解放西藏的指示：“由青海及新疆向西藏进军，既有很大困难，则向西藏进军及经营西藏的任务应确定由西南局担负”，“如果没有不可克服的困难，应当争取于今年四（五）月中旬开始向西藏进军，于十月以前占领全藏”。接到毛泽东的指示后，由刘伯承和邓小平率领的第二野战军迅速做出部署，确定以第十八军为进藏主力，并组成以张国华为书记、谭冠三为副书记的中共西藏工作委员会，负责统一筹划进军西藏和经营西藏的工作。

西藏面积 120 万平方公里，平均海拔 4000 多米，缺氧、多雪、寒冷是这里的主要自然气候特点。这里经济发展水平落后，在人民解放军进藏之前，还没有一条与外部相连的公路。面对如此艰难的环境，第十八军将士将这次出征称之为“第二次长征”。为了打好这一场硬仗，刘伯承、邓小平等进行了紧张而周密的部署工作。1950 年 1 月 13 日，刘伯承和邓小平等联名向第二野战军发出《关于动员全军支援十八军进藏的指示》。1 月 15 日，刘伯承和邓小平又在重庆主持召开十八军师以上干部会议，传达党中央和毛泽东关于进藏的指示，以及目前的准备工作。会议还对部队集结、进藏、攻取昌都等问题做了大体的时间安排。2 月 6 日，刘伯承和邓小平专门给十八军题词，勉励将士做好进军西藏的准备。其中，邓小平的题词是：

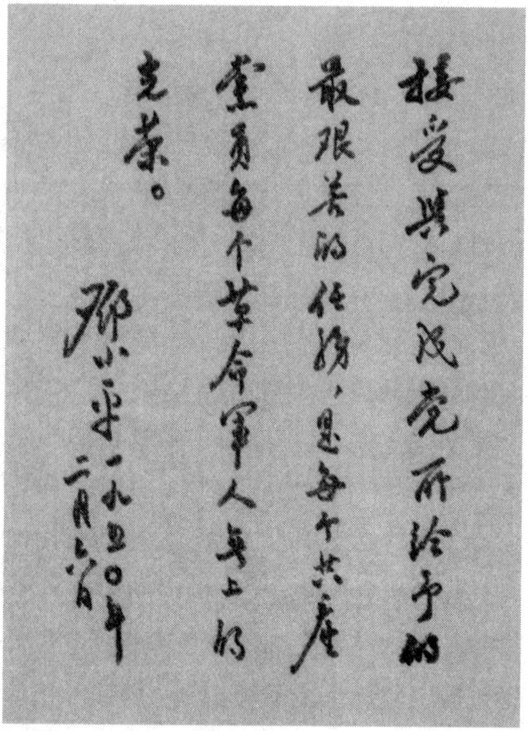

接受与完成党所给予的最艰苦的任务，是每个共产党员每个革命军人无上的光荣。

邓小平

一九五〇年二月六日

2 月 15 日，西南局、西南军区及第二野战军联合向西南军区所属全体指战员发出《进军西藏政治动员令》，郑重宣布：解放西藏进军即将开始，

“谨向挺进祖国边疆的光荣人民战士致以荣誉的祝贺”！我们直接的光荣任务，“就是进军解放西藏，把五星红旗和八一军旗插到喜马拉雅山和雅鲁藏布江，解放和建设巩固祖国的边疆”。3 月 18 日，第十八军在乐山举行进军西藏誓师大会。军长张国华、政委谭冠三率领全军将士庄严宣誓：为了完成祖国统一大业，驱逐帝国主义出西藏，解放苦难中的藏族人民，我们一定要发扬红军光荣传统，吃大苦、耐大劳，不怕艰难困苦，不怕流血牺牲，坚决完成进军西藏任务，誓把五星红旗插到喜马拉雅山上，让幸福花朵开遍全西藏。誓师大会结束后，第十八军正式向“世界屋脊”挺进。10 月 6 日，第 18 军第 52 师在兄弟部队配合下，进行了昌都战役，经过 18 天的战斗，一举歼灭藏军主力，在 1950 年 10 月 24 日解放了昌都。

昌都解放后，拉萨门户顿开，解放西藏易如反掌。这时，毛泽东命令停止进军，再次向西藏地方政府表示了和谈的诚意。西藏地方政府继而于 1951 年 2 月派出西藏地方的五名全权代表前往北京，与中央人民政府进行谈判。经过多轮会谈，中央政府与西藏地方政府于 1951 年 5 月 21 日达成了《中央人民政府和西藏地方政府关于和平解放西藏办法的协议》。5 月 23 日，双方在北京正式签字。以此为标志，西藏宣告和平解放，西藏回到了新生的人民政权怀抱。5 月 25 日，中央军委发布进军西藏的训令，第十八军开始向拉萨及西藏全境进军，胜利完成进军西藏、和平解放西藏的任务。12 月，中共中央、中央军委决定成立西藏军区，以第十八军进藏领导机构组成军区机关，驻拉萨（归西南军区领导），司令员张国华，政治委员谭冠三，参谋长李觉，政治部主任刘振国。

妇女工作的重点

——为纪念国际劳动妇女节题词

从19世纪中叶开始，伴随着资本主义的发展，女权运动得到了广泛而迅速的传播。

1857年3月8日，美国纽约的制衣和纺织女工走上街头，发起抗议行动。此后，几乎每年的3月8日都有类似的抗议游行活动。1909年3月8日，美国芝加哥妇女为争取自由平等，举行了盛大的罢工与游行示威，得到了美国广大劳动妇女热烈的响应。这次抗议游行活动引起了德国的妇女领袖蔡特金的关注。1910年8月，在丹麦哥本哈根召开的国际第二次社会主义者妇女大会上，蔡特金提议：为了促进国际劳动妇女的团结和解放，以每年3月8日为妇女节，也叫国际妇女节。大会一致通过了蔡特金的提议，并提出实行“八小时工作制”、“同工同酬”、“保护母性”、“保护童工”等提案。1911年3月8日，德国、奥地利、瑞典、丹麦、美国等国的劳动妇女都举行了示威游行，来纪念第一个“三八节”。这样“三八节”纪念活动就在全世界流行了。

1917年3月8日（俄历2月23日），俄国彼得格勒的女工响应布尔什维克委员会的号召，举行了庆祝国际妇女节的示威游行，反对帝国主义战争、反对沙皇制度、反对饥饿。彼得格勒全市工人举行了政治总罢工来支援女工的斗争。随后，这场政治运动转变为反对帝国主义战争和沙皇专制制度的武装起义。“二月革命”因此爆发，统治俄国长达300年的罗曼诺夫王朝被推翻。1921年9月9日至15日，第二届国际共产主义妇女代表会议在莫斯科举行，来自28个国家的82名代表出席，蔡特金主持了这次会议。会议决定，为了纪念俄国女工在1917年“二月革命”中的英勇斗争，把每年的3月8日定为国际劳动妇女节。

1923年，苏联将“三八”国际劳动妇女节规定为全国的革命纪念日。

中国接受“三八”国际劳动妇女节与苏联人有很大关系。1923年9月，为了促进国共两党实现合作，共产国际派鲍罗廷及其夫人来到中国。在一次谈话中，鲍罗廷夫人向廖仲恺夫人何香凝介绍了国际妇女运动领袖人物蔡特金的故事和“三八”妇女节创办的始末。这引起了何香凝的关注。在1924年1月召开的国民党一大上，何香凝正式向大会提出了在中国纪念国际妇女节的问题。2月下旬，在国民党中央妇女部召开的会议上，正式决定纪念国际劳动妇女节。会后，进入了积极的筹备阶段。3月8日上午，广州劳动妇女在第一公园举行游行纪念大会，何香凝主持了会议。会上，提出了“打倒帝国主义”、“打倒军阀”、“同工同酬”、“保护童工孕妇”、“同等教育”、“禁止童养媳多妻制”、“禁止蓄婢纳妾”、“建立儿童保护法”等口号。这次纪念大会虽然只在广州举行，但却是中国有组织的妇女运动开始的里程碑，标志着中国的妇女运动进入了一个历史新纪元。之后，中国差不多每年都会隆重地举行庆祝国际劳动妇女节的活动。

中华人民共和国成立后，中央人民政府政务院于1949年12月23日发布通令，规定国际劳动妇女节为中国劳动妇女的节日。

1950年3月8日，是新中国成立后迎来的第一个国际劳动妇女节。为了庆祝好这一重大节日，2月13日，中华全国总工会、中国新民主主义青年团中央委员会、中华全国民主青年联合总会、中华全国学生联合会、中华全国民主妇女联合会联合向全国发出通知，要求各地妇联应采取积极主动的方针和步骤，而工人、农民、青年的团体，亦应热烈密切地配合，并通过纪念“三八节”，来加强本团体的妇女工作，扩大本团体的群众基础。通知发出后，纪念“三八”妇女节的筹备工作在全国各地迅速展开。

1950年3月8日，在全国各地普庆国际劳动妇女节时，邓小平欣然题词：

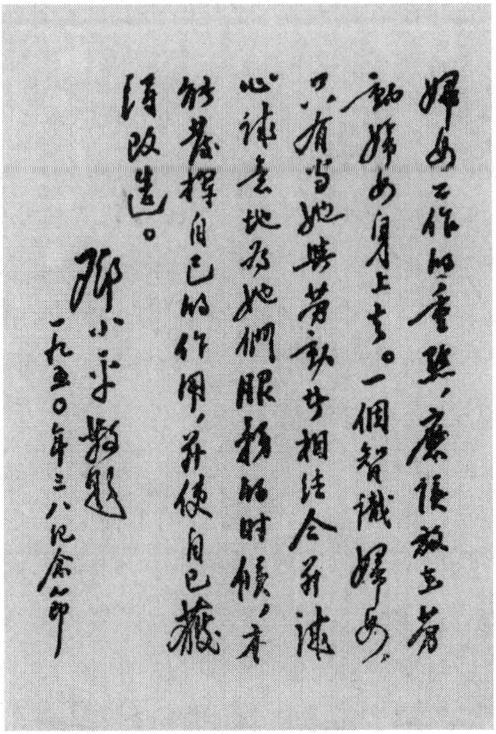

妇女工作的重点，应该放在劳动妇女身上去。一个知识妇女，只有当她与劳动者相结合并诚心诚意地为她们服务的时候，才能发挥自己的作用，并使自己获得改造。

邓小平敬题

一九五〇年三八纪念节

人民空军的诞生

——为《人民空军》创刊号题词

空军是现代化三军当中成立最晚的一支，严格意义上的空军大致产生于第一次世界大战前后。空军在战争立体化中扮演着重要的角色，故为各国所重视。

中国共产党也十分注重空军力量。尽管在艰难的革命战争环境下没有条件建立空军的独立兵种，但党中央一直没有放弃筹划这一事情。早在20世纪20年代，中国共产党就开始选送红军干部去苏联学习飞行。抗日战争初期，又选派40多名红军干部进新疆航空队学习。1946年3月，我军组建了第一所培养航空人才的学校——东北航校。

1949年1月，毛泽东和中共中央明确提出了“应当争取组成一支能够使用的空军”的任务。7月10日，毛泽东致信周恩来，提出建立空军的问题，信中说：“可考虑选派三四百人去苏联学习空军。同时购买飞机一百架左右，连同现有的空军组成一个攻击部队，掩护渡海，准备明年夏季夺取台湾。请周恩来召集有关同志商酌。”7月11日，中央军委召见第14兵团司令员刘亚楼，责成他提出空军主要领导干部人选及空军领导机关组成的建议。7月26日，中共中央军委决定以第十四兵团司令部及直属部队和军委航空局组成空军领率机关，并决定派刘亚楼等赴苏具体商谈购买飞机、聘请专家、顾问和帮助开办航校等事宜。8月1日，刘亚楼率王弼、吕黎平赴莫斯科，就苏联帮助中国空军建设的各项具体问题进行商谈。开国大典结束后不久，由毛泽东亲自批准，人民空军于11月11日正式成立。刘亚楼为空军司令员，肖华为空军政治委员兼政治部主任，王秉璋为空军参谋长。

中国人民解放军空军成立之初，力量十分弱小，但却担负着配合陆军和海军解放全中国的重任。1950 年 3 月 10 日，朱德总司令在空军政治工作会议上明确提出了空军的任务。他说，建设人民空军，首先要配合完成解放台湾、海南岛以及消灭残匪的任务！做到在一定的领海和领空上初步取得制空权；然后，逐步在这个基础上，建立一支完全新式的、强大的人民空军。这支空军要在中国所有的领海和领空上完全取得制空权，能够击退任何侵略者的进攻。

为了更好地宣传人民空军，交流经验，1950 年 4 月，中国人民解放军空军司令部和政治部创办了一份机关刊物《人民空军》杂志。毛泽东、周恩来、朱德、邓小平等都给杂志创刊号题了词。毛泽东的题词是："创造一支强大的人民空军，歼灭残敌，巩固国防。"周恩来的题词是："为建立人民空军而努力。"朱德的题词是："努力学习，掌握技术，为建设一支新式的强大的人民空军而奋斗。"邓小平的题词是：

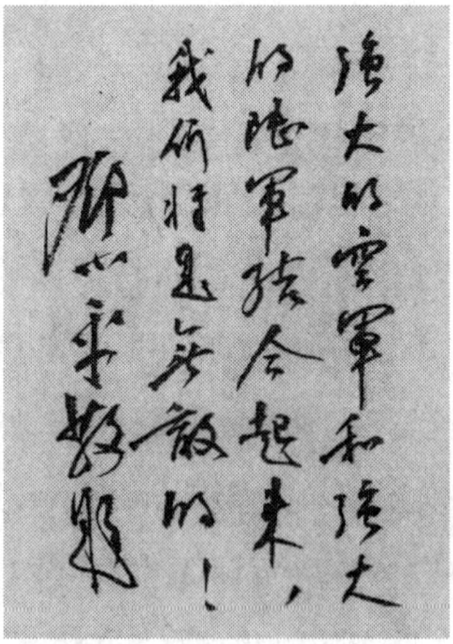

强大的空军和强大的陆军结合起来，我们将是无敌的！

邓小平敬题

三大战役中的承前启后之战

——为淮海战役烈士题词

经过两年多的艰苦斗争，到1948年秋，人民解放军已由战争开始时的127万人发展到280万人，装备也大大改善。与此相反，国民党军队却由战争开始时的430万人下降到365万人。尽管国民党军队在人数上仍占优势，但大多承担守备任务，可用于一线作战的兵力仅有174万人；同时，接连的失败使得军队士气低落，战斗力不强。情况表明，人民解放军进行战略决战的时机已经到来。

1948年9月16日，济南战役正式打响。华东野战军集中14万人，经过八个昼夜的激烈攻坚战，于24日攻克济南，歼敌10.4万余人，生擒国民党军第二绥靖区司令官王耀武。济南战役揭开了战略决战的序幕，是人民解放军攻克敌人重点设防的大城市的开始。济南攻克后，菏泽、临沂、烟台等地国军纷纷弃城，人民解放军南下作战已经如箭在弦。9月24日，粟裕致电中共中央军委，建议立即进行淮海战役。在多方权衡后，中共中央军委于9月25日复电表示同意。此后，关于战役部署的讨论一直在进行中。10月中旬，中央军委终于形成了淮海战役三阶段的初步设想。

淮海战役是在以徐州为中心，东起海州、西至商丘、北起临城（今薛城）、南达淮河的广大地区进行的。国民党在此地调集了80万兵力，且大多为美式装备的主力精锐部队。我方参战部队主要是华东、中原两支野战军，加上晋察冀豫军区的部分部队也不过60万人。敌我双方兵力十分悬殊。为了保证打好这一仗，中央军委决定由刘伯承、陈毅、邓小平、粟裕、谭震林组成总前敌委员会，刘伯承、陈毅、邓小平为常委，有临机处置之权。邓小平为总前委书记。

11 月 6 日傍晚，华东野战军向黄百韬兵团发起猛攻，淮海战役正式打响。黄维兵团与东北的廖耀湘兵团和华东的邱清泉兵团并称国民党军三大王牌兵团，总兵力 12 万人，颇具战斗力。面对围攻，黄百韬兵团自然不甘心坐以待毙，曾多次发起突围，但都被打了回去。这时，邱清泉和李弥两个兵团正紧急驰援黄百韬兵团。邓小平等指挥员趁敌人尚未会合之际，命令前线将士迅速切断徐蚌铁路，不给黄百韬留下退路。同时，又令华东野战军“用一半以上兵力”打援，断绝黄百韬兵团获得援助的可能。11 月 22 日，黄百韬兵团主力在碾庄圩一带被华东野战军主力全歼，其本人也被击毙。黄百韬兵团被全歼后，11 月 23 日，中原野战军打起了歼灭黄维兵团的战斗。11 月 25 日，黄维兵团被牢牢合围于双堆集地区。此后，中原野战军所部从四个方向逐步压缩敌人，逐渐缩小包围圈，最终在 12 月 25 日全歼黄维兵团。生俘黄维、吴绍周等兵团将领。此战后，杜聿明集团再无后援之力，于 1949 年 1 月 10 日全部被歼。至此，淮海战役胜利结束。

淮海战役是三大战役中起承前启后作用的第二个大战役。在 66 天的艰苦战斗中，人民解放军以伤亡 13.4 万人为代价，歼灭国民党军队 55.5 万人，其中包括国民党军队“五大主力”中的第五军和第十八军。淮海战役成为三大战役中解放军牺牲最重，但同时也是歼敌数量最多的战役。经此一战，国民党军队在南线的精锐主力已被消灭，国民党反动统治中心地带南京、上海直接暴露在人民解放军的目标攻击区，为解放军渡江作战创造了极为有利的条件。

淮海战役始终是在邓小平的指挥下进行的。其间战争之艰苦，邓小平深有感触。对那些在战争中死难的烈士，他一直没有忘记。新中国成立后，党中央决定在时机成熟时在淮海战役主战场徐州建立淮海战役烈士纪念馆，请相关领导同志考虑题词题字或撰写回忆文章一事。1950 年 5 月，尚在部署第十八军进军西藏的邓小平于百忙之中欣然为淮海烈士题词：

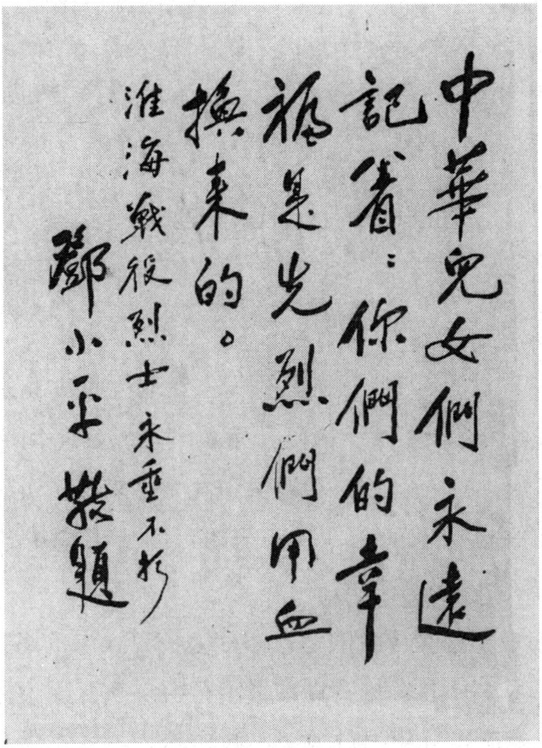

中华儿女们永远记着：你们的幸福是先烈们用血换来的。

淮海战役烈士永垂不朽

邓小平敬题

1988年7月13日，在纪念淮海战役胜利四十周年前夕，邓小平又写了“纪念淮海战役胜利四十周年”的题词。

对儿童的关怀

——为庆祝国际儿童节题词

1925 年 8 月，世界上 54 个国家的代表在瑞士日内瓦举行“儿童幸福国际大会”，发表了爱护儿童、保障儿童福利的宣言。国际儿童幸福促进会倡议建立儿童纪念日，以便更好地保护儿童。随后，英国、美国、日本等国先后建立了自己国家的儿童节。当时，中华大地正处于军阀混战时期，设立儿童节一事只得搁浅。

1931 年，在中华慈幼协会的建议和社会各界人士的多方呼吁下，国民政府将每年的 4 月 4 日定为儿童日，全国普庆。从此，中国儿童有了自己的节日。然而，对阶级分化严重的国民政府而言，从未做到在儿童节那天的全国普庆。这个节日只能被富贵人家的儿童所独享。穷人家的孩子挨饿受冻、遭受迫害的情况丝毫没有得到改变。

中国共产党一直视儿童为祖国的未来。在儿童节这天，各大根据地只要没有军事战争，边区领导人都会举办各种庆祝大会，和孩子们一起欢度属于他们的节日。一些老儿童团员对此回忆说：儿童节这天，县里、区里都要组织活动、开大会。有时举行唱歌比赛，有时组织操练，几个村的儿童团还较着劲，看谁歌唱得好，操练得整齐，得了优胜还有奖品，奖品一般是铅笔等文化用品。当然，为了提高对付敌人的能力，有时也会组织孩子们学习打枪、刺杀、埋地雷、拉练、防火演习等军事活动内容。

1942 年 6 月 12 日，德国法西斯枪杀了捷克利迪策村 16 岁以上的男性公民 140 余人和全部婴儿，并把妇女和 90 名儿童押往集中营。第二次世界大战结束后，世界各地经济萧条，相比较大人而言，儿童的生活境况更加糟糕。一起起戕害儿童的事件深深刺痛了国际正义人士的心。1949 年 11 月，国际民主妇女联合会在莫斯科举行理事会议，沉痛悼念利迪策惨案和全世界所有在战争中死难的儿童。为保障世界各国儿童的生存权、抚养权和受教育权，改善他们的生活状况，会议决定以每年 6 月 1 日为国际儿童节。

会议结束后不久，中央人民政府政务院就于 1949 年 12 月 23 日发布规定，废除旧的儿童节，将 6 月 1 日作为新中国的儿童节，与国际儿童节统一起来。

1950 年 6 月 1 日，是新中国成立后的第一个国际儿童节。党中央对此非常重视。为了筹备庆祝“六一”儿童节，响应民主妇联等团体发出的“保卫儿童权利、争取和平”呼吁书，新中国 11 个人民团体和中央人民政府有关部门，专门组成了筹备委员会。筹委会经过周密策划，决定在儿童节当天开展七项活动：一是以小学、幼稚园、托儿所、区为单位举行庆祝会（不超过两小时），约请首长、劳动英雄和作家与儿童见面；二是举行一个全市代表性的庆祝会，和在京的国际小朋友联欢；三是洽请有关机关于“六一”前后优待儿童看电影、游公园、买玩具和图书，乘坐电车、公共汽车等；四是有重点地进行儿童健康检查；五是举行母亲会；六是请各界有名望人士在保卫儿童权利的呼吁书上签名；七是号召儿童自愿地给苏联、人民民主国家，及殖民地国家小朋友写信。随后，筹委会向全国各地发去活动计划通知，要求各地根据实际情况，在儿童节当天开展有意义的活动，共同庆祝新中国儿童的节日。

1950 年 6 月 1 日，神州大地沸腾为一片欢乐的海洋。在北京，5000 名儿童聚集在北京中山公园音乐堂，庆祝自己的节日，苏联、朝鲜等国家的小朋友和母亲们，也应邀出席了联欢会；在沈阳，市卫生局组织全市医务人员，为 76 个市立中小学校的 9 万余名学生进行健康检查；在大连，少年儿童在文化宫和国际儿童举行联欢大会；在西安，举行了讲演歌咏比赛和成绩展览；在成都和重庆，举办了大型的儿童集会……

儿童节当天，党和国家领导人毛泽东、刘少奇、周恩来、邓小平、宋庆龄、邓颖超等也纷纷为孩子们题词。邓小平的题词发表在重庆《新华日报》“六一儿童节”专版上。题词是：

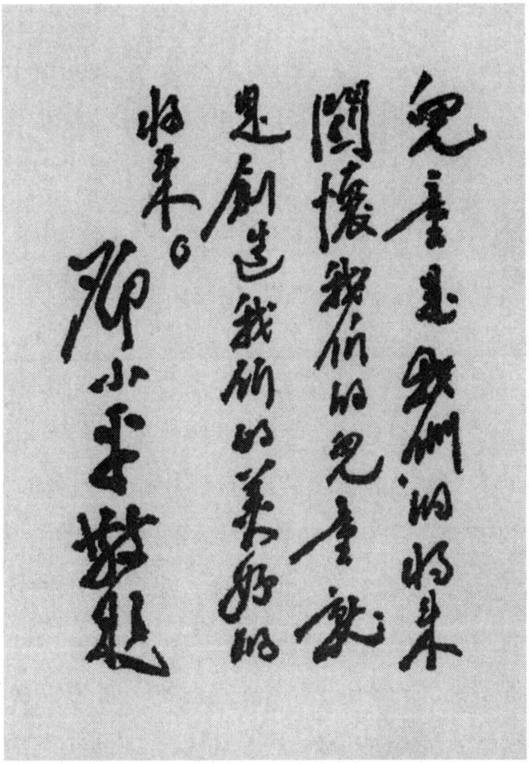

儿童是我们的将来，关怀我们的儿童就是创造我们的美好的将来。

邓小平敬题

批判接受和整理科学遗产

——为《新编针灸学》题词

《新编针灸学》是一本简要介绍针灸理论和方法，供医疗卫生工作者学习的通俗医学著作。1950 年由重庆人民出版社出版，作者是时任西南军政委员会卫生部副部长的鲁之俊。他是一位有名的外科医学家和针灸学家，是新中国中医科研和中西医结合事业奠基人。

鲁之俊，1911 年 10 月 23 日生于江西新城县（今黎川）中田镇。1928 年考入北平陆军军医学校医科。在校期间接受革命思想。1933 年毕业后曾到国民党广西、广东军医总院及国防医学院任职，按照中国共产党“学好技术、联络人才”的指示，为投身革命做准备。1938 年夏，国民党军医署指派鲁之俊赴德国进修战伤外科。他拒不从命，与中共地下党员龙在云一起从广东韶关秘密出走，在 11 月到达八路军驻桂林办事处。1939 年初在李克农、钱之光的安排下到达延安，被安排到八路军卫校（后改为中国医科大学）主授外科学。同年 11 月，鲁之俊加入中国共产党。

鲁之俊擅长西医，在教学和医疗上用的都是西医方法。1940 年起受毛泽东“要团结中医，发挥中医作用”的讲话影响，鲁之俊开始向中医针灸大家任作田学习，系统研究中医理论，随后在白求恩医院中开展针灸临床，使人民军队及边区百姓对中医有了新的认识。1945 年 6 月 26 日，他应延安《解放日报》之邀，发表《针灸治疗的初步研究》一文，结合自己的实践经验对针灸疗法做了介绍。该报署名评论同时指出：“这是西医学习中医的重要成就。”陕甘宁边区政府为表彰他的成绩，授予他“团结中西医特等模范”奖。

解放战争时期，鲁之俊跟随刘伯承、邓小平大军同行，在二野推广针灸疗法，提高了部队的战斗力。他还编写了《针灸讲义》，发给学员学习。当时，不只是在二野，三野、四野中每一位卫生员背包中也都必备这本讲义。新中国成立后，鲁之俊历任西南军区卫生部副部长兼重庆市军管会卫生部部长，西南军政委员会卫生部副部长，西南行政委员会文化教育委员会副主任兼卫生局局长。

1950 年 6 月，鲁之俊根据战时所用针灸学讲义编著的《新编针灸学》一书出版。书中简要介绍了针灸的理论和方法，全身主要针灸刺激点（穴位）的部位、主治及一些常见病的刺激点等，内容简要，论述清晰。此前，刘伯承和邓小平都为这本书题了词。刘伯承的题词比较精要地概括了这本书出版的由来：“以现代科学的方法整理中国医学乃为必要之图。鲁之俊副部长在延安研究针灸学，以批判的态度接受其合理部分，试用之有效，旋于中原进军时，治愈军民不少，今复编而为书，亦扩展研究之肇始也。”邓小平的题词写于 6 月 7 日，题词是：

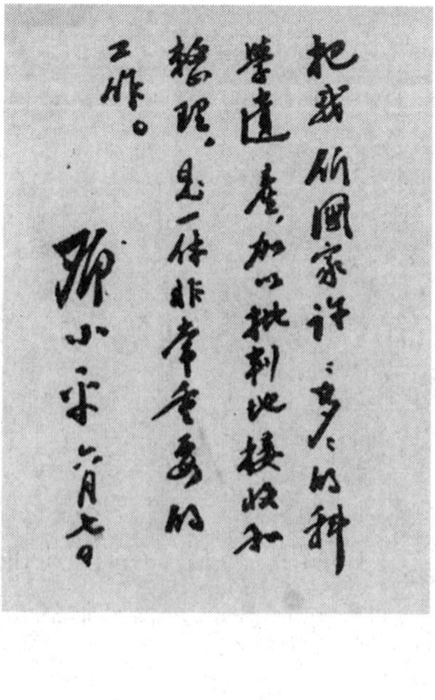

把我们国家许许多多的科学遗产，加以批判接收和整理，是一件非常重要的工作。

邓小平

六月七日

1954年，鲁之俊奉调来京，任中央卫生部中医研究院院长、党委书记及卫生部医学科学技术委员会副主任。1971年至1978年，他兼任北京中医学院院长。1978年后，他任中华医学会副会长及中华全国中医学会副会长，中国针灸学会会长、名誉会长，中国中医研究院名誉院长等职。20世纪80年代，为争取中医药学、针灸学在世界各国的合法地位，联络和维护国际针灸医学组织，鲁之俊不顾年事已高，辛勤出访，做了大量工作。1987年，有40多个国家和地区的70多个团体会员组成的世界针灸学会联合会在北京成立，鲁之俊被全体执委一致推选为终身名誉主席。

1999年4月10日，鲁之俊病逝于北京，享年88岁。

共产党员的工作方法

——为中国共产党成立29周年题词

五四运动后，马克思主义与俄国十月革命经验在中国的传播掀起了一个前所未有的高潮。一批先驱在宣传先进思想的过程中，开始与日益高涨的群众运动相结合。他们逐渐认识到：要运用马克思主义理论改造中国，走十月革命的道路，就必须像俄国那样，建立一个无产阶级政党，来组织和领导中国的革命。

1920年2月，陈独秀从北京秘密迁至上海，随即深入到工人群众中去，积极开展马克思主义宣传和工人组织的指导工作。与此同时，李大钊也在北京从事着同样的活动，他联络北京、天津等地的先进分子，努力促成进步团体的联合。与此同时，列宁领导的共产国际也给予了中国共产主义先驱者适时的帮助。1920年春，经共产国际批准，俄共（布）远东局派出全权代表维经斯基等人来华。他们先后在北京和上海与李大钊、陈独秀讨论建党问题，并帮助进行建党的准备工作。

1920年8月，以上海马克思主义研究会骨干为基础的上海共产党早期组织，在法租界老渔阳里2号《新青年》编辑部正式成立，取名为“中国共产党”。这是中国的第一个共产党组织。上海的党组织一经成立，便通过写信联系、派人指导或具体组织等方式，积极推动各地共产党早期组织的建立。至1921年春，国内先后有六个城市建立起共产党早期组织。

此时召开党的第一次代表大会，正式成立中国共产党，开始提上中国历史的日程。

7月23日晚8时，中国共产党第一次全国代表大会召开了！会址在紧邻博文女校的贝勒路树德里3号（解放前曾改为望志路106号，现兴业路76号），这是李汉俊之兄李书城的公馆，是一排五幢石库门房子。清水青砖镶嵌着少量红砖砌成的外墙，米色石条门框、装饰有红褐色浮雕的门楣以及配装着黄铜门环的黑漆大门，都体现出20世纪20年代上海最新潮的建筑风格。参加会议的13名代表是：上海的李达、李汉俊，武汉的董必武、陈潭秋，长沙的毛泽东、何叔衡，济南的王尽美、邓恩铭，北京的张国焘、刘仁静，广州的陈公博，旅日的周佛海，以及陈独秀指定的代表包惠僧。他们代表着当时全国的50多名党员。马林和尼克尔斯基作为共产国际的代表列席会议。

7月24日，各地代表向大会报告本地区党、团组织的情况。7月25日、26日，休会两天，由张国焘、李达、董必武起草相关文件。7月27日、28日和29日，连续召开会议，讨论党的纲领和决议。会议最后一天，由于特务破坏，代表们分批转移到浙江嘉兴南湖，在一艘游船上继续开会讨论相关问题。

中国共产党第一次全国代表大会宣告中国共产党正式成立。

多年后，在讨论中国共产党究竟成立于何时的问题时，党内发生了不小的争论。有的认为，应该以1920年上海党组织成立作为中国共产党成立的标志；有的认为，应该以中共一大的召开作为党成立的标准。但在回忆这次会议召开的具体时间时，大家也记不清楚了，只记得是在1921年7月。毛泽东认为，中国共产党的成立政治意义远大于历史意义，纠结在这个问题上并无太大意义。1938年5月，他在《论持久战》一文中明确提出："今年七月一日，是中国共产党建立的十七周年纪念日。"6月24日，中共中央发布的《中央关于中共十七周年纪念宣传纲要》将此明确下来。从此，7月1日被作为中国共产党成立纪念日确定下来。

1950年7月1日，是中国共产党成立29周年纪念日。为了庆祝好这一盛大节日，邓小平事前做出了周密的安排。6月13日，邓小平在重庆主持召开中共西南局常委办公会议，决定成立纪念"七一"党的诞辰日活动筹委会，由江震同志负责。6月27日，邓小平又主持召开中共西南局常委办公会议，落实庆祝大会的具体事宜。

7月1日，邓小平等出席中共中央西南局、西南军区在军区大操场举行的纪念中国共产党成立29周年大会并发表了讲话。当时，西南地区刚刚解放，各项工作仍面临着不少困难；同时，党内也有一些同志因为暂时的胜利冲昏了头脑，丧失了必要的警惕性。邓小平的讲话始终围绕毛泽东在中共七届二中全会上提出的“两个务必”要求，要求西南局各级党政机关做好正在进行的整风运动，共同克服困难，齐心建设新西南。

同一日，邓小平还为庆祝活动欣然题词：

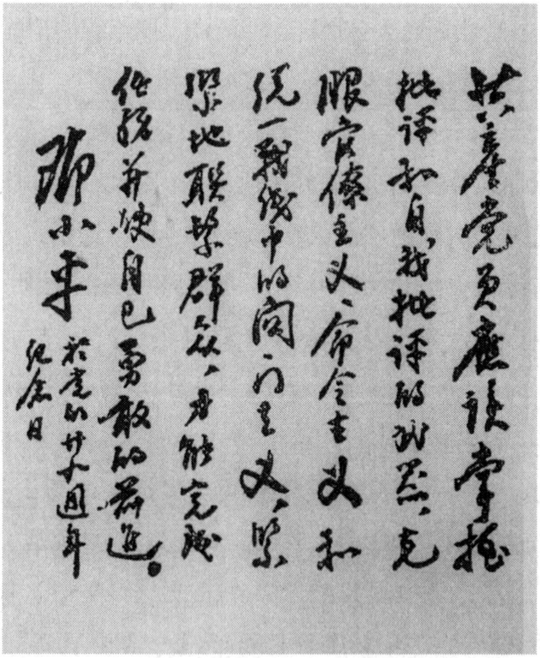

共产党员应该掌握批评和自我批评的武器，克服官僚主义、命令主义和统一战线中的关门主义，紧紧地联系群众，才能完成任务并使自己勇敢的前进。

邓小平于党的二十九周年纪念日

机要工作要引起充分的重视

——为《机要工作》创刊题词

机要工作是党的生命线，从事这项工作的首要要求就是保密。机要工作稍有闪失，就会给党的工作造成毁灭性的打击。在领导一二九师进行抗日战争期间，邓小平就十分重视机要工作。1943 年，他在为一二九机要科编印的《机要工作手册》题词时就对机要工作人员提出了这样的要求："大家要为党负责，为革命负责。力求进步，力求革新。加强政治文化学习，提高党性锻炼。把我们的机要工作永远向前推进，始终为机要，保护机要就是保护我党我军的生命，所有同志必须愉快地担负起这个光荣的责任。"

大西南解放之初，面临的形势异常复杂。一方面，蒋介石不甘心在西南地区的失败，在这里留下了近万名反动骨干和特务。他们广泛收集情报，伺机制造暗杀、破坏活动，威胁新生政权的安全；另一方面，由于政权初建，缺少干部，西南区各地人民政权不得不留用了大量旧有机关的工作人员。其中一些旧有机关的工作人员利用新生政权立足未稳之机，里应外合，勾结特务，出卖机关情报，给党的事业造成了重大损失。

在这种情况下，邓小平更加充分认识到机要工作的重要性。在他的统一领导下，西南区各机关相继成立了机要部门。1950 年 7 月 14 日，邓小平为西南军区司令部机要处编印的《机要工作》创刊号题词，再次强调了机要的重要性：

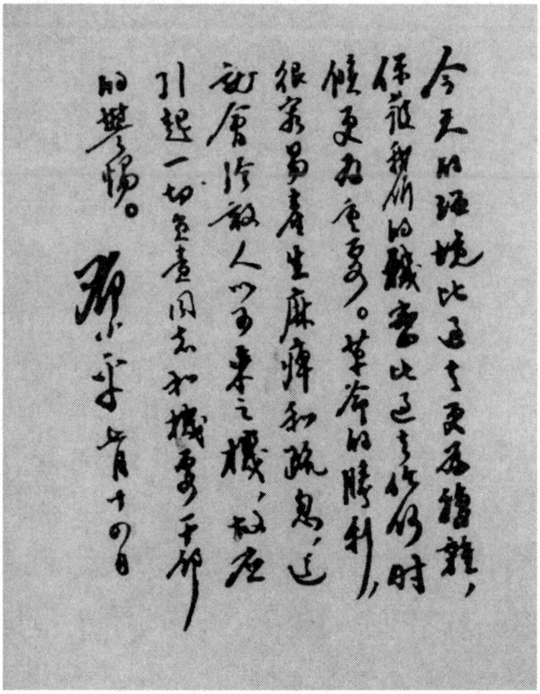

今天的环境比过去更为复杂，保护我们的机密比过去任何时候更为重要。革命的胜利，很容易产生麻痹和疏忽，这就会给敌人以可乘之机，故应引起一切负责同志和机要干部的警惕。

邓小平

七月十四日

这个题词再次为机要工作人员敲响了保密的警钟。1950年7月15日，中共中央西南局发出《西南局关于建立保密委员会的通知》，决定成立以李达为主任的西南局保密委员会，统一领导西南区党政军的保密工作。保密委员会下设情报、新闻、公安、保卫、机要、通讯等部门开展工作。1950年10月18日，邓小平在西南军政委员会第十次集体办公会议上再次向包括机要工作人员在内的党的各个部门工作人员强调了保密问题。他说："过去在解放区，洋人、帝国主义的间谍很不容易进来，结果，有的同志保密习惯很差，所以现在要进行教育。”“国家各方面的工作都要通过计划去做，消息传播了出去，言者无意，听者就有意，这是非常危险的。”会上，邓小平建议通过法律和制度的保障切实加强保密工作，不给敌人可乘之机。他还决定由西南军政委员会秘书长孙志远和副秘书长高兴亚、熊子俊三人负责研究制定具体办法。在邓小平等人的共同努力下，中共中央西南局于1951年2月1日颁布了《西南区保密工作条例》，对机要工作的文件管理、人员管理等做了具体规定，形成了机要工作的长效机制。

“我们的光荣是永远的”

——为《战斗与工作》创刊一周年题词

为了更好地开展西南地区的剿匪工作，1950 年 1 月 11 日，西南军区在重庆成立了川东军区，统一领导川东地区的军事斗争工作。王近山任军区司令员，谢富治任政治委员，曾绍山任副司令员，阎红彦任副政治委员，王蕴瑞任参谋长，钟汉华任政治部主任。川东军区隶属于西南军区，是在中国人民解放军第三兵团的基础上成立的。由于第三兵团的番号仍旧保留，川东军区与第三兵团实际上是一套人马，两个牌子。

川东军区成立后，以《战斗与工作》为机关报。《战斗与工作》原是第三兵团机关报，创刊于 1949 年 9 月 8 日。1950 年 9 月 8 日，报纸发表专刊，纪念创刊一周年。钟汉华发表《大家动手办好党报》一文，对报纸创办一年多来的经验进行了总结。文章中写道：“我们的《战斗与工作》报，从创刊以来到现在已经一年了。在这一年中，共出刊 50 期，它经历了大西南进军及半年以上的剿匪过程，可以说从它诞生那一天起，就是在战斗着、工作着。并从战斗与工作中，不断发展提高。从八开版到四开版，从不定期发刊到尽可能的定期发刊，从没有经验到初具经验，它克服了人力、物力、技术上的各种困难，对各个时期的各项中心任务，都做到了密切的结合。芜湖时期的反军阀主义树立爱兵思想，结合动员进军西南；常德时期的反本位主义、反贪污浪费，结合树立整体观念及爱护祖国财产观念；到达川东后的反复贯彻‘改造 90 万，发动 6000 万，做好 60 万’的思想教育，结合剿匪、肃特、征粮等任务，它都起了一定的作用。在实际体验中，逐渐明确了联系群众，联系实际，开展批评与自我批评的办报方针。它是在逐渐地发挥着‘不仅是集体的宣传者和集体的鼓动者，而且是集体的组织者’的作用。由此提高了部队的阶级觉悟及政策水平，加强了部队组织性与纪律性，加强了战斗力，基本上保证了党的政策方针任务的实现。这是由于报社全体同志的努力，全体通讯员的努力，大家关心爱护党报，及党委领导正确所获得的成绩。这个成绩应当巩固与发扬。”文章同时提出了报纸存在的弱点：“这就是大家动手办好党报的思想观念，还没有在全党全军中很好地树立起来。许多人还不善于运用报纸进行思想指导及推动工作，因而来稿不广泛、不全面。除少数记者、通讯员、特约通讯员供给稿件外，写稿没有成为普遍的群众性的运动。这样在报纸上就反映了面窄及优势掌握不住重点的缺陷。而又由于各级通讯组织不够健全，在业务水平上得不到及时提高，使部队中若干宝贵的经验，不能及时得到交流与发扬，减弱了报纸的敏感性与预见性。在编辑方面，也由于政策水平的限制，缜密的分析情况，提出问题，贯彻领导意图，明确提倡什么反对什么，也做得不够。这就使群众中一些好的创造，没有能更好地提高到原则上来，再回到群众中去发挥、普及和光大。加上发行、交通各方面的关系，常使许多有价值的东西变成‘马后炮’，起不到它应有的作用。而在写作上的党八股没有得到完全克服，也造成报纸的过于严肃，看起来不够生动、活泼。”文章号召大家在以后的工作中克服这些弱点，围绕当前及以后一个阶段的中心工作而战斗，把《战斗与工作》报办成“部队不可缺少的报纸”。

为了鼓励《战斗与工作》报在未来的工作中再上新台阶，刘伯承、邓小平、张际春等西南局领导同志先后题词祝贺和鼓励。刘伯承的题词是：“战斗队任务主要是：解放西藏、台湾，建立国防，保卫世界和平，保卫国内治安建设。工作队任务主要是：清匪反恶霸、减租、退押与调整工商业、救济失业。干部决定一切，提高战斗技术政策策略水平，善于调查研究，分析情况，从实际出发，是群众路线，反对官僚主义，命令主义。”张际春的题词是：“加强部队党的工作和思想教育，使部队在清匪反霸减租斗争中提高一步。”邓小平的题词是：

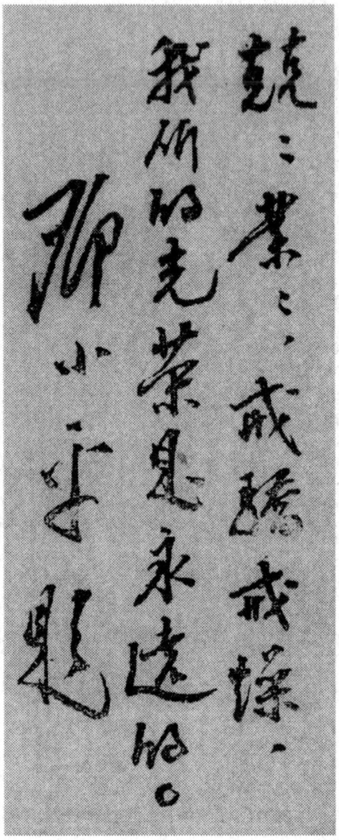

兢兢业业，戒骄戒躁，我们的光荣是永远的。

邓小平题

刘伯承、邓小平、张际春等人的题词发表在《战斗与工作》创刊一周年的专刊上。

在完成剿匪清特任务后，1952 年 10 月 1 日，川东军区与川西军区领导机关合并，成立四川军区，川东军区番号撤销，所属各军分区归四川军区建制，川东军区机关报《战斗与工作》也完成了自己的历史使命。

给即将结业分配工作的学员的赠言

——为西南人民革命大学学员题词

大西南解放后，随着各项事业的蓬勃发展，各类干部和人才严重不足的问题也日益突显出来。为了解决这个问题，邓小平、刘伯承、贺龙等西南局领导同志在财政经济十分紧张的情况下，果断做出在重庆创办西南人民革命大学的决策。

1950 年 3 月，西南人民革命大学筹备处成立。西南局常委兼宣传部长张子意任筹备处处长，直接负责学校筹建工作。随后，筹备处通过接管、购买、租用、接受赠与等多种方式，初步解决了办学的基础设施等问题。与此同时，西南军政委员会还在《新华日报》上发布了西南人民革命大学第一期招生的消息，引来了许多有志之士从大西南各地涌向重庆，掀起了一股求学热潮。西南局十分重视学校的建设工作，任命西南军政委员会主席刘伯承担任校长，张子意兼任副校长。

1950 年 5 月 14 日，西南人民革命大学成立暨第一期开学典礼在重庆南开中学操场上隆重举行。一期学员 6000 余人，其中高中文化程度以上的占了 80% 左右。西南区和重庆市的党政军领导人及机关、部队、教育界、工商界代表人士、西南人民革命大学的全体师生共 7000 余人参加了开学典礼。刘伯承在典礼上做了题为《坚定我们人民大众的立场，全心全意为人民服务》的报告。

西南人民革命大学学员在校期间采取半军事化管理，主要学习马列主义基本理论、毛泽东思想、社会发展史、中国当前社会状况等知识，重点培养能将理论与实际相结合的管理人才。学校初创时期，条件异常艰苦。

学员们甚至还要经常下山到嘉陵江边码头去搬运粮食和煤炭，以供学校正常运转。这种艰苦的环境极大地磨练了学员们的意志，对帮助他们牢固树立起无产阶级的世界观和人生观起到了重要作用。刘伯承、邓小平、张际春等西南局领导人均在百忙之中抽出时间来学校做报告，对学员们的成长十分关心。

由于各战线对人才的急需，西南人民革命大学第一期学员到9月就要结业分配工作了。9月21日，邓小平为学院题词：

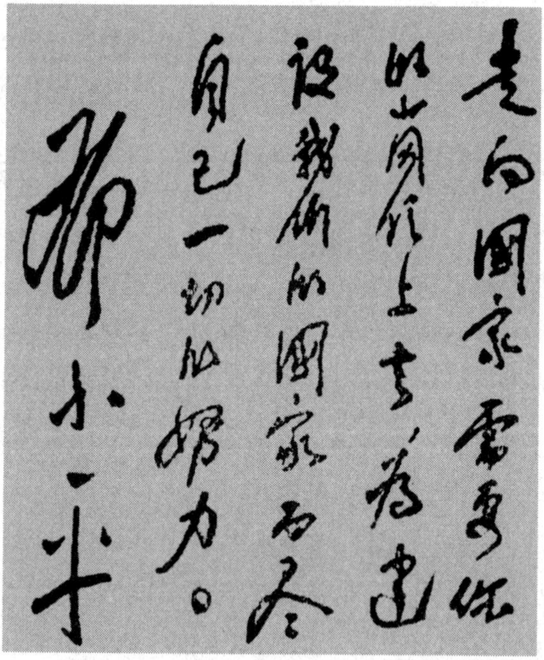

走向国家需要你的岗位上去，为建设我们的国家而尽自己一切的努力。

邓小平

9月22日，邓小平出席西南人民革命大学第一期学员结业典礼并做了题为《到实际工作中去接受考验》的毕业分配总动员报告。他告诫学员们要正确对待在学校中取得的成绩，号召学员们到实际工作中去接受考验，要从革命的整体利益出发。他说，革命干部以后要过很多关，战争关已经过去了，还要过土改关、社会主义关，还有分配到农村工作这一关。革命工作，要过很多大大小小的关，过这些关，有的表现在思想上、认识方法上，有的直接表现在行动上。我们要下决心，坚定意志，表明态度，需要我们到哪里，就到哪里。到斗争最激烈的地方，最容易受锻炼。现在的斗争，乡村里有，城市里也有，但是以农村中最尖锐。希望同学们不要怕到农村去和封建势力的斗争，做这种工作可以考验我们的观点、思想和工作态度。当然，在实际工作中会遇到种种困难，但如果有革命决心，就不应该怕。革命者之所以可贵，就在于他们知道困难也要去做。他特别强调指出："一个革命者，很重要的有两点：一是永远站在人民群众方面。在斗争中，只要站在人民方面，革命方面，就不会犯错误，人民群众也会给你以力量。二是永远不要忘记学习。俗话讲开卷有益，学习可提高认识，搞通思想，才能看得清楚问题。"

邓小平的讲话，给西南人民革命大学的学员们留下了深刻的影响，也对他们以后的人生道路产生了深远的影响。1950 年 11 月 2 日西南人民革命大学第二期开学时，邓小平出席了开学典礼，并做了《目前的形势和任务》的讲话，号召学员们时刻准备为建设强大的国防和经济事业贡献自己的力量。

西南人民革命大学除了在重庆设立总校外，还在成都、云南、贵阳、西康、川南、川北分别设立了六所分校。1952 年 4 月，西南局按照中央"以培养工业建设人才和师资为重点，发展专门学院和专科学校，整顿和加强综合性大学"的方针和"对政治、财经各院系采取适当集中，大力整顿"的原则，决定将西南人民革命大学有中短期培训班的办学模式向正规大学教育过渡，同时决定将西南区财政部、贸易部、银行、合作社分别兴办的四个专科学校合并为西南人民革命大学的四个部，停止短期训练班招生，着手筹建西南人民大学。5 月 3 日，邓小平批准了西南人民革命大学根据西南局意见制定出的成立西南人民大学的初步方案。在随后的几个月中，重庆大学（商学院、法学院）、四川大学（政法学院）、云南大学（法律政治系）、贵州大学（法律系）、重庆财经学院（法律系）、西南贸易专科学校、西南军政委员会财政部财政学校相继并入西南人民革命大学。到 1952 年底，西南人民革命大学在校学员达 4000 余人，形成了一个大学的雏形。后来，为了统筹发展西南地区高等教育事业，西南局决定分散西南革命，将师资力量分别调配到其他高校。1953 年，以西南人民革命大学师资力量为基础，相继创办了西南俄文专科学校（现四川外国语大学）、西南政法学院（现西南政法大学）、四川财经学院（现西南财经大学）等学校。是年 9 月，西南人民革命大学正式宣布解散。

恢复和发展私营工商业的方针与政策问题

——为《重庆工商》创刊题词

新中国成立初期，主要有五种经济成分：社会主义性质的国营经济、半社会主义性质的合作社经济、农民和手工业者的个体经济、私人资本主义经济和国家资本主义经济。其中，私人资本主义经济在当时中国现代工业经济中占据了排行第二的重要位置，是一支不可忽视的经济力量。为此，中共中央和毛泽东明确提出了限制、利用和扶持、鼓励私人资本主义经济正当发展的方针政策。为了贯彻党中央和毛泽东的指示，邓小平在领导大西南解放的同时，也进行了扶持和鼓励私营工商业发展的工作。

1949 年 11 月 30 日，重庆解放。为了迅速稳定市场、发展经济，12 月 18 日，重庆市人民政府召开了工商界代表座谈会，全面、详细地向工商业者阐明了党和政府的政策，并对他们提出了殷切的希望。邓小平等西南局领导到会做了讲话。1950 年 1 月 23 日，重庆市举行第一届各界人民代表会议，西南军政委员会主席刘伯承做了题为《为建设人民的生产的新重庆而斗争》的报告。这次会议遵照《共同纲领》的“四面八方”经济政策，通过了筹组重庆市工商业联合会筹备委员会的提案，任命胡子昂为筹委会主任委员。4 月 22 日，筹备委员会召开第一次会议。5 月 2 日，筹备委员会第二次全体委员会上通过了《重庆市工商业联合会筹备委员会组织章程》和《工作纲领》。《章程》规定筹委会的宗旨是：“在重庆市人民政府的领导下筹组重庆市工商业联合会，并团结重庆市工商各业，根据人民政协《共同纲领》的经济政策，共谋重庆市工商业之迅速恢复与发展。”会后，先后成立接管、整理、辅导、调解、财务、政策法令研究、技术研究等七个委员会，分别制订了工作方案，组建了研究室、业务处、辅导处、组织处、秘书处以及下设的十个科等工作机构，次第展开工作。为了更好地开展工作，筹备委员会还于11月30日创办了工作刊物《重庆工商》。邓小平对此极为重视，亲自为创刊号题词：

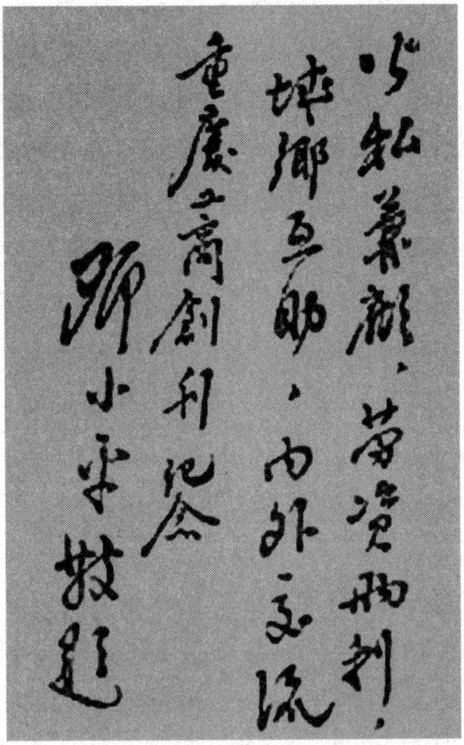

公私兼顾，劳资两利，城乡互助，内外交流。

重庆工商创刊纪念

邓小平敬题

邓小平的这个题词对当时西南地区私营工商业存在的问题有着强烈的针对性。当时，在党内，对于“公私兼顾，劳资两利”政策有着不同的意见；社会上一些私营经济者认为共产党是“只顾公不顾私”，对“公私兼顾，劳资两利”政策持观望态度。邓小平的这个题词，实际上是再次强调了《中国人民政治协商会议共同纲领》中规定的恢复和发展私营工商业的方针与政策问题，向西南工商业者表明了政府的态度和工作方向。这就为后来西南地区顺利完成私营工商业的社会主义改造、促进国民经济的发展与繁荣奠定了思想基础。

《重庆工商》创刊后的一段时间内由筹备委员会主编。1952 年 1 月 7 日，在次第接管旧商会、旧工业会和整理改造旧同业公会基础上，正式成立重庆市工商业联合会后，刊物转由联合会主编。重庆市工商业联合会筹备委员会在完成历史使命后宣布解散。《重庆工商》是重庆市工商业联合会宣传教育工作的一个重要组成部分。它以马列主义、毛泽东思想为指针，结合各个时期的中心工作和成员的思想情况，宣传党的方针、政策和法令、法规，推动全市工商界参加各项政治运动和爱国活动，起了积极作用。1959 年 5 月刊物停刊，前后共出版了 173 期。

出版发行工作是一项政治任务

——为新华书店西南总分店第一次分支店会议题词

早在筹备进军大西南期间，邓小平就考虑到西南地区解放后丰富和发展人民文化生活的问题。为此，他建议抽调一批专业干部负责筹建西南新华书店事宜。

根据邓小平的提议，1949 年 6—7 月间，中共中央宣传部出版委员会从华东、晋绥等地动员和调配了赴西南各省建立新华书店的干部。出版委员会主任黄洛峰还专门致信南京新华书店，请他们抽调了刘耀新、沈绥南、张月明、王凤鸣、陈初蓉等 32 人编入西南服务团二团，重点负责进入西南地区后的新华书店开业工作。与此同时，出版委员会还从上海出版界调配了 20 余名干部，组成西南服务团一团新闻出版队，极大地充实了大西南新华书店的筹建力量。出发前夕，两支队伍合编为重庆支队新闻出版工作队。8 月 20 日和 24 日，邓小平委托宋任穷两次接见出版队伍的负责同志，要求他们做好充分准备，尽量多带一些书，尽快把书店办起来。宋任穷还拨出购书专款，并手谕二野后勤部段君毅、刘岱峰负责解决运书到西南的交通运输问题。是年 11 月初，邓小平又以二野名义多次致电中央宣传部出版委员会，对西南各省新华书店经理人选、教科书、纸张供应等问题逐一落实。

1949 年 11 月 30 日，重庆解放。12 月 9 日，在重庆市军管会文教接管委员会的协助下，西南服务团出版工作队接管了国民政府的旧图书出版和发行机构。12 月 12 日，西南区新华书店筹备处在中山一路 275 号正式办公。该月月底，出版工作队通过二野后勤部运送的 300 包图书和

32 副纸型亦经长江水路航运运抵重庆。在一切准备工作就绪后，1950 年 1 月 3 日，新华书店西南总分店在西南的第一家书店黄角椏门市部隆重开业。这是西南第一家新华书店。自此，西南地区掀开了人民图书出版业的新篇章。邓小平十分高兴，委派秘书长刘仰峤前去道贺，并安排《新华日报》对这个消息做了专门报道。随后，新华书店贵州分店、云南分店、西宁分店（后改名青海分店）也先后成立。这些书店的成立，在及时宣传党的方针政策、满足西南地区广大人民群众精神文化生活等方面都发挥了重要作用。

西南区新华书店成立后，能够紧紧围绕出版总署和全国新华书店的要求不断改善组织形势、提高图书发行出版水平。1950 年 3 月 25 日，中央人民政府出版总署公布《关于统一全国新华书店的决定》，强调各地新华书店要迅速走向统一、集中，加强专业化、企业化建设，明确全国各地新华书店的业务均归新华书店总管理处领导。6 月，新华书店西南总分店召开第一次分店会议，贯彻出版总署的会议精神，通过了《关于统一西南区新华书店的决定》。9 月，第一届全国出版会议在北京举行。会议通过《关于发展人民出版事业的基本方针》、《关于改进和发展书刊发行工作》等五项重要决议。11 月 16 日至 25 日，新华书店西南总分店召开西南区第一次分支店会议，贯彻落实全国新华书店第一届出版会议精神。刘伯承、邓小平亲自为会议题了词。刘伯承的题词是："把新民主主义的文化食粮散给到广大饥饿的人群去"。邓小平的题词是：

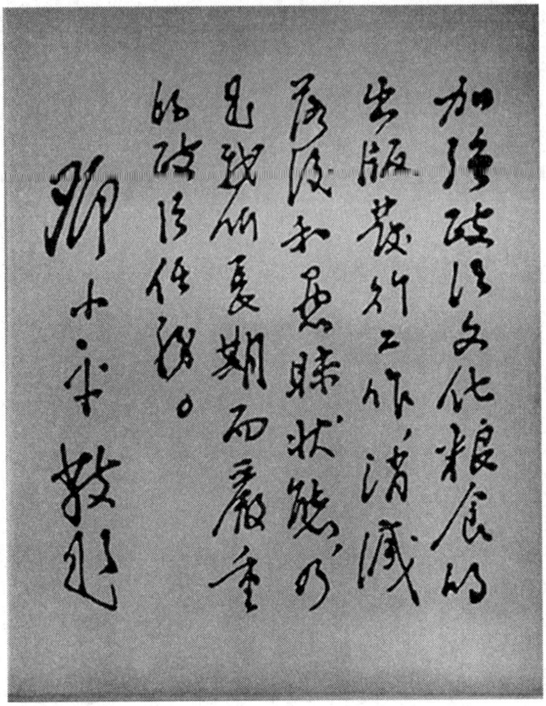

加强政治文化粮食的出版发行工作，消灭落后和愚昧状态，乃是我们长期而严重的政治任务。

邓小平敬题

刘伯承、邓小平的题词，最早发表于1950年11月17日和18日的分支店会议的《会刊》第1期和第2期上，后刊印在会后出版的纪念册上。1987年，在新华书店成立五十周年之际，邓小平的题词又被收录到《新华书店五十周年照片集》内。

1951 年的工作任务

——为西南军区全体指战员题词

随着解放战争的逐步胜利，如何在战后经营好大西南成为摆在邓小平及西南局面前的一个重大课题。

西南地区是中国大陆最后解放的地区。不甘心失败的国民党集团在撤退前在此留下大批特务。他们同当地帮会头子、土匪强盗和地主恶霸等勾结在一起，大干持枪抢劫、暗杀、纵火等勾当，有的还打着“反共救国军”、“国民党救民义军”等旗号组织反动武装。据 1950 年 2 月的统计，反革命武装在川东地区约有三万人，川南地区约有两万人，川北、川西、西康、贵州的反革命武装也十分猖獗。除肃清匪特外，经营西南还面临着迅速发展的濒于崩溃边缘的西南地区城乡经济，接收、整编和改造西南解放战役中起义和投诚的几十万国民党军队。

对如何解决好西南地区存在的问题，邓小平一直有着清醒的认识。早在进军西南的途中，他就在二野及赴西南做地方工作的区、营级以上干部会议上讲话强调奔赴西南后面临的困难之重。到重庆后，他在给中央的报告中明确指出要着力解决三件大事，即“农村逐步深入反封建斗争，改造六七十万国民党军队和二三十万旧人员，以及整理破碎的人民经济生活”。结合中央的指示与部署，邓小平提出了“首先集中力量于城市的接管”和“农村工作开始铺摊子和布置征粮”的工作思路与方针策略，决定领导西南地区各级党组织及广大党员干部与军民群众，从摧毁国民党旧政权工作入手，迅速建立人民革命政权，整顿和发展党的组织，以便为解放初期西南地区恢复和发展生产，进行社会经济建设创造必要的政治环境。

1951 年 1 月 1 日，邓小平迎来进驻西南后的第一个元旦。过去一年工作取得的成就虽然不小，但新一年的工作任务依旧繁重。为了向西南军区全体指战员祝贺新年，并进一步鼓励他们的斗志，邓小平在这一天为他们题词：

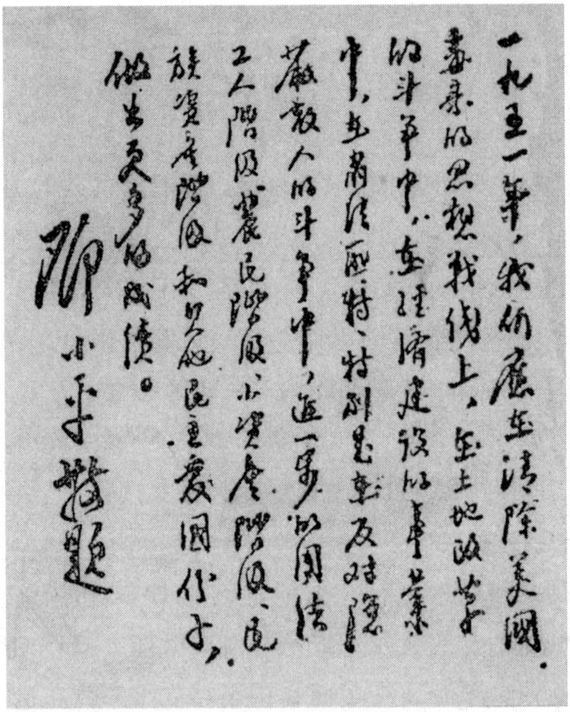

一九五一年，我们应在清除美国毒素的思想战线上，在土地改革的斗争中，在经济建设的事业中，在肃清匪特、特别是在反对隐蔽敌人的斗争中，进一步的团结工人阶级、农民阶级、小资产阶级、民族资产阶级和其他民主爱国份子，做出更多的成绩。

邓小平敬题

邓小平的这个题词，不但为西南军区全体指战员指明了 1951 年的工作任务，还提出了如何实现这些任务的工作方法，即广泛联合一切可以联合的力量。在这一思路指导下，西南区的各项工作有条不紊地开展起来。

要重视利用广播这一重要武器

——为重庆人民广播电台开播一周年题词

中国共产党十分重视宣传工作。报纸、广播、刊物等都是党经常使用的宣传工具。这其中，广播在资讯传播过程中最为迅速，影响最大、最广泛，特别是在旧中国的广大农村，订阅报纸和出版物的不多，广播就成为最有效、最便捷的一种方式。正因如此，中国共产党才克服了种种困难，在1940年12月30日创建了党的第一座广播电台——延安新华广播电台。

和其他领导同志一样，邓小平也十分重视广播的宣传作用。在部署解放重庆时，他就要求部队在避免伤亡的情况下尽量保护好国民党在重庆的广播设备。然而，1949年11月29日，国民党在溃败前，还是将原国际广播电台小龙坎广播发射机房炸毁，35千瓦和10千瓦短波发射机等主要设备同时被毁。国际广播电台是国民政府于1939年2月在1932年12月创办的中国西部第一个国有广播电台——重庆广播电台的基础上创建的。这个广播电台的建立使得重庆一度成为全国的广播中心。重庆解放后，邓小平要求部队要尽快建立起广播电台。12月20日，解放军重庆市军管会代表接管原国际广播电台，开始筹建重庆人民广播电台。

1950年1月1日，筹建中的重庆人民广播电台从重庆电信局调进一部英制3.5千瓦短波报话机，解决了播音的主要设备问题。1月4日，新生的重庆人民广播电台正式开播，发射功率1.5千瓦，频率1200千赫。每天晚上播音一次，每次4小时。1月5日，又成立西南人民广播电台，与重庆人民广播电台合署办公，实行两块牌子一套人马的采编播体制。

重庆人民广播电台建立后，邓小平又建议在西南地区建立覆盖城乡主要地区的广播收音网络。根据这一提议，西南军政委员会于 1950 年 9 月 5 日发出《关于建立西南区广播收音网的指示》，要求各地继续完成建设收音站及设备配置工作，原则上一个县至少要有一个站点，并配备专任或兼任收音员。建台和购置设备费用由西南广播事业费支付一半，另一半由各省地方经费内开支。指示下达后，西南区各专署、县、市及大城市的工矿企业、学校、机关和部队等都逐步建立健全了收音站。这些收音站和重庆人民广播电台以及西南地区成都、昆明、贵阳广播电台一起，构筑成一个舆论宣传网，对解放初期在西南地区宣传贯彻党的新民主主义方针政策、推动各种政治运动、提高广大干部和群众的思想政治觉悟、改善和丰富人民文化生活方面都起到了重要作用。

1951 年 1 月 4 日，在重庆人民广播电台开播一周年之际，邓小平在《新华日报》发表题词予以祝贺：

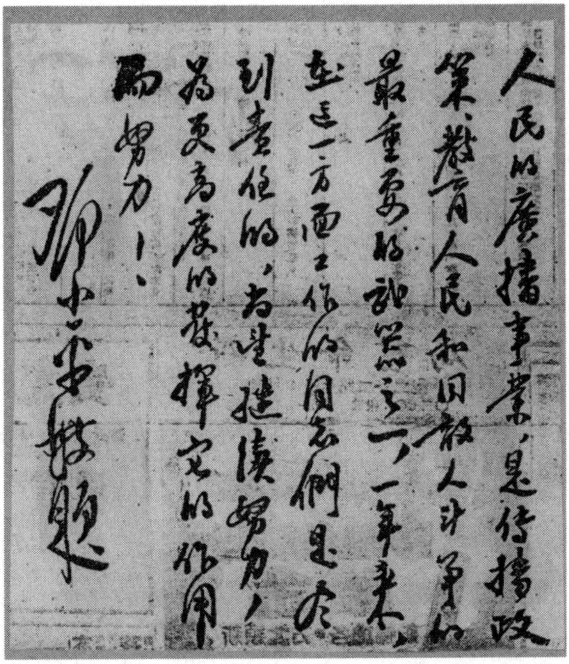

人民的广播事业，是传播政策、教育人民和对敌人进行斗争的最重要的武器之一。一年来，在这一方面工作的同志们是尽到责任的，尚望继续努力为更高度地发挥它的作用而努力。

邓小平敬题

新时期工人阶级肩负的任务

——为重庆市第一届工会会员代表大会题词

1949年11月30日，重庆解放。当时的重庆是西南区（川滇黔康藏）的政治、经济、交通、文化中心，全市面积309.1平方公里，东西长100余里，南北宽30余里，居住人口120万人。国民党不甘心在西南地区的失败，败退前安置了大批特务从事破坏活动。重庆作为西南重镇，更是匪特猖獗。最严重的时候，重庆市与川东区各城市间甚至处于半隔绝状态。重庆解放后，刘伯承、邓小平等领导同志迅速开展肃清匪特工作，建立人民政权，加强党的建设，为重庆的经济恢复和生产发展提供了政治保障。

在长期的革命战争中，邓小平充分认识到了工农联盟力量的强大。在经营重庆过程中，邓小平要求各级党组织要充分发动工农并建立他们自己的组织，以保证人民民主政权的基础巩固。在这一思想指导下，重庆市委、市政府从解放伊始，就开始以工人作为中心，积极筹建工农自己的组织。1949年12月2日，重庆市总工会筹备组成立。当月下旬，西南服务团工会大队400余人到达重庆，总工会筹备组在全市普遍展开工作。此后，重庆市采取自上而下与自下而上相结合的方法，大规模地建立工会组织。到1950年10月底，全市共计建立了566个基层工会组织，发展会员九万余人，占全市职工总数的42.59%，全市产业工人已基本上组织起来。

1951年3月21日至4月1日，重庆市第一届工会会员代表大会召开，389名代表出席了大会。大会制定了今后工会工作的方针，宣布正式成立全市工人阶级的组织——重庆市总工会，并选举王维纲为主席、邵子言为副主席。邓小平虽然由于工作繁忙没能出席这次会议，但却在会议期间为大会题词：

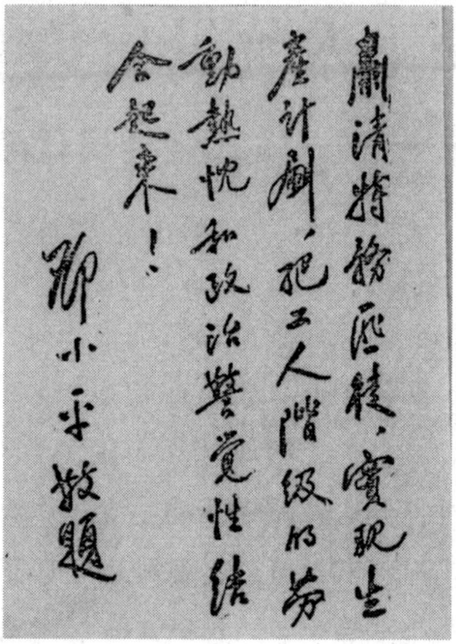

肃清特务匪徒，实现生产计划，把工人阶级的劳动热忱和政治警觉性结合起来！

邓小平敬题

3月27日的《新华日报》发表了这个题词。这次会后，重庆市总工会协助政府在工矿中开展肃清特务土匪的同时，积极推进民主改革和民主管理，搞好生产，保护工人利益，有组织地发挥工人阶级在建设人民的生产的新重庆中的领导作用。到1952年底，全市共建立了23个产业工会、6个区工会办事处、1230个基层工会组织，工会会员近20万人，占全市职工总数的近70%。重庆市工会组织已经成为党联系全市广大职工群众的纽带，成为人民政府坚强支柱，为彻底打击匪特，铲除国民党的残余势力，建立革命新秩序做出了重大贡献。

用红油漆涂刷保存下来的手迹

——为川西行署区名山县烈士纪念碑题词

1949 年底，刘伯承、邓小平率领第二野战军解放了四川省。四川地域广袤，人口接近 5000 万，地理位置十分重要。为了管理好四川，中共中央将四川划分为四个行署区，由西南军政委员会统一领导。其中，川西行署区辖有 1 个地级市、4 个专区共 5 个地级行政单位和 8 个市辖区、38 个县共 46 个县级行政单位。名山县当时就属于川西行署区管辖。

四川解放后，解放西藏迅速提上了议事日程。经过慎重考虑后，党中央决定以二野第十八军为进藏主力。西藏自然条件恶劣，当时还没有一条与外部相连的公路。与此同时，四川省刚刚解放不久，匪患还十分严重，新生政权立足尚未稳健。这时进军西藏，第十八军面临的困难可想而知。为了打好这场硬仗，刘伯承、邓小平一方面集军备战，抢修公路；另一方面集中主力开展剿匪行动。到 1950 年 10 月，第十八军共剿灭土匪、特务 9801 人，缴获炮 29 门、枪 12807 支，胜利完成了剿匪任务。

第十八军在剿匪工作中也付出了巨大牺牲。仅在文山县的剿匪斗争中，该军第五十三师就牺牲了 76 名战士。1950 年 11 月，为了纪念这些烈士，名山县建造了中国人民解放军步兵第五十三师烈士公墓。次年年初，名山县在公墓的基础上修建烈士陵园，并立碑为纪。3 月，时任中共西南局书记、西南军区政委的邓小平为烈士纪念碑题词：

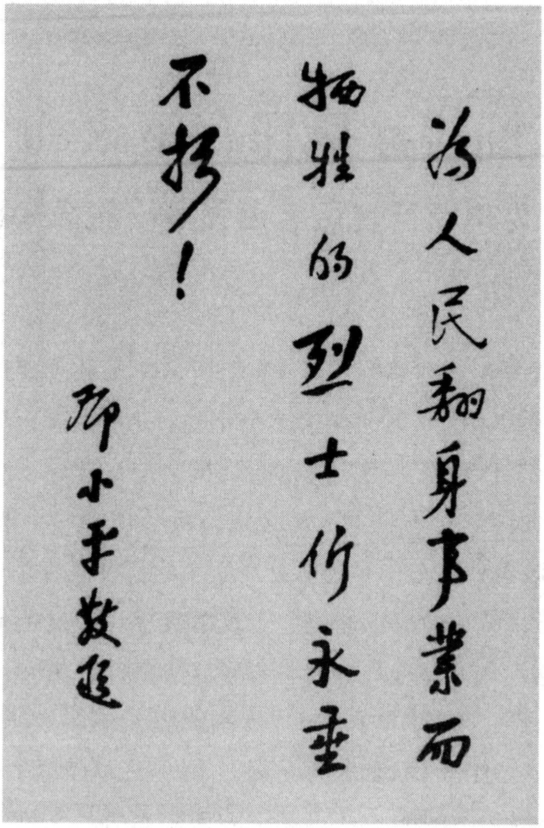

为人民翻身事业而牺牲的烈士们永垂不朽！

邓小平敬题

题词寄到名山县后，名山县随即安排石匠，将这个题词刻在石碑之上，安放于烈士陵园烈士堂前。

“文化大革命”开始后，邓小平的题词也岌岌可危。时任中共名山县委副书记的尹宾汤和负责陵园管理的共产党员柏向兰冒着巨大风险，于1967年3月8日将刻在石碑上的邓小平同志题词阴文用石膏填平，再涂上红油漆覆盖，然后写上红底黄字的毛主席语录。1973年邓小平复出后，尹宾汤和柏向兰又将纪念碑复原，使小平同志的题词重新展现于世人面前。

1976年，邓小平再次被打倒。尹宾汤和柏向兰又依前法把题词再一次保护起来。直到粉碎“四人帮”后，纪念碑方才恢复原貌。由于两次用红油漆涂刷，石碑变了颜色，无法洗净，烈士陵园工作人员只好把邓小平的题词涂改成白色，纪念碑呈红底白字。为了保护这幅珍贵的题词，警示后人不要忘记历史，烈士陵园工作人员用大理石复制了题词碑安置于原处，原纪念碑则存放在名山县烈士陵园史料陈列馆中，供人们瞻仰、缅怀。

“学习是前进的基础”

——为《中国人民解放军第二高级步兵学校成立暨第一期开学典礼特刊》题词

1951年3月5日，根据第一次全国军事学校暨部队训练会议和中央军委关于各大军区及其分校改编为步兵学校的批示精神，总参谋部发布文件，命令各大军区军政大学一律改称“中国人民解放军高级步兵学校”，各分校改称“中国人民解放军步兵学校”，同时统一全军步兵学校番号和数量。根据这个要求，西南军政大学改称第二高级步兵学校，昆明、云南、川东、川南、川西、川北、贵阳、安顺八所分校改称第四、五、六、七、八、九、十、十一步兵学校。5月5日，中国人民解放军第二高级步兵学校举行成立大会暨第一期开学典礼。为了纪念成立大会的盛况，中国人民解放军第二高级步兵学校政治部编印了《中国人民解放军第二高级步兵学校成立暨第一期开学典礼特刊》。时任西南局第一书记的邓小平为特刊题词：

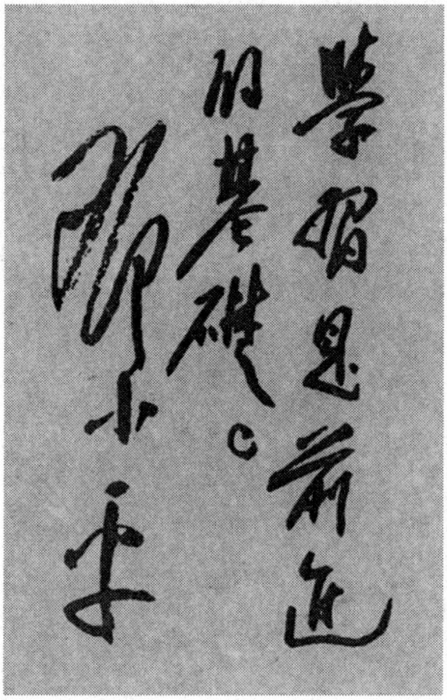

学习是前进的基础。

邓小平

邓小平在第二高级步兵学校成立之际题词强调“学习”的问题，意义深远。中国共产党历来重视学习，将其视为提升干部素质、不断夺取胜利的必由之路。作为中国共产党领导人之一的邓小平，喜爱学习的个性从他在家乡四川广安的童年时代就已经显露出来。他 5 岁入私塾启蒙，6 岁入初级小学堂读书，11 岁考入广安县立高等小学堂，16 岁赴法国勤工俭学，22 岁进入苏联莫斯科中山大学进行马克思主义理论系统学习。在戎马倥偬的革命战争年代，他依旧利用一切空暇时间抓紧读书。读书学习，不仅增长知识，也锻炼了他的思维，打下扎实的前进基础。

民族团结才能建设新中国

——为西南民族学院成立暨第一期开学典礼题词

中国西南地区是少数民族较为聚集的地区，民族问题十分复杂。西南各省相继解放后，为建设和发展大西南尽快培养更多少数民族干部问题就提上了议事日程。时任西南局第一书记的邓小平对此十分重视。

1950 年 7 月 21 日，邓小平在与中央民族访问团全体同志的交谈中，专门强调了创办民族学院问题。他说："西南人才缺乏，我们要解决这个问题，就必须迅速创办民族学院。吸收一些青年进民族学院深造。"7 月 22 日，他在主持召开西南局第三次全体委员会议时再次强调"少数民族学校应速筹办"的观点，得到了与会人员一致同意。根据邓小平的指示，7 月 30 日，西南军政委员会副主席兼西南民族事务委员会主任王维舟在西南军政委员会第一次全体会议上宣布，在西南筹办一所民族学院，由西南民族事务委员会负责筹备工作。8 月 15 日，西南局召开常委办公会议，拟定在成都、贵阳和昆明设立三所民族学院。会后，西南局向中共中央呈送的《西南军政委员会八、九两月综合报告》中明确提出了这一计划。中央认为，在西南设立民族学院在落实党中央的民族政策、大力培养各民族有共产主义觉悟的干部人才和促进西南地区长久发展方面意义重大，必要时还可以增设几所。11 月 28 日，邓小平在重庆接见西南各民族国庆代表团时，结合西南的实际情况，正式向代表们宣布，西南局和西南军政委员会决定在西南创办三所民族学院来培养干部。其中一所是在成都，另外两所分别设在云南大学和贵州大学内。在成都的这一所，就是后来的西南民族学院，今天的西南民族大学。

西南民族学院筹建工作得到了中央统战部、中央民委及西南军政委员会的大力支持。具体筹建工作则由王维舟负责。1950 年 11 月底，王维舟和筹备处的几位同志在成都新玉沙街购买了起义将领刘文辉的一所被胡宗南炸毁的公馆作为校址，开始了紧张的学生宿舍、食堂的工程建设。为了充实师资力量，西南局、西南军政委员会还先后调来了张天伟、孟铸群、杨琴、林柱、贺新民、刘心平、安毅夫、苏小柱、何书祥、蒲文彩、伍开贵、何强等原西南人民革命大学的教师，使学校初步具备了一定的教学能力。

1951 年 6 月 1 日，经过数月的紧张筹建之后，西南民族学院在校园内举行成立暨第一期开学典礼大会。首任院党委书记兼院长王维舟主持了庆典大会。西南民族学院第一期学员有 500 多人，来自西南各地的藏、彝、苗、僰、侬、羌等 24 个少数民族。西南局、西南军政委员会、川西区党委、川西行署、西康省政府、成都市委和市政府各级领导同志，各团体各界知名人士代表共 140 余人参加了庆典活动。刘伯承和邓小平因公务繁忙未能参加典礼。刘伯承为大会发来了贺电，而邓小平则题词表示鼓励和支持：

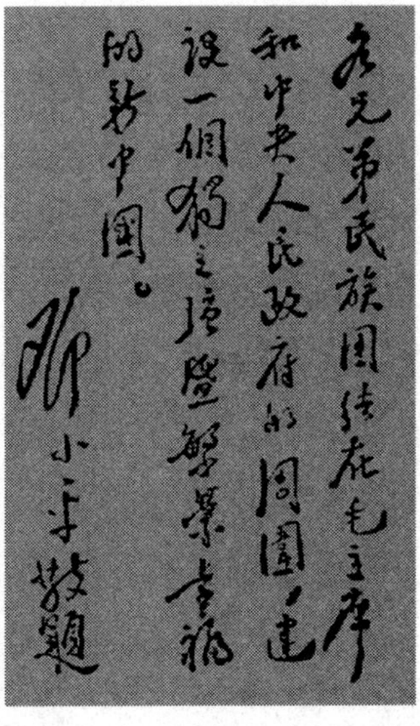

各兄弟民族团结在毛主席和中央人民政府的周围，建设一个独立

强盛繁荣幸福的新中国。

邓小平敬题

会后,《川西日报》刊登了邓小平的题词。

西南民族学院是西南各少数民族的最高学府。学院成立之初由西南军政委员会主管。1954 年初，学校由四川省人民政府主管。1979 年，学校由国家民族事务委员主管。2003 年 4 月 16 日，教育部批准西南民族学院更名为“西南民族大学”。

“男女一起发动”的方针

——为《西南妇女》创刊号题词

妇女工作是党的工作的一个重要组成部分。邓小平十分重视运用马克思主义妇女理论来解决中国妇女问题，并形成了一系列重要思想。他为《西南妇女》创刊号的题词就充分证明了他对妇女工作的重视。

大西南地区陆续解放后，时任西南局第一书记的邓小平敏锐地认识到：要想迅速稳定局面、恢复生产、发展经济，除了依靠各级党委和政府外，还必须充分发动群众，在广袤的大西南地区掀起一场广泛的人民战争。在这场人民战争中，“能顶半边天”的妇女们的力量更是不可小觑。为此，邓小平提出了“男女一齐发动”的工作方针。在这一思想指导下，西南妇女联合会很快成立起来。为了更好动员西南地区的妇女同志，1951年7月，该组织创办了刊物《西南妇女》。这份杂志以宣传妇女联合和解放、保障妇女权益、配合西南地区各项事业建设为宗旨，每月出版一期。邓小平欣闻杂志创刊，为之题词：

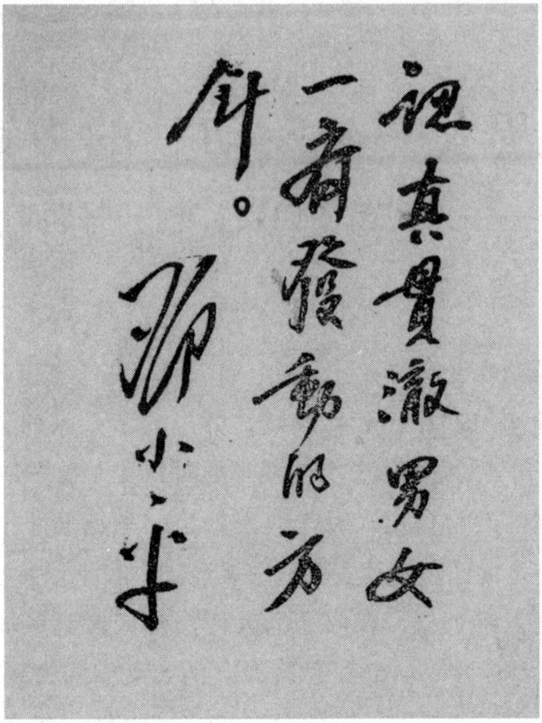

认真贯澈男女一齐发动的方针。

邓小平

邓小平的题词不仅坚定了《西南妇女》编辑部办好杂志的信心，还迅速将西南地区妇女运动推向了一个个高潮。在“男女一齐发动”的口号下，西南地区的妇女同志在参政议政、争取人权、保障生产生活、稳定西南政局等方面都起了重要作用。

普及全民体育运动

——为西南区第一届人民体育大会题词

旧中国积贫积弱，人民身体羸弱，被列强讥讽为“东亚病夫”。新中国成立后，党中央十分重视发展体育事业，增强人民体质，开展了人民大众许多喜闻乐见的体育活动。

1951 年 4 月底，全国第一届篮球、排球比赛在北京举行。西南区也派出了代表队，但并未取得优异的成绩。时任西南军区司令员的贺龙和政委邓小平由此意识到，由于长期忙于战事，无暇组织体育比赛，西南区的体育事业在全国范围内相对落后。在贺龙和邓小平的关心下，中华全国体育总会西南分会于当年 6 月成立，贺龙兼任会长。随后，又先后成立西南体工队和西南军区体工队。自此，西南区的体育事业开始蓬勃发展起来。

1952 年，为了广泛动员全民健身的热情，贺龙、邓小平等西南区领导准备召开一次体育大会。经过精心准备，5 月 4 日，西南区第一届人民体育大会在重庆大田湾广场隆重开幕。参加大会的运动员有川东、川南、川西、川北、云南、贵州、西康、西南军区、西南铁路局、西南一级机关、重庆市 11 个单位共 1177 人，参观团 327 人，战斗英雄、劳动模范、西南及重庆各机关负责同志、各民主党派代表共 100 余人应邀观礼，工人、农民、部队、学生、机关工作人员约 1.5 万余人出席了此次大会。这次运动会规模宏大，人数众多，为新中国成立以来的第一次体育盛会。贺龙、邓小平出席了这次开幕式并题词祝贺。贺龙的题词是：“开展人民的体育运动，为祖国的国防建设与经济建设服务”。邓小平的题词是：

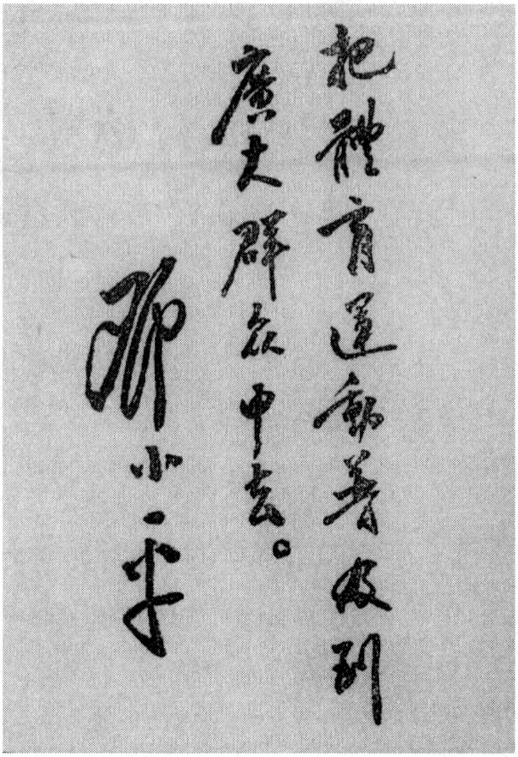

把体育运动普及到广大群众中去。

邓小平

贺龙在做开幕词时对这次大会的重要意义做了阐述。他说："随着经济建设与文化建设的高潮，随着人民的物质与文化生活水平的提高，人民的体育运动也必然地会广泛发展起来的。中国共产党和人民政府是十分重视人民的体育的。《共同纲领》中也明文规定，要'提倡国民体育'。所以，在今天当我们各项工作任务很繁忙和国家财政经济还有不少困难的时候，我们为了提倡和推广新体育运动，不惜分出一部分精力并尽可能拨出必要的经费来支持这样一个大会的召开，这就是因为发展人民体育对加速我国的国防建设与经济建设，对加强我国的国防力量与经济力量，是紧密联系而不可分离的任务。”最后，他号召大家说：“青年朋友们，今天是‘五四’青年节的33周年纪念日，你们要承继并发扬‘五四’爱国主义的光荣传统，加紧提高自己的政治水平业务能力，并努力锻炼好身体，随时准备响应祖国号召，与全体人民一道，为建设祖国、保卫祖国而奋斗！”讲话之后，他大步进入运动场，亲自为西南军区队对重庆市队的足球表演赛开球。5月15日，西南区第一届人民体育大会胜利闭幕。西南军区代表队获得总分第一名。

贺龙和邓小平的题词极大鼓舞了西南区民众的体育热情。会后，各项体育运动在机关、学校、厂矿中如火如荼地开展起来。重庆市体育训练班也率先在全国开展了对优秀运动员的训练，对提高运动技术水平起到了示范和推动作用。

1952年夏天，西南军区组成体育代表团，赴北京参加了中国人民解放军建军25周年体育运动会，取得了女子排球、男子跳高、女子400米接力、女子800米接力等四项冠军。由于贺龙、邓小平等领导的重视，西南区培养了不少出色的教练员、体育健将、体育管理人员和科研人员，他们当中的绝大多数人后来都成为新中国体育事业的中坚力量。

培养民族干部是各民族团结一致的一项关键工作

——为西南民族学院第二期开学典礼题词

西南民族学院是今天西南民族大学的前身，成立于1951年6月1日，以培养少数民族干部为主要任务。学院举行成立暨第一期开学典礼大会时，邓小平因故未能参加，但却为学院题词祝贺。1951年7月10日，在学校举行第二期开学典礼时，邓小平尽管已经接到调往中央人民政府政务院工作的调令，但还是在百忙之中专程从重庆赶到成都，参加了庆祝大会并再次为学校题词：

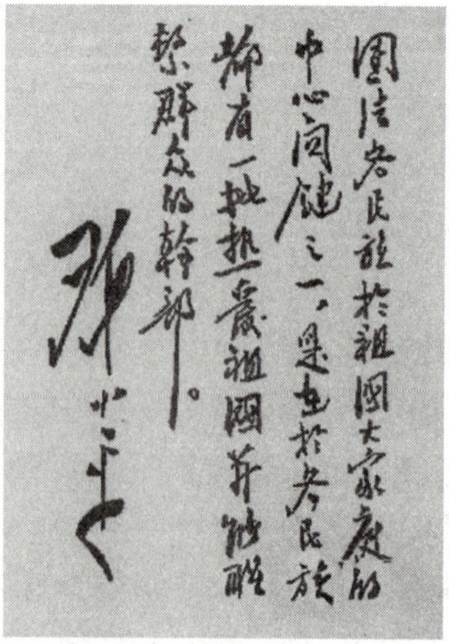

团结各民族于祖国大家庭的中心关键之一，是在于各民族

批热爱祖国，并能联系群众的干部。

邓小

关于邓小平参加西南民族学院第二期开学典礼并题词的经过，族学院原院长张天伟在《深切的缅怀　永远的激励》一文有详细的这里予以转载：

西南民族学院第二期开学典礼是1952年7月10日晚7时总府街川西行署新建的大礼堂举行的（当时学校还没有建起大会场布置得非常庄严肃穆，主席台的中央是各族人民的伟大领袖的巨幅画像，两边有五星红旗，会场四周张贴着用大红纸书写的席万岁！”“共产党万岁！”和“实事求是”“联系群众”等大幅标

这天下午5点过，全院师生，包括各民族学生800余人，向新玉沙街列队出发，浩浩荡荡经过成都市中心，到达总府堂。将学生安排坐好后，我们就去向王维舟院长汇报学生已经王维舟院长这时正在大礼堂侧招待所的会客室内同邓小平、贺问题。我们这时才知道邓、贺首长要参加大会。我们向王老汇出时，王老出来给我们说，赶快找毛笔、墨及纸张来。当时张志是办公室主任，非常着急，他很快找到川西行署办公厅主任同志（杜孚生同志一直在此照顾客人和帮助我们布置会场）。待所是新建的，没有笔墨纸张，杜孚生同志很快派人到街上买毛笔和墨汁、纸张，交给王老。在室内将笔墨纸张摆好后，王小平、贺龙为学校题词。邓小平、贺龙在此房间内挥毫给西南院题写出有历史纪念意义的题词。邓小平的题词有41个字，结各民族于祖国大家庭的中心关键之一，是在于各民族都有一祖国，并能联系群众的干部。”

学校的校报于1952年7月10日即正式刊出两首长的题词，广大师生认真学习，受到极大的教育和鼓舞。

邓、贺首长题词后，邓小平、贺龙、王维舟和其他来宾步入大礼堂，全场顿时响起经久不息的热烈掌声和欢呼声。

邓小平、贺龙及各位来宾就坐后，王老主持会议。在开幕之前，四位女同学代表走上主席台向尊敬的邓小平和贺龙敬献了鲜花，之后四位男同学代表向邓小平和贺龙敬献锦旗，锦旗上有各族同学用本民族文字写的名字和决心书、保证书，大意是：团结在祖国大家庭里，为各民族的繁荣幸福，为建设祖国、巩固国防而努力学习、艰苦奋斗。

时间虽已过去50多年，回忆邓小平在西南民族学院第二期开学典礼上作重要讲话的情景，仿佛仍历历在目，如萦在耳。

在西南军区司令员贺龙讲话后，西南局书记邓小平接着做了重要长篇讲话。他首先阐明中国是一个多民族的国家，民族工作是国家根本工作之一。他指出要把各民族团结在祖国大家庭里，团结在毛主席的旗帜下，才能说得上祖国的强盛，国防的巩固，国家经济的繁荣和人民生活的改善。强调民族团结日趋巩固，各民族生活日趋美好，主要是由于毛主席的民族政策的正确伟大。他指出中国共产党、毛主席的民族政策根本不同于历代反动王朝和国民党蒋介石的大民族主义，我们的民族政策是民族平等，既反对大民族主义，也反对狭隘的民族主义，同时又是互相帮助、互相尊重、互相学习。我们要养成互相尊重、互相帮助、互相学习的风气。要有一批各民族自己的干部和自愿为兄弟民族服务的汉族干部，这些干部也必须是热爱祖国，联系群众，懂得政策的，这样，才能为各族人民服务。希望同学们努力学习，回去后，好好为各民族人民服务，做好民族工作。

张天伟这篇回忆文章是为纪念邓小平诞辰100周年而作，发表在2004年7月的《西南民族大学学报》上。当时，张天伟已经是93岁高龄。

新中国第一条铁路的修建

——为成渝铁路全线通车题词

熟悉中国近代史的读者都知道，四川的“保路运动”是辛亥革命爆发的导火索。在这场运动中，四川人民要保卫的“路”，指的是川汉铁路。这是成渝铁路在四川段的一段重要铁路。

四川素有“蜀道难，难于上青天”之说。1903 年 7 月，即清光绪二十九年，时任四川总督锡良会同湖广总督张之洞，联名奏请清朝政府修筑川汉铁路。铁路预定线路起自四川成都，经内江、重庆、宜昌，终点到达湖北汉口。后来修建的成渝铁路，也就是这条铁路线在四川境内成都到重庆的一段。1909 年 10 月，川汉铁路部分路段开工。1911 年 4 月，清朝政府与英、法、德、美四国签订借款合同，将川汉铁路的“筑路权”出卖。5 月 9 日，清政府宣布“干路均归国有”。此举引发了四川人民发起“保路运动”，进而引燃了辛亥革命的烈火。8 月，川汉铁路宣告停工。中华民国成立后，经多方勘测和设计，于 1937 年 6 月重新动工修建川汉铁路及其西段的成渝铁路。但由于抗日战争和经费问题等原因，1947 年 5 月铁路再次停工。清政府和民国政府用了 41 年的时间，只在重庆到永川段修建了部分路基、隧道、桥梁，但未铺设一根钢轨。

邓小平是四川人。他深知四川人民因交通不便而遭受的苦难。1949 年 12 月 31 日，在西南战事尚未终结时，邓小平就在指出西南局常委办公会上做出了“兴建成渝铁路”的重大决策。为此，邓小平还专门赴京向毛泽东陈述修建成渝铁路的三条理由：“第一点，四川交通闭塞，政令不畅，古人云：天下未乱蜀先乱，天下已治蜀未治。四川作为西南首省，不修铁路不利于政令畅通。第二点，重庆、成都是西南中心城市，如修铁路，不仅可以带动四川乃至西南百业兴旺，还可向全国提供优质大米、猪肉、禽蛋和副食品，互通有无。第三点，如果成渝铁路率先修成，既可提高我国的国际声望，又可使大大小小的工厂订货充足，加快工业发展。”

毛泽东被邓小平说服了。在建国之初百废待举的情况下，毛泽东决定先期启动资金拨2000万公斤小米工价修筑成渝铁路。

1950年3月21日，负责修筑成渝铁路的重庆铁路工程局挂牌成立。4月，工程局派出第一批工程技术人员赴铁路沿线重新勘测。6月1日，铁道部部长滕代远下达成渝铁路动工命令。7月，西南铁路工程局成立，取代重庆铁路工程局，负责修筑成渝铁路。

1950年6月15日，成渝铁路正式开工。邓小平在开工典礼上发表动员讲话时说：“我们进军西南，一开始就下定决心要把西南建设好，而建设西南首先要从交通建设抓起。今天开工修筑铁路，是在经济十分困难的条件下进行的。为把事情办好，我们调出一部分军队修路，同志们是开路先锋！”

成渝铁路是新中国成立后修建的第一条铁路，面临的困难可想而知。川东、川南、川西、川北四个军区相继组成四个总队，投入两万名解放军指战员到成渝铁路建设工地。这些最可爱的人在极度缺乏机械设备的困难条件下，凭着艰苦奋斗的精神，打着灯笼火把，于8月底前分赴铁路沿线施工。为了加快工程进度，1950年1月，西南局又动员了10万民工加入筑路队伍中。没有大型机械，筑路军民就用铁锤、铁钎一点点开凿隧道；缺少枕木，全国人民就积极采伐送往工地，一些老人甚至还捐献出了自己的寿木。在修筑铁路过程中，苏联还派出了专家给予指导，帮助中国方面解决了许多技术困难。

在广大军民的共同努力下，成渝铁路工程进展非常顺利。1950年12月，重庆至江津段铺轨通车。1951年6月30日，铁路铺轨至永川。12月5日，铺轨至内江。1952年6月13日，铺轨至终点站成都。至此，成渝铁路正线 505 公里铺铁轨工程提前完工。

成渝铁路通车让邓小平十分高兴。他在西南局常委办公会上说：“成渝铁路通车是一件大事，不但是西南，在全国来说也是一件大事。”会议决定成立庆祝成渝铁路全线通车筹备委员会，在当年 7 月 1 日中国共产党成立 31 周年之际，召开大会一并庆祝这两件盛事。

1952 年 7 月 1 日，在成渝铁路的东端重庆市和西端成都市，两地市民同时举行庆祝中国共产党成立 31 周年暨成渝铁路全线通车大会。工人、农民、学生、部队、机关干部、铁路职工代表、当地群众数万人参加了庆祝大会。在重庆，滕代远向西南铁路工程局授予了由毛泽东亲笔题词的“庆祝成渝铁路通车，继续努力修筑天成路”的大幅锦旗，并宣读了周恩来“修建铁路，巩固国防，发展经济，改善人民生活”的题词。作为修建成渝铁路的决策者，邓小平为盛大的场面所感染，也当即写下题词：

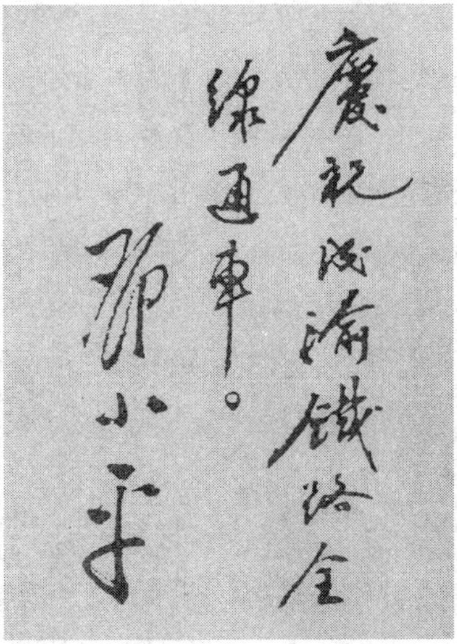

庆祝成渝铁路全线通车。

邓小平

与刘伯承的联名题词

——为华北军区烈士陵园题词

1937年7月，八路军第一一五师一部奉党中央的派遣，挺进五台山地区开展敌后抗日游击战争。平型关大捷后，师主力南下，成立了以聂荣臻为首的晋察冀军区。经过八年浴血奋战，开辟了同蒲路以东，正太、石德路以北，张家口、多伦、宁城、锦州以南，渤海以西80万平方千米的晋察冀解放区，成为中国共产党领导下最大的解放区之一。抗日战争胜利后，根据战争形势发展的需要，1948年5月，晋察冀军区撤销，建立华北军区。是年秋，朱德总司令来石家庄视察时，提议利用当时的胜利公园旧址建立烈士陵园，以纪念牺牲在华北大地上的革命烈士。

遵照朱德同志的提议，中共中央华北局、华北行政委员会、华北军区决定在石家庄胜利公园建立中国人民解放军华北军区烈士陵园。1950年3月正式动工。4月5日，邓小平和刘伯承联名为陵园题词：

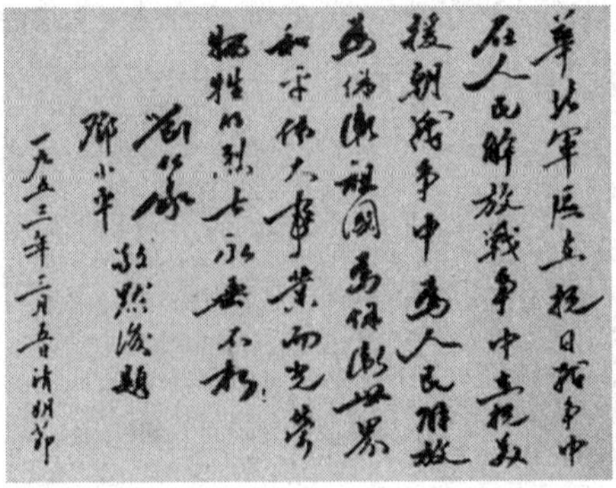

华北军区在抗日战争中，在人民解放战争中，在抗美援朝战争中，为人民解放，为保卫祖国，为保卫世界和平伟大事业而光荣牺牲的烈士永垂不朽！

刘伯承　邓小平静默后题

一九五三年三月五日清明节

清明节是4月5日，题词落款“三月五日”可能系笔误。

1953年6月，陵园竣工。1954年8月1日，举行了隆重的落成典礼仪式。华北军区烈士陵园整体设计采用我国传统的主轴线布局。整个建筑工程由邬天柱规划设计，经我国著名建筑专家梁思成、张开济等同志审定后施工，是我国建园时间较早，规模较大，建筑艺术品位较高的著名烈士陵园之一。主要建筑物分布在几条轴线上，建筑物南北呼应，东西对称，布局严谨，层次分明。园内主要建筑物有：革命烈士纪念碑、铭碑堂、烈士纪念馆、烈士纪念碑亭、文物厅、白求恩和印度援华医疗队纪念馆，白求恩、柯棣华陵墓，董振堂、赵博生纪念碑厅，烈士墓区和铜铸雕像群等。烈士陵园大门由花岗石和青石砌成，门壁上镌刻着“中国人民解放军华北军区烈士陵园”15个贴金大字。穿过大门之后，是气势宏伟的烈士纪念碑和广阔的纪念碑广场。邓小平和刘伯承的联名题词，就镌刻在纪念碑之上。

华北军区烈士陵园内安葬着大革命时期、抗日战争时期、解放战争时期及抗美援朝战争中晋察冀和华北军区牺牲的248名革命英烈的灵柩以及建国以来的600多位烈士的骨灰，其中有工人运动领导者高克谦，著名的冀中回民支队司令员、民族英雄马本斋，交河县著名县长于时雨，晋察冀民兵爆炸英雄李混子，著名战将楚大明，红军骑兵团创始人、第一骑兵团团长刘云彪及全国闻名的“子弟兵母亲”戎冠秀等。园内珍藏着革命历史文物、烈士遗物等1万余件。1986年，华北军区烈士陵园被确定为全国重点烈士纪念建筑物保护单位。

年青一代要注重把劳动和教育结合起来

——为吉林大学题词

1957 年底，新中国第一个五年计划超额完成。这一年，新中国工业总产值从 1949 年的 140 亿元增加到 784 亿元，保持了每年 18.4% 的增长速度。在巨大成就的鼓舞下，毛泽东等一部分中央领导同志对经济发展形势估计过于乐观，急于求成的思想开始滋生。1958 年上半年召开的几次会议严厉批评反冒进，并逐步提出发动“大跃进”的一系列任务、指标、口号和方法。

1958 年 8 月 17 日至 30 日，中共中央政治局扩大会议。正式确定 1958 年钢产量要在 1957 年的 535 万吨的基础上增加一倍，即达到 1070 万吨。这次会议将“大跃进”推向了高潮，使“左”倾思想在党内占了上风。会后，全国范围内很快形成了全民大炼钢铁和人民公社化运动的高潮。

北戴河会议结束十多天后，邓小平便去了全国重工业基地东北。他此行的主要目的是宣传党中央提出的战略任务，鼓舞东北人民不仅要完成党中央交给的任务，同时还要支援全国其他地方。

9 月 18 日晚，在结束对黑龙江的调研后，邓小平来到了吉林。9 月 19 日上午，邓小平视察长春第一汽车制造厂。下午，参观长春地质宫殿和展览会。9 月 20 日上午，邓小平乘车抵达吉林市，视察小丰满发电厂。下午，视察吉林市化肥厂、燃料厂和电石厂，到永吉县了解农业生产情况。9 月 21 日，邓小平视察吉林市铁合金厂、电级厂、造纸厂；下午，返回长春市。

9月22日，邓小平听取中共吉林省委负责人吴德、赵林的工作汇报。在谈到大炼钢铁情况时，邓小平指出：搞钢铁就是搞共产主义，是战略任务，搞起来再说。炼铁的技术问题可以组织大学生下去指导。在谈到农业生产情况时，邓小平说，发展农业生产，必须充分运用现有条件，不能单靠拖拉机。农业必须实行机械化，这是农业技术改革的方向。但是单靠拖拉机，一两年内是做不到的。必须从现有的基础出发，想出各种各样的办法，力争高产。要注意改革耕作制度，改变广种薄收、耕作粗放的习惯。要合理利用土地，集中力量提高单位面积产量。必须发展多种经营，农、林、牧、副、渔全面发展，这样才能使广大农村更快地富裕起来。在谈到人民公社情况时，邓小平强调：公社组织起来要注意骨干。选举骨干是个基本问题，至少两个人要选了又选，一个是社长，一个是党委书记，标准就是选共产主义思想多的人。必须要有核心，有了核心，就把别的人带动起来了。

邓小平的这番话，在“大跃进”的火热形势下，是多么的冷静、客观和珍贵。

还是在这一天，邓小平又听取了吉林大学负责人关于共青团炼钢厂建设工作情况的汇报。吉林大学的前身是始建于1946年的东北行政学院，1950年更名为东北人民大学，1952年经院系调整成为我党亲手创建的第一所综合性大学，1958年更名为吉林大学。在全国上下大炼钢铁的热潮中，拥有技术优势的吉林大学自然不可能置身事外。吉林大学师生研究用我国丰产的钨等代替我国缺少的镍铬，制成了新钢种“铁钨硅”，为我国建立了自己的耐热合金系统。当时校共青团正筹备创建一个炼钢厂，将这项技术应用到生产中去，为我国生产更多的好钢。

在听说吉林大学在科学研究和教学改革方面已取得不少成就，全校师生在六个星期内编出了2500万字的讲义后，邓小平表示非常满意，同时指出：大学的最重要的任务，就是要结合教学内容全力做好尖端科学技术的研究和试验。他说，新编的教材，虽然还要在教学实践中不断修正，但是起码比旧的教材好，因为它是在教学改革的基础上搞起来的。

这次听取吉林大学负责人的报告，让邓小平对学校坚持生产教育与生产劳动相结合的做法非常欣赏，他即兴为学校题词：

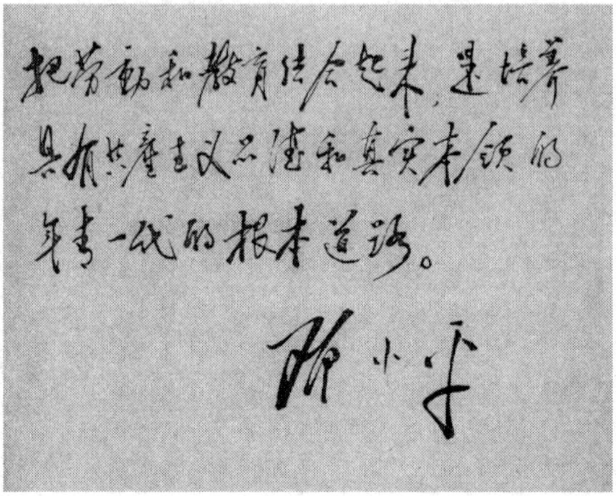

把劳动和教育结合起来，是培养具有共产主义品德和真实本领的年青一代的根本道路。

邓小平

9 月 23 日下午，邓小平离开吉林前往沈阳。

红八军的丰功伟绩

——为广西红八军烈士纪念碑题词

1929年夏，时年25岁的邓小平，受中共中央派遣，作为中央代表，从上海出发，经香港前往广西，领导广西党的工作，并进行发动、组织武装起义的准备工作。

邓小平到达广西后，化名邓斌，以国民党广西省政府秘书身份秘密开展工作。他通过各种关系和途径，将共产党员派进军事系统任职，逐步掌握了军队的领导权。与此同时，邓小平还以公开、半公开的方式，恢复和发展各地党组织，开展农民运动，建立农民武装。这些努力为成功发动武装起义准备了条件。

1930年2月1日，在中共广西前委和中共中央代表邓小平领导下，中共左江军委策动俞作豫率国民政府广西警备第五大队发动龙州起义。起义爆发后，广西警备第五大队编为红军第八军，下辖两个纵队，共约1000人。军长俞作豫，参谋长宛旦平，政治部主任何世昌。龙州起义后，右江前委调红八军主力攻打南宁，龙州地区革命力量减弱，反动势力蠢蠢欲动。正在上海向党中央汇报工作的邓小平得知这个消息后心急如焚，于2月7日回到龙州，果断做出调出红八军主力、停止打南宁的正确指示。随即，邓小平主持召开红八军军委、左江特委联席会议，决定红八军发展的总方向是与红七军汇合，设法向右江推进。为此，应立即以龙州为中心成立左江革命根据地，建立各地革命政权，消灭地方反动武装，开展群众运动，加紧对红八军的改造。会议还根据邓小平的建议，决定将红八军军委改组为临时前委，邓小平任书记兼红八军政治委员，何世昌、俞作豫、宛旦平、涂镜吾（即涂振农）为委员，并决定由涂镜吾接替王逸任左江特委书记，加强对地方党的领导。会后，左江地区轰轰烈烈的群众运动很快开展起来。

龙州起义引起了广西境内反革命势力的惶恐。他们集结兵力向左江革命根据地发起了进攻。在严峻的形势下，前委决定迅速与右江取得联系，红八军全部向右江挺进。3月初，邓小平在工作部署就绪后，随着打通去右江通道的第一纵队，离龙州去右江。3月20日，新桂系以优势兵力突袭龙州，红八军军部和第二纵队迎击后突围，转战桂南各地。到达钦县（今钦州市）南间圩时，俞作豫率30多名党员政工干部离开部队到香港寻找党组织汇报，余部由营长刘定西带领，后被军阀收编。第一纵队奉命攻打盘踞靖西县城的郑超叛军时得知龙州被围，回援不及，遂按邓小平的指示转到右江地区与红七军会合。在纵队党委书记、参谋长袁也烈等率领下，在滇桂边、黔桂边转战半年，行程数千里，于9月下旬在凌云县与红七军会师编入红七军。当月底，受李立三“左”倾冒险主义影响，党中央派来代表，命令红七军离开右江根据地，攻打柳州、桂林和广州，阻止敌人向北增援，以保证武汉为中心的“一省或数省的首先胜利”。11月10日，经过整编的红七军第十九、二十师从河池出发离开右江根据地。经过半年多的艰苦转战，部队损失很大，所余1000多人，于1931年7月到达中央根据地，编入红一方面军，开始了新的革命生涯。

红八军是在龙州起义中诞生的一支英雄部队。它存在的时间虽然不长，却使红军的声威震撼广西，扩大了党和红军的影响，显示出红军强大的生命力和战斗力。为了纪念在千里转战过程中为革命捐躯的红八军战士，20世纪60年代初，广西壮族自治区着手在龙州市中山公园内建立烈士纪念碑。1962年2月29日，红八军的创建人之一邓小平应邀为纪念碑题词：

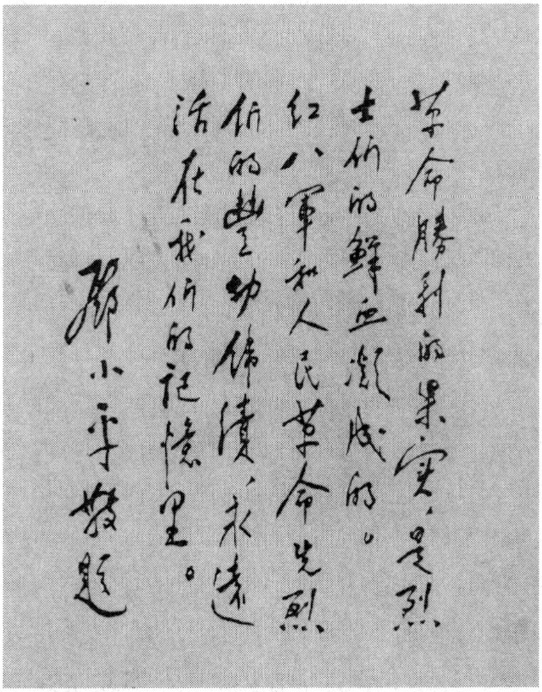

革命胜利的果实，是烈士们的鲜血凝成的。

红八军和人民革命先烈们的丰功伟绩，永远活在我们的记忆里。

邓小平敬题

1964 年，红八军烈士纪念碑建成。碑高 18 米，正面镌刻着邓小平的上述题词。

壮族英雄韦拔群

——为纪念韦拔群牺牲三十周年题词

一般来说，邓小平的题词大都字数不多，言简意赅。但他为韦拔群的题词却洋洋洒洒写了200余字，盛赞了韦拔群光辉伟大的一生。这种情况在邓小平的题词中是十分罕见的。那么，韦拔群到底是一个什么样的人，能获得邓小平如此之高的评价呢？

韦拔群，1894年2月6日出生在广西东兰县武篆区勉峨村一个富裕的壮族家庭。12岁离开家乡，先后到东兰县高等小学、宜山庆远中学和桂林法政学堂读书，接受了革命思想。1914年，他开始到全国各地游历，探寻革命真理。袁世凯称帝后，韦拔群回到家乡，变卖了部分家产，聚集了100多名有志青年，抗起了护国反袁的大旗。护国战争胜利后，韦拔群带着这支队伍投入黔军，开始了他的军旅生涯。1921年，韦拔群因不满旧军队的腐败与黑暗弃职回到家乡。随后，他联络当地思想进步的陈伯民、黄大权、黄孟儒、牙苏民、黄树林、韦国周等人，秘密组织了“改造东兰同志会”，广泛宣传革命道理，深入开展农民运动。1925年7月，韦拔群率领四路农军约1000余人三次攻打东兰县城，拉开了右江农民武装斗争的序幕。9月，韦拔群在东兰创办了广西最早的一个县级农民协会和最早的农民运动讲习所。“四一二”反革命政变后，韦拔群在东兰、凤山一带坚持战斗，多次击退“进剿”的敌人，树起武装割据的旗帜。1928年底，韦拔群被批准加入中国共产党。

1929年6月，蒋桂战争以新桂系军阀的失败而告终。李宗仁、白崇禧对广西的统治历史随之结束。北伐战争中立过战功的俞作柏、李明瑞主政广西。俞、李二人为了巩固在广西的统治，向中国共产党方面提出了委派干部到广西军政机关协助工作的请求。当年 7 月，邓小平等一批中共党员干部进入广西南宁。邓小平作为中共中央代表，领导广西党的全面工作。他化名邓斌，公开身份是广西省政府秘书。邓小平达到广西后，通过做统战工作使得俞、李同意开放工农运动，并扶助韦拔群。这样，韦拔群在右江地区发展的武装力量进一步壮大起来。

1929 年 12 月 11 日，邓小平、张云逸等领导了著名的百色武装起义，中国工农红军第七军光荣诞生。邓小平任军前委书记、政委，张云逸任前委委员、军长，韦拔群任前委委员、第三纵队队长。百色起义后，红七军主力部队开赴隆安作战，红七军军部转移到韦拔群的故乡东兰武篆。这里群众基础好，邓小平和韦拔群以此为立足点进行土地革命的试点工作，合作开展了一系列革命活动。

就在红七军和右江革命根据地蓬勃发展的时候，党中央内部出现了以李立三为代表的“左”倾机会主义路线。在所谓的“中心城市的武装暴动”的错误思想指导下，红七军奉命离开右江根据地去攻打大城市。1930 年 10 月，邓小平、张云逸等率领红七军主力离开了右江根据地，韦拔群则带着一支只有 80 多人的连队留下来继续坚持斗争。此后，韦拔群利用粤桂军阀混战的时机，将各县的赤卫队常备营补充到部队中来，把部队扩大到四个团和两个独立营。

1931 年 3 月至 12 月，桂系军阀两次派出重兵，在当地反动武装和黔军的配合下，分三路向右江革命根据地进犯。韦拔群率部以西山为中心，采取积极防御的方针，胜利粉碎了这两次围剿。1932 年 8 月，桂系军阀又组织了近两万兵力向右江革命根据地发起第三次“围剿”。这次，敌人采取坚壁清野的战术，所经之处一律烧光杀绝，不给韦拔群部以回转的余地。韦拔群率部灵活与敌周旋，在艰苦的条件下多次粉碎敌人的进攻，坚持斗争达一个多月。

1932 年 10 月 17 日晚，韦拔群因过于饥饿和劳累而昏睡过去。凌晨四时许，他的侄子兼警卫员韦昂对着他的头部连开三枪，杀害了这位壮族英雄。随后，韦昂又残忍地割下韦拔群的首级到敌营中邀功请赏。桂系军阀用药水将韦拔群首级浸泡处理后，先后拿到东兰、百色、南宁、柳州、桂林、梧州等地示众。

韦拔群牺牲后，当地居民冒险将他的身体抬回，安葬在离他故居祖坟不远的特牙山上，并在坟上建了一座小庙祭奠。1953 年，中共东兰县委在东兰中学内建立韦拔群革命烈士陵墓，将其遗骨迁到县城安葬。1957 年，东兰县委在县城西更闹坡建立革命烈士公园，又将韦拔群遗骨迁入公园另建大墓，以为永久纪念。

1962 年 12 月，为纪念百色起义 33 周年、韦拔群牺牲 30 周年，邓小平写下了这样的题词：

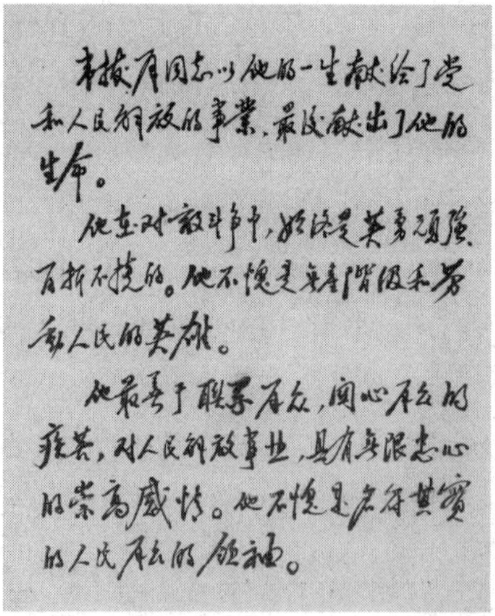

韦拔群同志以他的一生献给了党和人民解放的事业，最后献出了他的生命。

他在对敌斗争中，始终是英勇顽强百折不挠的。他不愧是无产阶级和劳动人民的英雄。

他最善于联系群众，关心群众的疾苦，对人民的事业，具有无限忠心的崇高感情。他不愧是名符其实的人民群众的领袖。

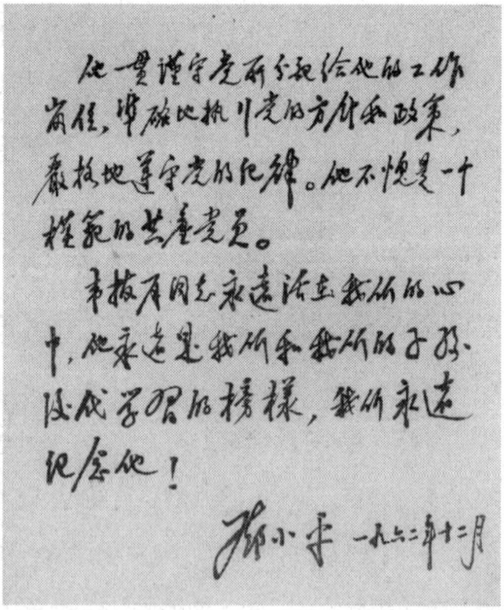

他一贯谨守党所分配给他的工作岗位，坚决地执行党的方针和政策，严格地遵守党的纪律。他不愧是一个模范的共产党员。

韦拔群同志永远活在我们的心中，他永远是我们和我们的子孙后代学习的榜样，我们永远纪念他！

邓小平 一九六二年十二月

韦拔群同志以他的一生献给了党和人民的解放事业，最后献出了他的生命。

他在对敌斗争中，始终是英勇顽强、百折不挠的。他不愧是无产阶级和劳动人民的英雄。

他最善于联系群众，关心群众的疾苦，对人民解放事业，具有无限忠心的崇高感情。他不愧是名副其实的人民群众的领袖。

他一贯谨守党所分配给他的工作岗位，准确地执行党的方针和政策，严格地遵守党的纪律。他不愧是一个模范的共产党员。

韦拔群同志永远活在我们的心中，他永远是我们和我们的子孙后代学习的榜样，我们永远纪念他！

邓小平

一九六二年十二月

1978 年，《回忆韦拔群》一书出版后，邓小平的这个题词被刊登在首页。

中国青年和少年学习的榜样

——为刘胡兰纪念馆题词

刘胡兰，原名刘富兰，1932年10月8日出生于山西省文水县云周西村（今胡兰村）的一个贫苦农民家庭。母亲早亡，父亲刘景谦续娶胡文秀为妻。胡文秀将刘富兰名中的“富”字改为自己的姓氏“胡”，从此更名刘胡兰。

刘胡兰自幼随继母识字，接受革命教育。1942年，只有十岁的刘胡兰参加了抗日救国儿童团，多次为八路军站岗、放哨、送情报，机智勇敢地同敌人斗争。抗战胜利后，刘胡兰参加了县里举办的妇女训练班，并被选为村妇女联合会的秘书，区妇救会干事，积极参加“支前”和“土改”工作。1946年6月，刘胡兰申请加入中国共产党，成为一名候补党员。是年冬，阎锡山军队大举进袭文水一带。文水县委决定留少数武工队坚持斗争，大批干部转移上山，保存实力。当时，刘胡兰也接到了转移通知，但她主动要求留下来坚持斗争。这位年仅14岁的女共产党员，在已是敌占区的家乡往来奔走，秘密发动群众，配合武工队打击敌人。12月，敌人频繁出击云周西村，形势日益险恶。1947年1月11日夜，上级再次通知她转移。次日拂晓，敌人突然包围云周西村，把先期被捕的石三槐押解回村，强令全村群众到观音庙集中。刘胡兰也因叛徒告密而被捕，随同群众来到会场。敌人当场又抓捕了石世辉、陈树荣、刘树山、张年成等，并胁迫刘胡兰出场“自白”。审讯中，敌人以高官厚禄诱使刘胡兰出卖同志。刘胡兰回答：“不知道”，“给我个金人也不要”！接着，敌人又以死相威胁。刘胡兰她昂首挺胸、义正辞严地说：“怕死不当共产党。”敌连长恼羞成怒，指使叛徒用铡刀杀害石三槐、石六儿、张年成、石世辉、刘树山和71岁的陈树荣。然后问她："怕不怕？"刘胡兰坚定地回答："死也不投降！"敌连长命令机枪对准群众："把这些人全扫光。"她斩钉截铁地喊道："不许残害群众！"然后从容不迫地走近铡刀，英勇就义。

刘胡兰牺牲时尚不满15周岁，是中国共产党女烈士中年龄最小的一个。1947年2月，山西《晋绥日报》刊登了刘胡兰英勇牺牲的消息，使一个女共产党员的名字在华北大地不胫而走。随后，毛泽东为她亲笔题词："生的伟大，死的光荣！"当年8月1日，中共晋绥分局决定破格追认刘胡兰为中国共产党正式党员。

1951年6月24日，杀害刘胡兰等七位烈士的阎匪张全宝、侯雨寅在烈士的殉难处被公审处决。

为了缅怀英雄伟绩，1956年，中共云水县委在刘胡兰家乡开始动工修建刘胡兰烈士陵园。1957年1月12日，在刘胡兰就义十周年时，陵园落成并对外开放。1959年，中共山西省决定对"刘胡兰陵园"进行布局调整并适当扩建，更名为"刘胡兰纪念馆"，为此成立了刘胡兰纪念馆筹委会。筹委会随即以团省委的名义，通过团中央请党和国家领导人以及全国妇联、原晋绥老领导等，为刘胡兰烈士题词。但不知什么原因，当年只有时任中共中央副主席、全国人大常委会委员长的朱德为刘胡兰纪念馆题了词："刘胡兰同志为人民解放事业而英勇的牺牲了自己的生命，她将永远活在人民心里，她的精神永垂不朽！"

1961年5月，时任中共中央书记处书记、华北局第一书记的李雪峰来到刘胡兰纪念馆参观。时任山西省委书记处书记、副省长的郑林在陪同中再次提到了请求中央领导同志为刘胡兰纪念馆题词一事。李雪峰是山西永济人，为山西人刘胡兰索要题词自然是责无旁贷，加之他和中央领导同志接触较为方便，便当即答应下来。他请郑林起草了一份以山西省委名义写给中央的请示函。回到北京后，李雪峰向中央办公厅转交了这份请示函，并利用参加会议、请示工作的机会，再次向有关领导同志特别是中央政治局七名常委领导同志反映了山西省委请求他们为刘胡兰题词的愿望。

刘胡兰是家喻户晓的少年英雄，给她题词，不仅需要对她的精神进行深度认识和高度概括，还需要用准确凝炼的语言表述出来，难度可想而知。1962 年，在刘胡兰诞辰 30 周年之际，思考许久的邓小平终于为刘胡兰纪念馆题词：

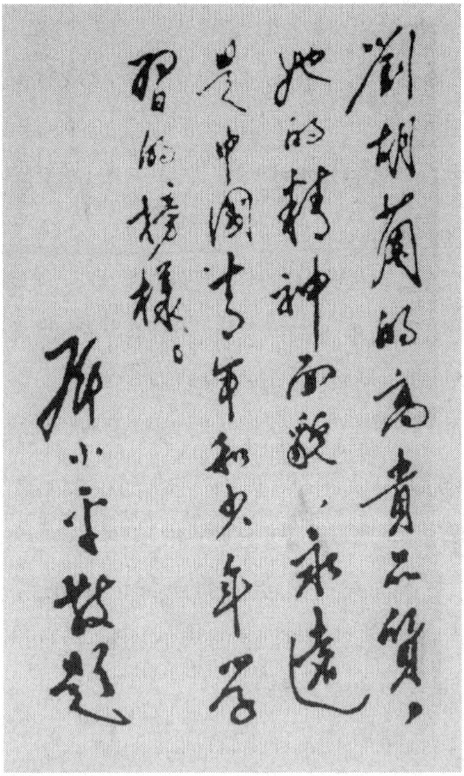

刘胡兰的高贵品质，她的精神面貌，永远是中国青年和少年学习的榜样。

邓小平敬题

邓小平题词后，董必武、郭沫若、乌兰夫、谢觉哉等领导同志也相继为刘胡兰题了词。这些题词后来都被刻上了石碑，树立在史迹陈列馆北面的碑廊内。

1963 年初，经多方勘查，确认出卖刘胡兰的叛徒是云周西村农会秘书石五则。同年 2 月 14 日，石五则被执行枪决。

对一个普通士兵的赞扬

——为学习雷锋活动题词

在新中国历史上，一个普通的士兵，能得到20多位党和国家领导同志为之题词的，只有雷锋。雷锋，究竟是怎样的一个人？包括邓小平在内的诸多领导人为他的题词是如何描述的呢？

雷锋，原名雷正兴，1940年12月18日出生在湖南省长沙市望城区一个贫苦农民家庭，1945年至1947年，雷峰的父母及哥哥相继去逝，雷锋成了一名孤儿。解放后，在党和政府的关怀下他入学读书，并第一批加入了中国共产主义少年先锋队。参加工作后多次被评为“红旗手”、“劳动模范”、“先进生产者”和“社会主义建设积极分子”。1960年1月他参加中国人民解放军，11月加入中国共产党。在以后两年多时间里，荣立二等功1次，三等功3次，受嘉奖多次，还被评为“模范共青团员”、“节约标兵”。1962年8月15日雷锋因公殉职，年仅22岁。

在殉职之前，雷锋事事吃苦在前，干一行爱一行，做了数不清的好事。很多受过雷锋帮助的人都是千方百计地打听，才知道这个做好事从不留姓名的解放军以及所在的连队。于是，雷锋的事迹便传播开来，影响和感染了许多人。

雷锋牺牲后，全国各地主要报刊掀起了学习雷锋的宣传高潮。时任团中央第一书记的胡耀邦要求共青团系统内部也要加大宣传力度，组织全国青少年以实际行动向雷锋学习。团中央机关刊物《中国青年》杂志响应胡耀邦的指示与号召，经过反复讨论，决定编辑出版一本“学习雷锋”专辑。当时，国家还没有完全度过困难时期，纸张非常紧张，半月刊《中国青年》每期只有 24 页。为了使得这本专辑更有分量，杂志编委会决定将两期合刊，出 48 页。时任《中国青年》思想教育组副组长的王江云建议请毛泽东题词，在出版时刊载，这样能更广泛地深入宣传雷锋精神。杂志社编辑朱伯颖为此专门给毛泽东起草了一封请示信。

1963 年 2 月 16 日，毛泽东收到了这封信。在此之前，毛泽东已经从相关报纸上了解到了雷锋的事迹，深受感染。他决定为雷锋同志题词，但一时又不知该题什么好，便请秘书林克帮忙拟定几个。林克便拟了“学习雷锋同志全心全意为人民服务的思想”、“学习雷锋同志鲜明的阶级立场”、“学习雷锋同志大公无私的共产主义风格”、“学习雷锋同志艰苦朴素的作风”、“学习雷锋同志勤奋好学的革命精神”等十来个题词呈送毛泽东。阅毕，毛泽东觉得这些题词只是在某一方面概括了雷锋的特点，并不全面。2 月 22 日，他挥笔写下“向雷锋同志学习”七个字，委托林克将题词转交朱伯颖。

毛泽东为雷锋的题词，寥寥数字，却高度概括了雷锋精神的本质，指明了学习雷锋的方向。就在请毛泽东题词的同时，《中国青年》也向周恩来等中央领导发出了请求题词或撰写文章的信。周恩来为此题词：“雷锋同志是劳动人民的好儿子，毛主席的好战士。”董必武、罗瑞卿、谢觉哉等也应邀写了诗歌和文章。

1963 年 3 月 2 日，《中国青年》“学习雷锋”专辑正式出版。专辑中发表了毛泽东、周恩来的题词，以及其他中央领导同志诗歌和文章。广大读者竞相购买，专辑累计印数达到 800 多万份。3 月 5 日，《人民日报》、《解放军报》、《光明日报》、《中国青年报》等在头版刊登了毛泽东的题词。

《解放军报》在得知毛泽东题词的确切消息后，立即致信其他中央常委刘少奇、周恩来、朱德、陈云、林彪、邓小平请求题词。几位中央常委先后于 3 月初题了词。3 月 6 日，《解放军报》独家发表了刘少奇、周恩来、朱德、邓小平的题词手迹。

刘少奇的题词是：“学习雷锋同志平凡而伟大的共产主义精神”。周恩来的题词是："向雷锋同志学习憎爱分明的阶级立场言行一致的革命精神公而忘私的共产主义风格奋不顾身的无产阶级斗志"。这是周恩来第二次为雷锋题词。朱德的题词是："学习雷锋做毛主席的好战士"。

邓小平的题词是：

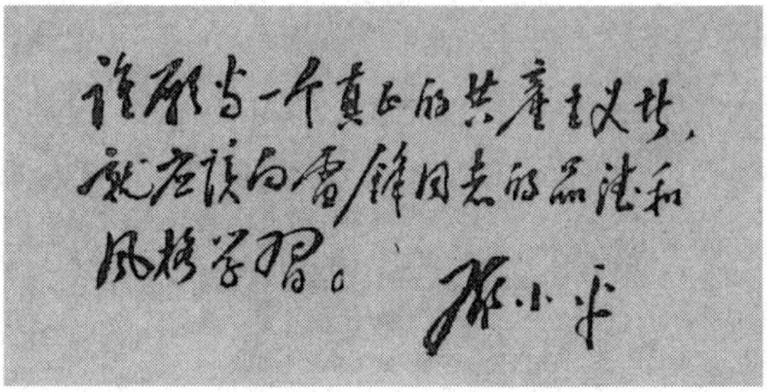

谁愿当一个真正的共产主义者，就应该向雷锋同志的品德和风格学习。

邓小平

毛泽东、刘少奇、周恩来、朱德、邓小平等中央领导的题词发表后，全国出现了学习雷锋的新高潮。为了便于学习和纪念，中央决定把 3 月 5 日作为老一辈革命家为雷锋题词纪念日，同时定为学习雷锋活动日。雷锋精神，从此一代代传承下去。

六万大山中保存下来的珍贵手迹

——为《广西革命回忆录·续集》题词

为庆祝新中国成立10周年，从20世纪50年代中期开始，广西人民出版社着手组织人力编撰一套献礼图书。这套图书由《广西革命回忆录》、《广西小说选》、《广西诗选》、《广西民歌选》、歌舞剧《刘三姐》、壮族民间长诗《布伯》等十个选题组成。其中，由广西军区政治部主编的《广西革命回忆录》是这套图书的龙头作品。

《广西革命回忆录》收录了从红七军、红八军走出来的将军张云逸、李天佑、韦国清、莫文烨、吴西、欧致富、覃士冕、黄惠良，省部级领导钟夫翔、雷经天、陈漫远、谢扶民等以及中共广西地下党负责人及其亲属回忆文章，详细记述了红七军、红八军的创建和左右江革命根据地的开辟过程，史料翔实，文字活泼，是一本进行革命传统教育的好书。时任中共广西省委书记、省政府主席兼省军区司令员与政委的张云逸为这本书题了词。1959年9月，广西人民出版社出版了这本回忆录。这是当时地方出版社出版的最早的革命回忆录，反响十分强烈。

1963年春节，张云逸来邕度假。其间，他亲切地接见了《广西革命回忆录》的部分编辑人员，希望他们能继续编写回忆录的续集。他还提议再版时请邓小平同志题词。在长期的革命斗争中，邓小平与广西结下了深刻的不解之缘。1929年，邓小平受中共中央和中央军委的派遣，以中央代表身份来到广西，率领左右江地区各族人民发动了百色起义和龙州起义，创建了左右江革命根据地，在中国南疆的广袤地区树起了“工农武装割据”的光辉旗帜。想到这里，张云逸当即写下亲笔信，委派《广西革命回忆录》征文小组成员、广西军区政治部干事张武赴京请时任中共中央委员会总书记的邓小平题词。张云逸在信中叮嘱，请邓小平题词落款时不写年月，以便再版时印在卷首。

是年3月，邓小平应邀为《广西革命回忆录·续集》题词：

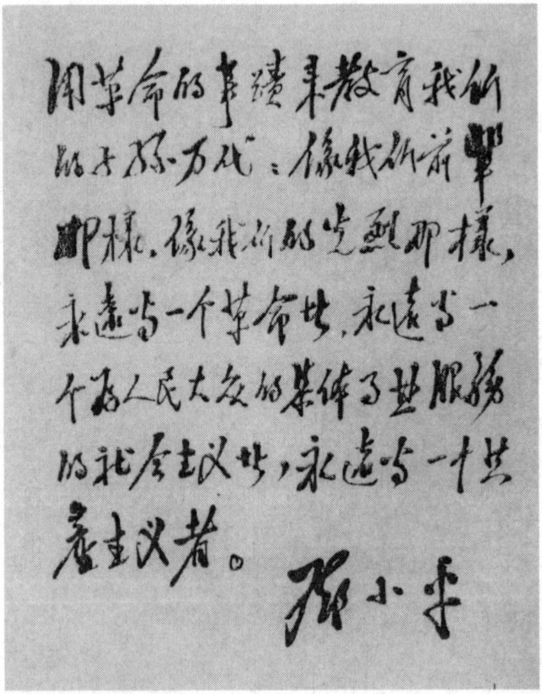

用革命的事迹来教育我们的子孙万代，像我们前辈那样，像我们的先烈那样，永远当一个革命者，永远当一个为人民大众的集体事业服务的社会主义者，永远当一个共产主义者。

邓小平

题毕，他让工作人员将题词转交张武同志带回广西。

邓小平的题词到达广西后，一时引起轰动。出于安全考虑，编辑组将题词进行了复制，将原件收藏在主编单位，复制件保存在出版单位。就在编辑人员大受鼓舞、准备迅速编辑出版《广西革命回忆录·续集》的时候，“四清”运动开始了，军队和地方的相关编辑均成为“清理”对象，编辑出版工作只得作罢。在不久后爆发的“文化大革命”中，《广西革命回忆录·续集》被打成了为邓小平“树碑立传”的“大毒草”，有关作者和编辑也被关进了“牛棚”。

在艰难的环境下，《广西革命回忆录·续集》的几位编辑甘冒政治风险，不断转移着图书原稿，最终将这份弥足珍贵的史料保存了下来。经办邓小平题词的张武，在“文化大革命”中被下放到桂东南六万大山。行前，他先用红绸包裹，再用草纸包封，然后塞在装旧皮鞋的箱底，越过一道道造反派设置的关卡，偷偷带到六万大山，才最终保全了这一珍贵手迹。

党的十一届三中全会后，张武带着邓小平的题词重返南宁。令他没有想到的是，“两个凡是”思想的影响在当地尚未完全消除，《广西革命回忆录·续集》的出版再次受阻。1982 年，广西当地出版主管部门竟然发出撤销出版《广西革命回忆录·续集》的红头文件。无奈之下，张武只好借中央办公厅和国务院办公厅联合下文征集革命文物之机遇，将邓小平的这个题词送呈军委总部，希望能引起相关部门对出版该书的重视。张武因此被中国人民解放军党史资料征集委员会授予捐献革命文物二等奖。

1984 年 11 月，在中国人民解放军党史资料征集委员会编辑出版的《军事资料》创刊号中，首次刊登了由张武提供的邓小平题词。新华社迅速报道了这个消息。此后，各地报刊纷纷登载这个题词。

1985 年初，中央派出工作组帮助广西继续开展拨乱反正工作，调整了各级领导班子，《广西革命回忆录·续集》的出版也迎来的新的机遇。中央工作组李英敏致函广西宣传部门，要求落实该书的出版事宜。是年 5 月，《广西革命回忆录·续集》在历经挫折与磨难后，终于得以同广大读者见面。邓小平的题词被印在了卷首。与此同时，广西人民出版社再版了 26 年前出版的《广西革命革命回忆录》。自治区主席覃应机在续集序言中说：

“首先，要感谢广西军区政治部的同志和广西人民出版社的同志，在十年内乱中，还完整地保存了邓小平为该书的题词，保存了20多年前编就的革命回忆录原稿。”该书出版后，广西军委又为张武记三等功，颁发嘉奖通令。

邓小平为《广西革命回忆录·续集》的题词，并没有局限于书籍本身，而是牢牢抓住“用革命的事迹来教育我们的子孙万代”这个主题，揭示了一个伟大共产主义者及其后继者所应当具有的信仰和使命，高度概括了革命传统教育的重大意义和终极目标。因此，广西田东县平马镇革命博物馆、江苏南京雨花台纪念中厅等多个爱国主义教育基地都镌刻了这个题词。

今天，邓小平这个题词的原件收藏在中国人民革命军事博物馆，复制件保存在广西壮族自治区博物馆。

号召向标兵学习

——为南京路上好八连题词

1947 年 8 月 6 日，华东军区特务团在山东莱阳城西水头沟小园村把新入伍的几十个胶东农民青年编排在一起，组成了该团的四大队辎重连。不久，连队番号改为华东军区警卫旅特务团一营一连。上海解放后，1949 年 6 月，该连进驻上海最繁华的地段南京路，担负警卫和巡逻任务，编为三营八连。

解放前，上海素有“十里洋场”之称。这里三教九流云集，到处灯红酒绿，莺歌燕舞。国民党军队溃败前，在此留下了不少特务，企图对人民解放军采取“腐蚀拉拢加破坏暗杀”的策略。他们甚至扬言：上海是一个大染缸，不出三个月，就要让共产党、解放军红着进来，黑着出去。八连的指导员张志成是个头脑十分清醒的干部。他多次在党支部会上要求全连指战员要保持高度的警觉性，千万不要在这个没有硝烟的战场上吃了败仗。他还一次又一次组织全连认真学习领会毛泽东在中国共产党七届二中全会上的报告，警惕敌人“糖衣裹着的炮弹的攻击”。

八连的战士都是一些穷苦孩子。他们都是那种“不曾被拿枪的敌人征服过的”的英雄人物。他们牢记党中央交给自己的任务，身居闹市却一尘不染，克己奉公，勤俭节约，热心为民，受到了群众的广泛赞誉。日复一日，年复一年，八连非但没有被染黑，反而在艰苦的环境中锤炼出了“拒腐蚀，永不沾”的金刚之躯。

1959 年春夏之交，八连所在团的宣传干事吕兴臣以八连先进事迹为素材写出了一篇通讯，投稿到《解放日报》报社。报社总编魏克明非常重视这篇通讯，让报社编辑张默帮助修改和润色。7 月 23 日，《解放日报》在第一版发表了题为《南京路上好八连》的通讯，并配发了评论。通讯从拾金不昧、精打细算、克己奉公、宽广的精神世界和一个战士的思想转变五个方面反映了八连思想政治工作建设，向读者展示了新时期人民子弟兵的风采。通讯发表后，在上海新闻界引起了强烈反响。上海的《文汇报》、《新民晚报》、《劳动报》、上海人民广播电台也纷纷深入八连采访，先后从不同的角度报道了他们的光辉事迹。

就在上海新闻界广泛报道八连之时，时任南京军区副司令员兼上海警备区司令员的王必成将军也在警备区内掀起了学习八连精神的高潮。1961 年春，南京军区政治部文化部部长、剧作家沈西蒙因公务转道上海。王必成亲自迎接。在交谈中，王必成希望沈西蒙能写出一部话剧，将八连的事迹搬上舞台。

领受任务后，沈西蒙到八连一班当了一名列兵体验生活。一个多月后，他执笔写出了话剧剧本《南京路进行曲》。在修改过程中，他又先后将名字改为《霓虹灯下遭遇战》、《霓虹灯下的奇兵》。后来，在前线话剧团排演过程中正式定名为《霓虹灯下的哨兵》。1962 年底，该剧开始公演，八连逐渐为更多人所熟知。1963 年 2 月，该剧进京公演。党和国家领导人、军委总部领导人相继观看。周恩来总理甚至七次观看此剧。4 月 11 日，周恩来又在中南海西花厅亲切接见了受邀到北京军队系统作报告的八连干部。

《霓虹灯下的哨兵》公演时，新中国尚未走出三年自然灾害的影响，且同时处在苏联大国沙文主义压迫之中。在这种情况下，八连无疑成为保持革命本色、藐视敌对势力、战胜一切困难的力量象征，是一面保持永葆艰苦奋斗革命本色的红旗。1963 年 4 月 25 日，国防部正式颁布命令，将八连命名为“南京路上好八连”。5 月 5 日，“南京路上好八连”在上海军人俱乐部大礼堂（今云峰剧场）举行了隆重的命名大会。5 月 8 日，《人民日报》为此发表社论《永远保持艰苦奋斗的革命精神》，同时发表了“南京路上好八连”的长篇通讯。此后，全国掀起了学习“南京路上好八连”的热潮。许多向八连官兵表达敬意、寻求经验的信件各地向雪花一样飞向“南京路上好八连”。

“南京路上好八连”的事迹深深感染了党和国家、军队领导人。朱德、邓小平、陈云、陈毅等纷纷题词，号召大家向“南京路上好八连”学习。邓小平的题词写于1963年6月。题词是：

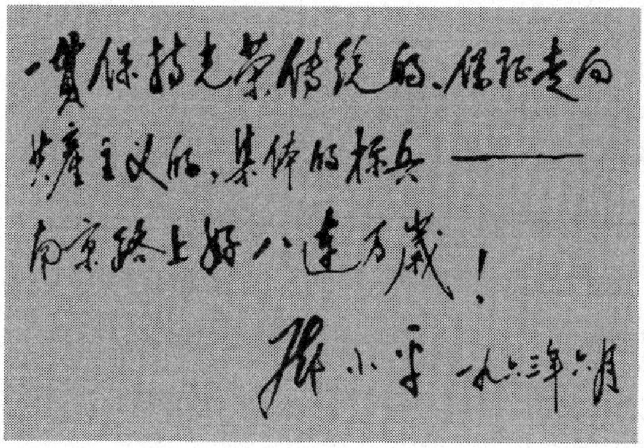

一贯保持光荣传统的、保证走向共产主义的、集体的标兵——南京路上好八连万岁！

邓小平

一九六三年六月

邓小平与“南京路上好八连”的缘分并未止步于此。1991年，在“南京路上好八连”命名28周年之际，总政组织部和南京军区政治部编纂出版了《南京路上好八连》一书。邓小平题写了书名。

防洪斗争的伟大胜利

——为河北抗洪抢险斗争展览会题词

平津战役结束后，河北全境解放。1949 年 7 月 12 日，中共河北省委成立，林铁担任省委书记。林铁，原名刘树德，1904 年 11 月生于四川万县。1925 年进入北京中国大学（后并入法政大学）学习。1926 年入党。1932 年赴莫斯科列宁学院学习。1935 年冬回国，后历任东北军第 53 军中共工委书记、河北省委委员兼军事部长、北岳区党委委员兼民运部部长、北方分局组织部部长、冀中区党委书记兼军区政委等职。

河北是一个贫困落后的农业省，自然灾害频繁。为解决农民吃饭这一头等大事，林铁一直将恢复和发展农业生产作为中心工作来抓。对事关农业命脉的水利问题，林铁更是不敢有丝毫懈怠，领导干部和群众建设了许多水利工程。然而，由于水利设施数量较少、标准偏低，河北省水旱灾害仍然相当严重。1963 年 8 月初，河北省中南部地区发生了历史上罕见的特大暴雨和洪水。邯郸、邢台、石家庄、保定、衡水、沧州、天津七个专区 101 个县（市）受灾，进水县城 32 个，被水围县城 33 个；受灾村庄 22740 个，其中水淹 13142 个。全省经济损失 59. 3 亿元，粮食减产 24. 6 亿公斤。中央为此紧急调拨了大量救灾物资支援河北抗洪抢险。河北人民经过近两个月的日夜奋战，才在 9 月下旬战胜了有史以来罕见的特大洪水。

水灾过后，河北省委准备在当时的省会天津搞一个抗洪斗争展览，弘扬在这场斗争中涌现出的模范人物和先进事迹。当年 11 月，毛泽东、刘少奇、周恩来、邓小平等党和国家领导人都为这次展览会题了词。

毛泽东的题词是：“一定要根治海河。”刘少奇的题词是：“记取这一次洪水和其他各次水旱灾害的经验教训，全省人民团结起来，努力奋斗，决心以二十年左右的时间，分期分批地把河北水利建设好。”周恩来的题词是：“驯服海河，为民造福。”

邓小平的题词写于11月14日，题词是：

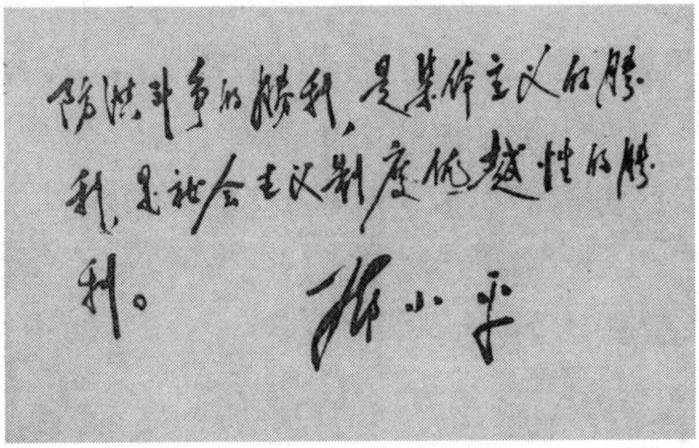

防洪斗争的胜利，是集体主义的胜利，是社会主义制度优越性的胜利。

邓小平

陈云的题词写于当年10月。题词是：“防洪斗争的胜利是人民力量的胜利。”朱德的题词写于展览开幕后的12天后。题词是：“战胜洪水保卫社会主义建设。”

12月13日，河北省抗洪抢险斗争展览正式开幕，由于参观人数众多，直到次年8月18日才闭幕。

邓小平等中央领导的题词，为展览的顺利举办提供了保证，也为河北省的水利建设规划指明了方向。从1964年开始，河北省委将海河的治理工作纳入了水利建设的重点工程，根治海河工程正式来开了帷幕。

海河，是中国华北地区最大水系，流经天津、北京、河北、山西、山东、河南、内蒙古和辽宁8个省、自治区、直辖市的全部和部分地区，流域面积31.8万平方公里。据不完全统计，从1368年到1948年间，海河曾发水灾387次，旱灾401次。在河北省省委、省政府和水电部的指导下，制定了根治海河的两个十年规划：第一个十年，从1964年到1973年，重点解决中下游防洪河道和沥骨干河道的治理方面；第二十个十年，从1974年到1983年，以“小型为主，配套为主，社队自办为主”的方针，进一步提高防洪除涝标准，扩大水源，增加灌溉面积。在后续工作中，由于领导重视、方法得当、群众力量大，到1979年时，规划的主题工程都以完成，海河流域拥有了战胜洪涝灾害的物质基础，洪水的危害得到了根本的控制。

中国人民广播事业的发展

——为人民广播事业创建二十周年题词

抗日战争全面爆发后，为了更迅速、广泛地宣传党的方针政策，让沦陷区和国统区的人民了解到最新的国内国际形势，毛泽东等中共领导同志开始酝酿建立广播电台。但由于抗战形势紧张和技术条件不成熟，建台想法一直未能实现。

1939 年冬，周恩来赴莫斯科医治伤臂。行前，中央交办了他一项重要任务：争取共产国际支持，在延安建立语言广播电台。到莫斯科后，周恩来与任弼时多次同季米特罗夫交谈，阐述了建立广播电台的重要性和紧迫性，获得了赞同。1940 年 3 月，周恩来回国时将共产国际援助的一台苏制广播发射机拆卸空运至新疆，再用汽车运抵到延安。有了机器后，毛泽东、周恩来等迅速决定建台，指示成立广播委员会领导筹建工作。周恩来任委员会主任。军委三局九分队负责具体建台任务。后来，周恩来去重庆领导中共代表团后，由朱德总司令主持筹建工作。考虑到安全问题，九分队将发射台台址选定在延安西北 40 公里处的王皮湾村。这里离延安城较远，十分偏僻，便于隐蔽。

1940 年 12 月 30 日，中国共产党创建的第一座广播电台——延安新华广播电台正式开始播音。频率为 7500kc，功率 300 瓦，呼号 XNCR。X 是国际电信联盟规定中国广播电台使用的代码。NCR 分别是“新中华广播电台”英文“New Chinese Radio”（即新中国广播）单词的第一个字母。这一天被确定为中国人民广播创建纪念日。

延安新华广播电台创建之初，条件十分简陋。电台发射机房和动力间是两孔石窟洞，大的约27平方米，小的只有16平方米。播音室是一间十几平米的土窑洞，室内只有一张白色桌子和一只话筒。当时，电台没有录音设备，只能直接播音，一旦出错便无法挽回。为此，播音员们在播音前对每一篇稿件都进行了反复朗读，直到能把稿件基本背诵下来。就是在这样简陋的条件下，中共中央重要文件，《解放》周刊和《解放日报》的重要文章社论，以及国际国内重要时事新闻等源源不断地传播到国内主要地区，有力地配合了抗战形势。播音员们还学习唱歌、演戏，播出一些文艺节目，丰富广播内容，给听众留下了深刻印象。

1943年，抗战形势更加紧张。由于物质匮乏，缺少无线电器材和配件，发射机得不到正常维护，严重影响了延安新华广播电台的播出音质。同年3月，因发射机的末级电子管损坏，持续了两年多时间的延安新华广播电台暂时停止广播。

抗日战争胜利前夕，延安新华广播电台开始着手恢复电台播音工作。1945年9月5日，延安新华广播电台重新开始了它逐日的播音工作。首日播出的便是朱德总司令向各解放区武装部队发出的一系列对日全面大反攻的进军命令。后来，有人认为这一天比1940年12月30日更加重要，以这一天作为中国人民广播事业的开端。因为从这一天后，无论斗争形势如何恶劣，延安新华广播电台始终坚持着播音工作，再无间断。

1947年3月13日，国民党军队进攻陕甘宁边区。延安新华广播电台成为敌军重点轰炸目标。即便如此，电台还是坚持播音到次日中午，然后于当晚转移到瓦窑堡好坪沟村继续播音。此后的一年多时间里，随着革命形势的发展，延安新华广播电台又先后转移至陕甘宁、晋绥、晋冀鲁豫等解放区，开展军事宣传和政治宣传，配合着解放战争形势的发展。

1949年3月25日，新华广播电台随中共中央从河北平山迁入北平，更名为北平新华广播电台。9月27日，北平新华广播电台更名为北京新华广播电台。12月5日，北京新华广播电台更名为中央人民广播电台。

在延安新华广播电台不断成长的同时，其他解放区也纷纷成立了自己的广播电台。到新中国成立始，已经有45座电台。新中国成立后，这个数量还在继续增加，广播事业的发展进入了一个突飞猛进期。1957年第一个五年计划结束时，中央台对国内的广播，使兰州、成都、昆明以东人口稠密的地区能够收听到中波广播，全国都能够收听到短波广播。中央台的国内广播同时播送三类节目，其中包括用5种少数民族语言播送的广播节目。多数省区的广播电台的发射电力，基本上能够满足本省收听的需要。到1962年时，全国绝大多数的村庄、农业生产合作社和一部分农民家庭都可以经常收听到北京和本省、本县的广播。这一时期，对国外的广播事业也有了进一步的发展。

1965年，在我国人民广播事业创建20周年的时候，毛泽东等领导人为新中国的广播事业题词，勉励广播工作者努力工作，把新中国的广播事业继续推向前进。毛主席的题词是："努力办好广播，为全中国人民和全世界人民服务。"刘少奇的题词是："高举毛泽东思想红旗，把广播工作做好，使全国人民和全世界人民都得到鼓舞。"周恩来的题词是："高举毛泽东思想伟大红旗，发扬艰苦奋斗、自力更生的革命精神，为发展人民广播事业而努力。"朱德的题词是："联系群众、联系实际，进一步把广播宣传工作做好，为社会主义革命和建设服务、为世界革命服务。"彭真的题词是："用毛泽东思想武装起来，把我们的广播办得更好，为我国的社会主义革命和建设、为全世界人民的共同事业服务得更好。"陈毅的题词是："广泛宣传毛泽东思想，为彻底消灭帝国主义和一切反动派而努力！"陆定一的题词是："广播是阶级斗争的重要武器。继承延安的光荣革命传统，高举毛泽东思想红旗，为我国的社会主义革命和社会主义建设，为团结国际一切反帝力量打倒美帝国主义而奋斗！"

邓小平的题词写于9月1日。题词是：

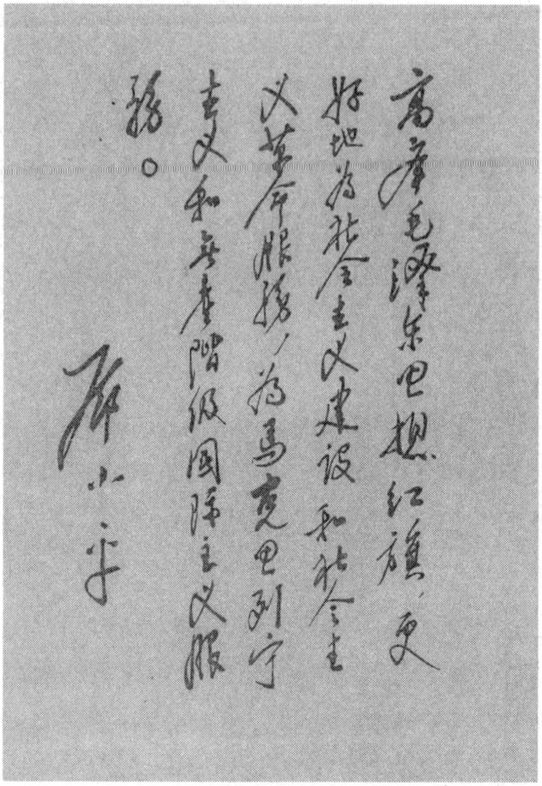

高举毛泽东思想红旗，更好地为社会主义建设和社会主义革命服务，为马克思列宁主义和无产阶级国际主义服务。

邓小平

视死如归向警予

——为《纪念向警予同志英勇就义五十周年》题词

向警予，原名向俊贤，1895 年 9 月 4 日生于湖南省怀化市溆浦县，土家族人。父亲向瑞龄早年贫困，后经商致富。到向警予出生时，家境已十分殷实。向警予 6 岁入私塾，8 岁入新式小学，自幼希望成为和花木兰一样的女中豪杰，去抗击侵略者。

1907 年，向警予的大哥向仙钺从日本留学归国，在常德西路师范学堂教书。向警予便跟随母亲从溆浦来到此处就读。向仙钺在日本留学时参加过同盟会，思想非常先进。向警予受他影响，开始接受资产阶级的民主主义。两年后，向警予进入常德女子速成师范学校就读。该校经费不多，学生也多为贫困子弟，她在此受到了比较艰苦的锻炼。1912 年秋，向警予考入湖南省立第一女子师范学校，编入本科第一班。在校期间，向警予显示出卓越的活动能力，恩师杨昌济称盛赞她"颇有抱负"，"可谓女教育界中之人才"。1914 年秋，第一女子师范学校校长朱剑凡被顽固派免职。向警予和其他十几个进步同学愤然退学，转到周南女校就读。在这里，向警予结识了毛泽东、蔡和森等革命青年。1916 年春，向警予怀抱"教育救国"理想回到家乡，创办了男女兼收的溆浦县立女校。

"五四运动"后，中国知识分子掀起了一场外出留学的高潮。1919 年 10 月，向警予受蔡畅之邀来到长沙发起成立"周南女学留法勤工俭学会"。随后，又在长沙组织"湖南女子留法勤工俭学会"。同年 12 月底，向警予与蔡和森等 30 余人踏上了赴法国勤工俭学的旅程，走上了探寻革命救国之路。1920 年 1 月，向警予、蔡和森抵达法国巴黎。2 月 7 日，他们又来到距巴黎约200里的蒙达尼。向警予、蔡畅、葛健豪等去蒙达尼女子中学补习法文，蔡和森则去蒙达尼男子中学念书。

1921年初，留法勤工俭学的学生们面临无书读、无工做、无饭吃的窘境。2月27日，向警予与蔡和森等参加了在巴黎召开的各地勤工俭学生代表大会，决定直接向中国驻法公使请愿。28日晨，包括向警予在内的400多名勤工俭学的学生举行示威游行，向驻法公使陈箓提出要读书、要劳动、要吃饭的要求。9月，向警予又参加了"以开放里昂大学为唯一目标"的斗争。10月18日，法国当局以"强占校舍，扰乱治安"的罪名将蔡和森、陈毅等104人驱逐回国。向警予也于年底启程回国。

1922年初，向警予回到上海，不久后加入中国共产党，在党中央机关做妇女工作。中共第二次全国代表大会上，向警予当选为第一个女中央委员。会后，党中央成立了妇女部，向警予任第一任部长。国共第一次合作确立后，向警予以上海执行部工作人员的身份，负责与上海各区妇女代表洽谈，筹组妇女运动委员会。党的四大后，向警予担任中央妇女工作委员会的委员长，曾在广州负责筹建广东女权运动大同盟，并任该会第一届会长。1925年11月，向警予受党中央派遣进入莫斯科东方大学中国班学习。1927年初回国后，先后在武汉总工会、中共汉口市委宣传部、中共湖北省委工作。在白色恐怖最厉害的时候，向警予临危不惧，多次组织同志转移，营救被捕的同志。

1928年3月20日清晨，在叛徒宋岳林的指认下，向警予与其助手同时被捕，关押在法国巡捕房拘留所里。敌人对她百般利诱，甚至一度严刑拷打，逼她指认中共地下党，均被她严词拒绝。法租界法庭开审时，向警予在庭上声讨法帝国主义的累累罪行，让法官无言以对。4月12日，向警予被法租界"引渡"到武汉卫戍区司令部军法处监狱。对中共内部这样一位要员，军法处三番五次地进行审讯和毒打，但始终没有得到任何他们想要的信息。5月1日，向警予被敌人杀害于余记里空坪刑场，年仅33岁。在赴刑场的路上，向警予视死如归，沿途向广大群众进行讲演。她说：

“我是中国共产党党员向警予，为解放工农劳动大众，革命奋斗，流血牺牲！无产阶级团结起来，打倒帝国主义！打倒蒋介石！中国独立解放万岁！苏维埃中国万岁！中国共产党万岁！”敌人不停地殴打她，但始终无法阻止她高声呼喊。最后，敌人只能在她嘴里塞上石头，又用皮带缚住她的双颊。

向警予就义的当晚，海员工人、共产党员陈春和冒着生命危险，摇着小船，把她的遗体运葬在龟山古琴台对面的六角亭边。向警予牺牲后，毛泽东、周恩来等中共领导人都对她给予了崇高的评价。1939 年在延安纪念三八节大会上，毛泽东高度评价了向警予革命的一生，他说：“要学习大革命时代牺牲了的模范妇女领袖、女共产党员向警予。她为妇女解放、为劳动大众解放、为共产主义事业奋斗了一生。”同年 7 月，周恩来在庆祝延安女子大学成立大会上的讲话中指出：向警予是我党的第一个女中央委员，第一任妇女部长，英勇牺牲了，我们不要忘记她。号召大家学习我国历史上花木兰、秦良玉、蔡文姬等女英雄，学习宋庆龄、何香凝、向警予。

粉碎“四人帮”后，党中央批转在向警予安葬的龟山修建烈士陵园，邓小平同志题了“向警予烈士之墓”的墓碑。

1978 年 2 月 25 日，在向警予烈士英勇牺牲 50 周年的时候，借人民出版社出版《纪念向警予同志英勇就义五十周年》之机，邓小平亲自为该书题词：

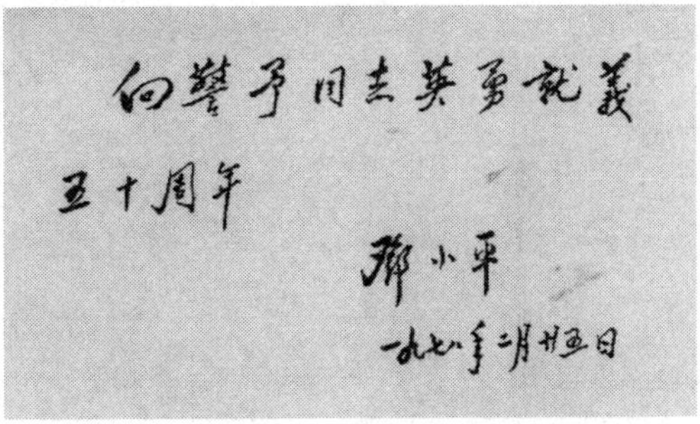

向警予同志英勇就义五十周年

邓小平

一九七八年二月二十五日

4 月 30 日该书出版时，在首页刊登了邓小平的这个题词。

军事科学院诞生的前后

——为中国人民解放军军事科学院建院 20 周年题词

20 世纪 50 年代中期，中国人民解放军走出了硝烟弥漫的战场，步入了和平建设的新时期。建设现代化、正规化革命军队的历史使命呼唤着新的军事理论做指导。时任军委训练总监部代部长的叶剑英元帅深感发展军事科学的紧迫性。1956 年冬，他向中央军委和毛泽东提出了建立军事科学院的建议。

叶剑英的请示很快得到了毛泽东的批准。随即，叶剑英主持拟定了《军事科学院组织机构与建院方案》呈报中央军委。根据这个方案，中央军委于 12 月 4 日成立了军事科学院筹备委员会，由叶剑英任主任，黄克诚、张宗逊任副主任，彭绍辉、甘泗淇、洪学智、余秋里任委员。

军事科学院院址选在了北京西北郊的西山之中。这里环境优美，幽静清雅，是一个开展科研工作的好地方。叶剑英和筹委会的几位同志多次前往实地勘察，最后选定了西山青龙桥西北的一片地方。他还将著名建筑专家梁思成等人请到家中，委托他们对办公楼和宿舍的设计方案提出修改意见。硬件条件有了，软件条件也不能放松。叶剑英还会同有关部门在全军范围内选调了一批文武兼备的得力干部和研究人员。

1957 年 7 月，中央军委确定军事科学研究机关的编制，设军事史、军事学术、军事技术三个学部和学术秘书处、办公室、行政事务管理处、政治处、干部处、翻译处等部门，共 316 人。10 月，中国人民解放军军事科学院正式命名。

1958 年 3 月 15 日，中国人民解放军军事科学院正式成立。编制为大军区级，直属中央军委领导。在成立大会上，首任院长兼政治委员叶剑英发表了讲话。他说：军事科学院的性质是“学习、研究、生产三者统一的机关”，军事科学院必须以马克思列宁主义和毛泽东的著作为指针，广泛利用现代科学技术成就，并以苏联先进军事科学技术成就为依据，从我国、我军和各种具体情况出发，有计划有步骤地开展研究工作，以推动我军迅速建设成为一支优良的现代化革命军队，以保卫祖国安全和世界和平。

军事学院成立后，迅速展开了以编写我军建设迫切需要的战斗条令为中心的各项研究工作，并相继开展了编辑马克思主义经典作家军事文集和人民解放军战史的工作，取得了丰硕的研究成果。为了使军事理论的研究与军事技术的发展更紧密地结合起来，军事科学院还设立了军事技术直观教研馆。1959 年和 1961 年，军事科学院根据中央军委提出的全军科研工作“统一规划、全军动手”的方针，先后两次组织召开全军的军事科研工作实施计划，对全军的军事科研工作实施计划给予指导。中国军事科学研究呈现出十分活跃的发展势头。

“文化大革命”开始后，军事科学院的建设遭到严重破坏，大批科研人员被迫改行或下放劳动，科研工作一度处于停顿状态。1969 年 11 月，全院人员被裁减 3/4，军事技术直观教研馆被撤销。在叶剑英等人的极力争取下，军事科学院的主要组织机构和研究骨干得以保留，为后来军事科学院军事科研事业的恢复和发展留下了宝贵人才。

“九一三”事件后，中共中央和中央军委任命宋时轮为院长、粟裕为第一政委，负责领导军事科学院的恢复和重建工作。他们排除障碍，将被下放和改行的研究人员重新调回了研究岗位，并从全军中重新选拔了一批研究干部充实队伍，在很大程度上恢复了军事科研工作。

粉碎“四人帮”后，军事科学院获得新生。

1978 年 3 月 15 日，是军事科学院建院 20 周年纪念日。这天下午，中共中央主席华国锋，中共中央副主席叶剑英、邓小平、汪东兴，以及党和国家、军队的其他领导人徐向前、聂荣臻、陈锡联、韦国清、苏振华、张廷发、王震、粟裕、罗瑞卿，到中国人民解放军军事科学院，同这个学院的干部、战士和职工亲切见面，热烈祝贺军事科学院成立20周年。邓小平当场题词：

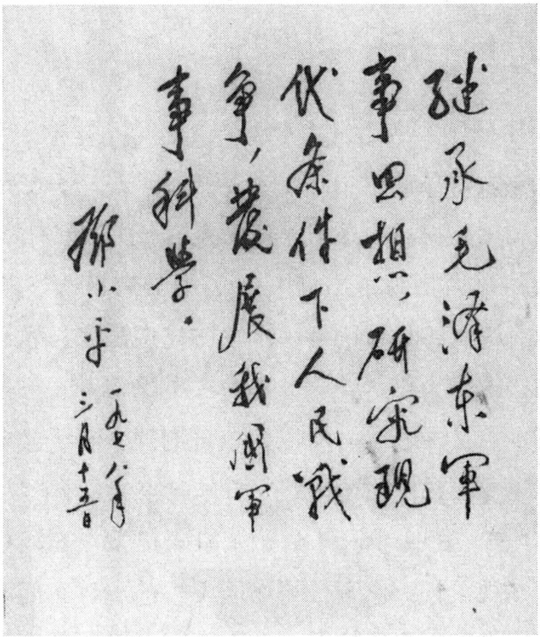

继承毛泽东军事思想，研究现代条件下人民战争，发展我国军事科学。

邓小平

一九七八年三月十五日

学习先进的取经之旅

——为日本公司题词

1978年，是中国国家战略发生重大转变之年。这年8月，中日两国政府缔结《中日和平友好条约》。10月22日至29日，邓小平应邀访问日本。这是中华人民共和国成立后中国国家领导人第一次访问日本。

邓小平此次访日，是为了出席互换《中日和平友好条约》批准书仪式。但他更愿意将这次访日看成是一次学习先进国家技术和管理能力的取经之旅。他深知，历经十年"文化大革命"的磨难，中国已经大大落后于日本这些发达资本主义国家了。所以，在日期间，除了必要的外交会谈和走访外，邓小平还专门抽出时间参观了日本三家大企业。

10月24日下午，在日产汽车公司董事长川又克二、总经理石原俊等陪同下，邓小平参观了日产汽车公司座间工厂的车体车间和装配车间，观看和了解了自动化设备的生产情况。在出席工厂举行的欢迎会上，邓小平向公司员工表达了向他们学习的心愿，并在公司纪念册上题词：

向伟大、勤劳、勇敢、智慧的日本人民学习、致敬。

10月26日上午，新日本钢铁公司董事长、日中经济协会会长稻山嘉宽陪同邓小平乘坐高速气垫船从东京竹芝码头出发，前往位于千叶县东京湾海岸的君津钢铁厂参观。君津钢铁厂是一家现代化的钢铁生产企业，其一家的产量就相当于中国所有钢铁企业产量的一半，且钢铁质量大大优于中国钢铁质量。在船上，邓小平认真听取了稻山嘉宽介绍这家日本最大钢铁公司的情况。在参观热轧车间时，邓小平仔细观看了车间控制中心利用电子计算机控制轧制钢板，要求日本朋友一定要把先进的生产管理经验介绍给正在这里或即将来这里实习的中国工人。这种强烈的对比使邓小平后来促成了上海宝钢的中日合作项目。离开前，邓小平应邀为工厂题词：

中日友好合作的道路，越走越宽广，我们共同努力吧！

10月28日下午，邓小平乘车前往大阪，参观松下电器产业公司茨木工厂，听取公司创始人松下幸之助、董事长松下正治等介绍松下电器公司生产各种电视机的情况。松下在20世纪20年代从自行车店制作车灯的学徒工开始做起，逐渐成为拥有世界领先的电子生产公司的企业家。他的经历在世界商业界都是一个传奇。当时，电视机在日本已经是十分普及的家用电器，可在中国家庭里却难得一见。松下当即表示愿意通过生产质高价廉的电视机，让更多的普通中国家庭能够承受，以此来提高中国人民的生活水平。邓小平饶有兴致地参观了工厂电视机组装生产线、自动插件装置以及检查成品等生产工序，随后又到展览室参观陈列的双画面电视、高速传真机、汉字编排装置、录像机、录像唱片、立体声唱机以及微波炉等产品。邓小平对微波炉十分感兴趣，请讲解人员操作了一下。讲解人员于是用微波炉加热了一盘烧卖，请邓小平观看。邓小平拿起一个烧麦看了看，然后突然放到嘴里，边吃边说味道不错。这一幕太出乎大家的意料，在场的人无不赞叹邓小平敢于尝试的精神。松下电器公司是邓小平在日本期间参观的最后一家企业。离开前，他应邀在公司纪念册上题词：

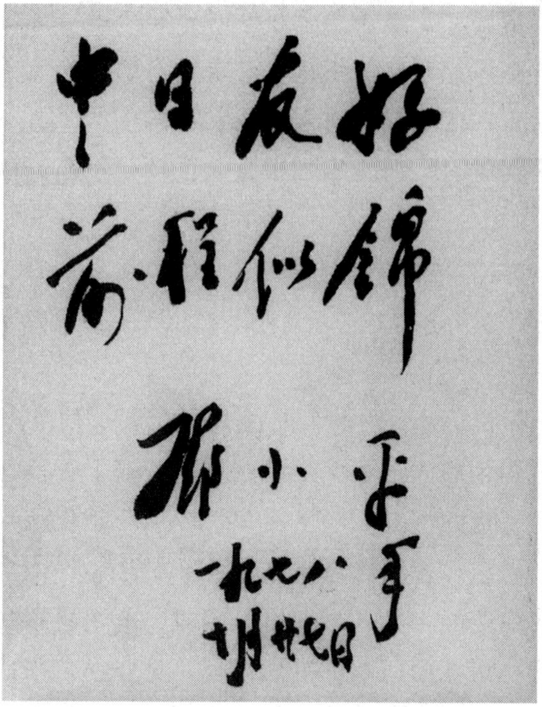

中日友好前程似锦

邓小平

一九七八年十月二十七日

邓小平早年曾经留学法国，当过工人。但在进入日本的三家大企业之前，这位新中国领导人已经有半个世纪没有走进过资本主义的工厂了。这次参观带给邓小平的心灵震撼是十分剧烈的。他切身感受到了中国之落后、要大力学习包括日本在内的先进国家的产品技术和管理经验之迫切。邓小平访日之后，中国出现了“日本热”。大批考察团访问日本，大量的日本专家、学者、技工被请到中国讲课，两国间的经济、贸易、技术合作迅速发展。新中国的现代化建设事业即将迈上腾飞之路。

“太极拳好”

——为日本太极拳爱好者题词

1978 年 10 月 22 日至 29 日，应日本政府邀请，邓小平以国务院副总理的身份对日本进行正式友好访问，并出席互换《中日和平友好条约》两国批准书互换仪式。这是中华人民共和国成立后中国国家领导人第一次访问日本。短短几天中，邓小平深刻感受到了中国与日本的差距之大。在日期间，他表达了希望中日之间消除隔阂，加强交流，发展国家贸易关系的想法。

邓小平访日将中日关系推进到一个新的历史阶段。11 月 13 日，日本政府派出以众议院副议长三宅正一为团长的日本众议院议员友好访华团对中国进行友好访问。11 月 15 日，邓小平和时任中日友好协会会长廖承志等人在北京前门烤鸭店举行盛大午宴欢迎三宅正一行。席间，双方在谈及两国睦邻关系之后，三宅正一团长又提及他正在学习中国太极拳，这引起了邓小平的兴趣。

太极拳是中华武术中的传统拳术之一。元末明初，武当道人张三丰开中国“内家拳”之先河。其后发展出“太极十三势”，为太极拳原型。17 世纪中叶，河南温县陈家沟的陈王廷在家传拳法的基础上，吸收内家拳精髓，融合易学、中医等思想，创编出一套具有阴阳开合、刚柔相济、内外兼修的新拳法，命名陈氏太极拳。在以后长期的流传演变中，太极拳又逐渐衍生出杨式、武式、吴式、孙式、和式等多家流派。新中国成立后，太极拳被国家体委统一改编作为强身健体之体操运动、表演、体育比赛用途。太极拳以中国传统儒、道哲学中的太极、阴阳辩证理念为核心思想，集颐养性情、强身健体、技击对抗等多种功能为一体，是一种饱含东方包容理念的运动形式。经常习练太极拳，可以加强对意、气、形、神的锻炼，促进身心健康。太极拳发源于中国，却广泛流传于世界各地，特别是东南亚一带习练者众多。仅日本当时就有太极拳爱好者近百万人。

邓小平也是一名太极拳爱好者。听到三宅正一提及这个问题，邓小平便兴趣盎然地向他介绍了太极拳的特点和习练方法。三宅正一深感邓小平对太极拳有很深的造诣，遂请求他为广大的日本太极拳爱好者题词，以作纪念，邓小平当即应允。第二天，邓小平为日本太极拳爱好者题词：

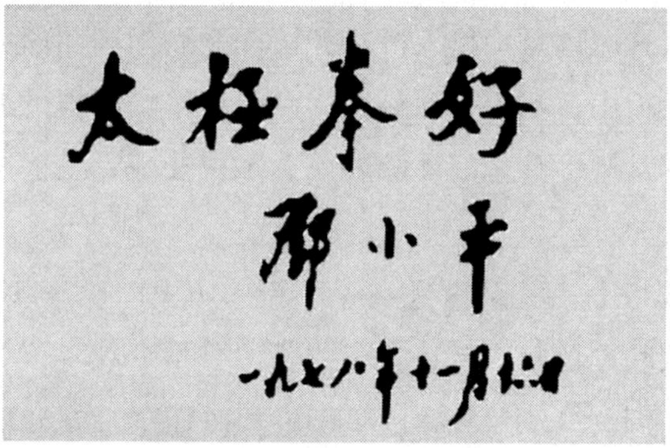

太极拳好

邓小平

一九七八年十一月十六日

几日后，邓小平便将这幅墨宝派专人送交已赴杭州访问的三宅正一。这个题词，不仅推动了太极拳日后在中国的进一步发展，也加快了中日间太极拳比赛交流的力度，推进了中日两国友好往来。

医务工作者的楷模

——为中国人民解放军白求恩和平医院题词

在抗击日本帝国主义侵略的斗争中，不少国际友人也为中国人民的抗战胜利做出了重大贡献。白求恩就是其中一位。

白求恩，全名诺尔曼·白求恩。1890 年 3 月 3 日生于加拿大安达略省格雷文赫斯特镇的一个牧师家庭。1916 年毕业于多伦多大学医学院，获博士学位。1933 年被聘为加拿大联邦和地方政府卫生部门的顾问。1935 年加入加拿大共产党。中国抗日战争爆发后，受加拿大共产党和美国共产党派遣，于 1938 年 1 月率领一个由加拿大人和美国人组成的医疗队来到中国，支援中国人民的抗战事业。3 月到达延安。

到达延安后，白求恩一行受到了中共中央的热烈欢迎。稍作休整后，他就率医疗队东渡黄河到了晋察冀前线，马不停蹄地忙碌了起来。他带着战地医疗队转战各个战场，冒着枪林弹雨在极端困难的条件下抢救了成百上千的伤病员。在四个月里，白求恩行程 1500 余里，做手术 315 次，建立手术室和包扎所 13 处，救治伤员 1000 多名。为了适应战争环境，方便战地救治，白求恩还组成了流动医院，组织制作了药驮子。这种“药驮子”可容纳做 100 次手术、换 500 次药和配制 500 个处方所用的全部医疗器械和药品，被称为“卢沟桥药驮子”。在前线的日子里，白求恩对八路军简陋的医疗条件和医护人员的缺乏感到吃惊，但同时又对医务工作者和战士所表现出的忠于职守及自力更生的精神钦佩不已。他不禁感慨：“中国共产党交给八路军的不是精良的武器，而是经过二万五千里长征锻炼的战士。有了这样的革命精华，我们就有了一切。”他写信给毛泽东，表示要

“学习他们为其美丽的国家而与野蛮的法西斯进行英勇搏斗的伟大精神，我将以这种精神投身于解放整个人类、整个亚洲的斗争”。

白求恩不但医术精湛，品德也十分高尚。他曾谢绝党中央要求每月给他的百元津贴，还请求组织将加拿大人和美国汇给他本人的钱直接扣用，留作烟草费专供伤员购置烟草及纸烟之用，而不必向他汇报。受他的精神感染，延安和前线的医护人员纷纷掀起了学习他的高潮。

由于长期繁重的工作，白求恩的身体健康状况迅速恶化。1939 年 10 月，白求恩在抢救伤员时感染了病毒，但他仍然坚持在战地为战士手术。11 月 1 日，白求恩又因抢救一名丹毒合并蜂窝组织炎的伤员第二次受到细菌致命的感染。在此后的十天内，他忍住手指的疼痛，又连续做了 13 台手术，并写下了治疗疟疾病的讲课提纲。

1939 年 11 月 12 日凌晨，白求恩在河北唐县病逝，年仅 49 岁。毛泽东闻讯后十分悲痛。12 月 1 日，毛泽东在白求恩追悼大会上亲笔题写了挽词：“学习白求恩同志的国际主义精神，学习他的牺牲精神、责任心与工作热忱。”12 月 21 日，在八路军政治部和卫生部编写的《诺尔曼·白求恩纪念册》即将出版之际，毛泽东为写了一篇题为《学习白求恩》（新中国成立后，这篇著名的文章以《纪念白求恩》为题收入《毛泽东选集》——笔者注）的纪念文章，号召每一个共产党员学习白求恩精神。

白求恩去世后，为纪念这位伟大的国际主义战士，1940 年 1 月 5 日，晋察冀军区将晋察冀军区后方医院更名为白求恩国际和平医院，印度援华医疗队柯棣华大夫担任医院首任院长。晋察冀军区后方医院于 1937 年 11 月 7 日组建于山西五台县，白求恩来华后曾在这所医院工作直到以身殉职。

1940 年 4 月，党中央在河北省唐县军城南关建立了白求恩墓。1952 年，白求恩的灵柩迁入石家庄烈士陵园。

白求恩国际和平医院成立后，广大医护人员始终以白求恩为榜样，不断提升业务素质和医德修养。1979 年 6 月，在白求恩去世 40 周年之际，邓小平为该院题词：

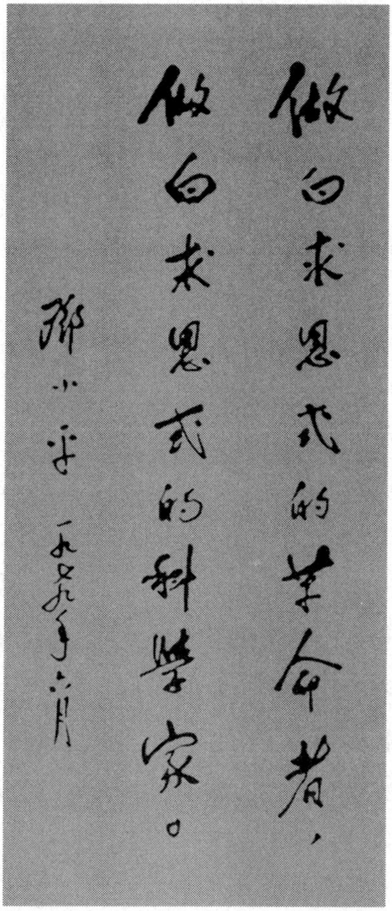

做白求恩式的革命者，做白求恩式的科学家。

邓小平

一九七九年六月

建立一支强大的海军

——为中国人民解放军海军 105 舰题词

中国人民解放军海军是在人民解放军陆军的基础上组建起来的。1949年4月4日，人民解放军第三野战军副司令员粟裕、参谋长张震奉中央军委命令，到达江苏省泰县白马庙乡，建立渡江战役指挥部，接受国民党起义投诚舰艇，组建了一支保卫沿海沿江的海军部队。1949 年 4 月 23 日，华东军区海军领导机构在白马庙乡成立，张爱萍任司令员兼政委，人民海军从此诞生。随后，海军相继组建了东海舰队、南海舰队和北海舰队。

毛泽东和邓小平都十分重视海军的发展。1953 年 2 月，毛泽东视察海军舰艇部队时为五艘舰艇写下了五张内容相同的题词："为了反对帝国主义的侵略，我们一定要建立强大的海军！"1958 年 9 月 29 日邓小平视察海军第一航空学校时也欣然为学校题词："培养坚强忠诚的共产主义保卫者和建设者。"1964 年 7 月 1 日，邓小平又亲临海军 426 厂，视察并了解当时海军的重点建设项目——常规动力潜艇的建造情况，要求我国造船工业要坚持走标准化、通用化的道路。在党中央和中央军委的高度重视和正确指挥下，海军不断发展壮大，向海军水面舰艇部队、海军潜艇部队、海军航空兵、海军岸防部队和海军陆战队五大兵种体系方向不断发展，为保卫新中国海防安全做出了重大贡献。

"文化大革命"中，海军也受到了重大冲击。由于林彪、"四人帮"的插手，海军内部出现了不同的派系，不团结的现象十分突出。粉碎"四人帮"后，邓小平和军委其他领导同志经过反复商量，决定派国务院交通部部长叶飞担任海军第一政治委员、海军党委第一书记，迅速改变海军内部混乱的情况。叶飞没有在海军系统任过职务，容易为各方力量所接受。在他的主持下，海军内部混乱的情况得到一定程度的改善。但由于10年内乱造成的积弊难以短时期内清除，海军内部仍存在着这样或那样的问题。

1979年七八月间，邓小平先后到青岛和烟台海军基地进行视察。8月2日上午8时，他在海军政委叶飞、第二政委杜义德、山东省委书记白如冰、济南军区政委肖望东、北海舰队司令员饶守坤等同志的陪同来到烟台舰艇部队视察。在检阅了101舰后，邓小平登上了105导弹驱逐舰，开始了长达6个小时的海上航行。

在105舰1号舱的临时会议室里，邓小平首先听取了王文斌支队长关于新型导弹驱逐舰使用情况和装备性能的汇报，其间不时询问叶飞关于海军装备现代化发展的问题。然后，他登上舰指挥室，看望在那里工作的干部和战士。军舰开动后不久，下起了蒙蒙细雨，邓小平走回舱室，和大家一起管好舱室的舷窗，继续和陪同的同志交谈起来。这时，105舰副政委刘云成拿着题词簿走到杜义德跟前，附在他耳边小声说，舰上的干部战士想请邓小平题词。杜义德立即向邓小平转达了这个请求。邓小平高兴地点了点头，拿起毛笔，思索片刻，挥笔写下：

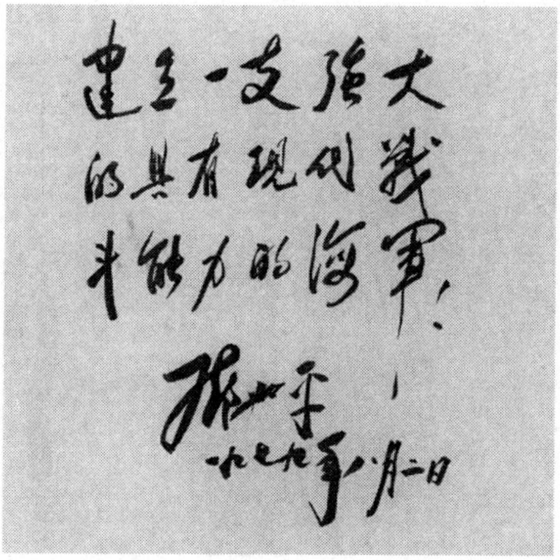

建立一支强大的具有现代战斗能力的海军！

邓小平

一九七九年八月二日

10点多钟时，雨停了。邓小平起身来到甲板上，开始视察岛屿与海域。他手握望远镜，对经过的每一个岛屿和每一片水域都进行了详细地观察和询问。返航时，他又与指战员们合影留念。战士盛立中因执行公务未能参加上合影，邓小平为他签字以作留念。下午2时30份，105舰靠上码头，邓小平与陪同的领导干部又一起和全舰官兵合影留念。

邓小平视察海军部队并为之题词的消息极大地鼓舞了海军系统。关于这一题词的意旨，叶飞在此后召开的海军机关团以上干部会上做了具体阐释。他说："邓副主席这次题词时，我们都在那里呀！纸笔拿来了，他没有马上动笔。他抽烟，一直在冷静地思考，差不多考虑了半个钟头。考虑成熟了，他才下笔。请大家注意，他不写'建设'而是'建立'。海军我们早有了嘛，已经建设30年了嘛。这个意思就是说，要在现有这个基础上前进一步，建立强大的而且具有现代战斗能力的海军。"

缅怀英雄　英勇奋斗

——为《新一代最可爱的人》题词

越南，是中国南方邻国。近代以来，越南沦为殖民地，中国沦为半殖民地。相同的革命目标让两国在民族独立解放斗争中结下了深厚的战斗友谊。邓小平在广西进行革命工作时，曾数次从越南取道，并得到过越共地下党的帮助。

新中国成立后，为了帮助越南尽快实现民族独立，毛泽东等中央领导同志在百废待举的情况下，毅然决定援助越南，为越南人民最终取得抗法战争的胜利做出了重大贡献。越南独立后，在很长一段时间内与中国保持着非常友好的外交关系。但后来因为越南在边界地区不断挑衅，1979 年 2 月 17 日至 3 月 16 日，对越自卫反击战爆发。在这场捍卫领土主权的战争中，中国人民解放军付出了八千余人的伤亡代价。

战争结束后，解放军文艺出版社拟编著图书《新一代最可爱的人》，反映在这场战争中涌现出的英雄模范们可歌可泣的事迹，歌颂我参战军民为保卫祖国、保卫四化而英勇战斗的革命英雄主义精神。华国锋、叶剑英、邓小平、徐向前、聂荣臻分别为这本书题了词。其中，邓小平的题词写于 1979 年 9 月 27 日。题词是：

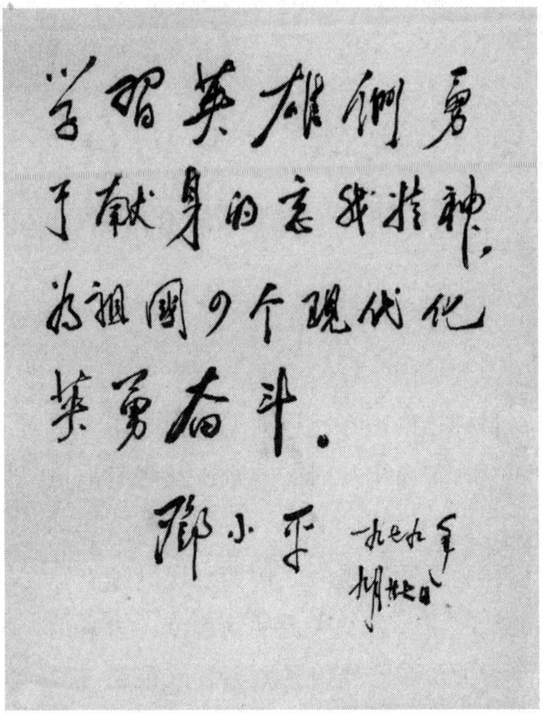

学习英雄们勇于献身的忘我精神，为祖国四个现代化英勇奋斗。

邓小平

一九七九年九月二十七日

1980年7月，《新一代最可爱的人》正式出版，同时刊登了邓小平等人的题词。

中印两国人民友谊的见证者

——为《纪念柯棣华》题词

柯棣华，原名德瓦卡纳德·桑德拉姆·柯棣尼斯。1910 年 10 月 10 日生于印度马哈拉施特拉邦的绍拉浦尔市。1936 年毕业于孟买格兰特医学院，获医学学位。

“卢沟桥事变”爆发后，中国共产党以根据地为依托同日寇展开了激烈的战斗。在残酷的战争中，根据地缺医少药的问题逐渐凸显出来。毛泽东、朱德等中共领导人遂向印度国大党领袖尼赫鲁发出派遣一支小型医疗队支援中国抗战的请求。接到中国共产党的请求后，印度国大党组成了一支由爱德尔大夫为队长、卓尔克、木克吉、巴苏和柯棣华五人为成员组成的医疗队前往中国。

1938 年 9 月，印度援华医疗队到达中国。他们辗转于广州、长沙、汉口、宜昌、重庆等地，积极救助伤员。在重庆，中印文化协会主席谭云山为他们每个人都起了一个中国名字，即：在原来名字的后面都加上一个“华”字。这样，五人的中国名字就是：爱德华、卓克华、木克华、巴苏华和柯棣华。

从此，柯棣华的大名就为中国人民熟知了。

在延安模范医院工作期间，柯棣华医治了不少从前线送来的伤员，从他们口中知道了前线战事的惨烈。他觉得自己应该上前线，这样能更好地为伤员服务。经过多次申请，中共中央最终批准了他们的请求，并指示前线指战员一定要保护好柯棣华的安全。

此后，柯棣华辗转于前线各个战场，施行了数万次手术，救助了数千名伤病员。他工作起来不分昼夜，经常是一天奔行数百里。由于过于劳累，他患上了癫痫病。中共中央随后安排他到工作相对轻松的河北省唐县葛公村晋察冀军区白求恩卫生学校及所属医院工作。然而，在这里，他仍夜以继日地工作，于1942年12月9日病逝于此，年仅32岁。

柯棣华一向视中国为第二故乡。在这里，他加入了中国共产党，娶了一位中国媳妇。他完成规定工作期限后仍没有返回印度而是坚持留在最艰苦的前线工作。得知柯棣华病逝的消息，毛泽东异常悲痛。在延安各界举行的追悼会上，毛泽东亲自为柯棣华写下悼词："印度友人柯棣华大夫远道来华，援助抗日，在延安华北工作五年之久，医治伤员，积劳病逝，全军失一臂助，民族失一友人。柯棣华大夫的国际主义精神，是我们永远不应该忘记的。"毛泽东还号召各根据地的广大医务工作者向柯棣华学习，为中国的革命事业继续奋斗。1943年4月5日，在中国传统清明节这天，毛泽东和朱德联名致函印度国民大会，对他们派来的援华医疗队表示感谢。在函中，毛泽东和朱德代表中共中央对柯棣华进行了崇高的评价："中国抗日战争开始后，贵会派遣了一个援华医疗队来华参加中国的抗战，表示对华的极大友谊。这个医疗队五人均在八路军工作，四年以来，医疗队诸同志不避艰险，辗转北方战地，他们的艰苦努力和极有价值的工作，使无数中国军民亲睹印度人民的援华热忱。医疗队五人中除已先后返印的三人外，柯棣华大夫因病逝世于晋察冀边区，我国军民失一良友，印度人民失一优秀战士，至堪悼惜。"

1953年3月15日，柯棣华的墓被迁入华北军区烈士陵园。1976年，河北省石家庄市建立了柯棣华纪念馆。

1982年，在柯棣华逝世40周年之际，白求恩国际和平医院柯棣华纪念馆编着手编辑《纪念柯棣华》一书来纪念这位伟大的国际主义战士。4月，邓小平为该书题词：

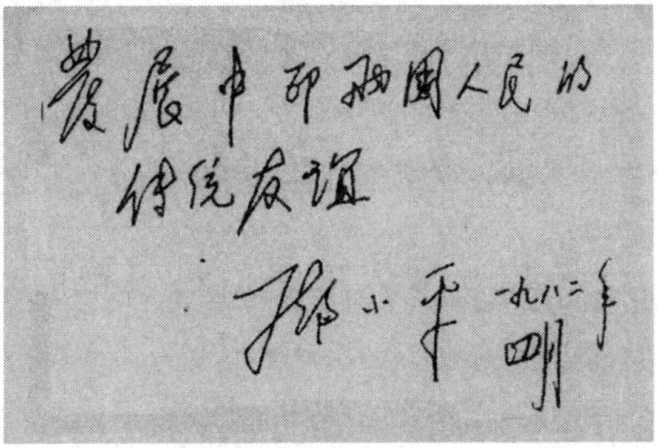

发展中印两国人民的传统友谊

邓小平

一九八二年四月

是年12月，人民出版社编辑出版了这本大型纪念册，在卷首刊载了邓小平的题词。

唯一一幅为一套丛书的题词

——为《星火燎原》丛书题词

在邓小平留下的题词中，只有一幅为一套丛书的题词。这套丛书就是由战士出版社（即今天的解放军出版社）出版的《星火燎原》。

1956 年 7 月，中央军委开会筹备纪念中国人民解放军建军三十周年。会议决定由总政治部向全军和全国人民发起“中国人民解放军三十年”征文活动，然后集结出版，打造一部纪念建军三十周年、记述我军三十年战斗历程的精品图书。只要时间范围在建军三十年之内，能客观真实反映不同历史时期的重大史实，均可以投稿。

征文活动得到了踊跃响应。从中央军委领导到普通官兵群众都拿起笔，书写着自己亲历的精彩史实。据统计，当时有 9 位元帅、431 位将军和 62 位参加过战争的省部级领导干部先后为征文活动撰稿。全国范围内共收集到文章 3 万多篇，后来择优选出 11610 份送到北京。毛泽东、周恩来、刘少奇、邓小平等中央领导同志亲自阅改了部分稿件。其中，邓小平审阅过 4 篇文章，对有的文章做了多处修改并做了重要补充，有一篇短文改动了 16 处；对有的文章提出修改意见，修改后又第二次进行审阅。

1958 年 9 月，丛书《星火燎原》第一集由人民文学出版社集结出版。第一集分上下两册，序文由朱德同志题写。丛书当时的名字叫《光荣的中国人民解放军》。在后续的编辑过程中，编者觉得如果为丛书每一集都起一个名字，过于混乱，便决定将整套丛书命名为《星火燎原》，每一集书名加注大写阿拉伯数字区分。1959 年 12 月，毛泽东为丛书题写了书名。

《星火燎原》到 1963 年共出版了 8 集（另有第 5 集和第 8 集因特殊

原因编好未付之出版），在社会上引起了持续的强烈反响。书中《朱德的扁担》、《老山界》、《强渡大渡河》等文章还选入了全国中小学课本，《狼牙山五壮士》、《潘虎》等还被改编成影视戏剧，不少文章成为全军部队学习和研究中国革命战争战略战术的必读教材。图书还用13种不同的文字发行到国外，让其他国家的人民了解到了波澜壮阔的中国革命历史。郭沫若评价这部书是“用红宝石砌成的万里长城，记述中国革命战争的东方史诗”，可谓客观而精准。然而，就是这样一套史料价值很高的图书也留下了不少的遗憾。受版面限制，在1万多篇文章中，能够入选丛书的也只有数百篇。三年自然灾害期间，全国用纸紧张，一些十分优秀的文章也未能得以刊发。编辑者只得忍痛将这些“未刊稿”整理好，藏于“密室”。

“文化大革命”时期，《星火燎原》丛书编辑者受到了不同程度的迫害，编辑出版工作也被迫终止了。1975年1月邓小平复出后，全力排除阻力，营造较为宽松的舆论氛围。这一年，恰逢纪念红军长征胜利40周年，战士出版社于10月向中央军委呈送报告，希望修订再版《星火燎原》。邓小平、叶剑英等批示同意。就这样，已经停止了九年之久的编辑工作重新开始了。但到1977年中国人民解放军建军50周年的时候，主管中央宣传工作的汪东兴不同意发表革命回忆录。无奈之下，战士出版社只得重新上报出版计划，将《星火燎原》改名为《星火燎原选编》。邓小平、叶剑英、李先念等领导同志均圈阅同意。汪东兴也不好再说什么了。就这样，《星火燎原》才得以继续修订再版。

1982年7月，为纪念中国人民解放军建军55周年，战士出版社以人民文学出版社已经出版的8集和2集未付印刷的清样为基础，重新修订再版了《星火燎原》丛书1至10集。丛书共收录了637篇文章，共360万字。至此，《星火燎原》丛书的编辑工作历经26年终于完成。邓小平、叶剑英、徐向前、聂荣臻等党和军队领导同志都为图书题了词。叶剑英的题词是：“革命精神代代传。”徐向前的题词是：“发扬革命精神为建设现代化的人民军队而奋斗！”聂荣臻的题词是：“用我军的光辉历程和革命传统教育全军指战员。”

邓小平的题词是：

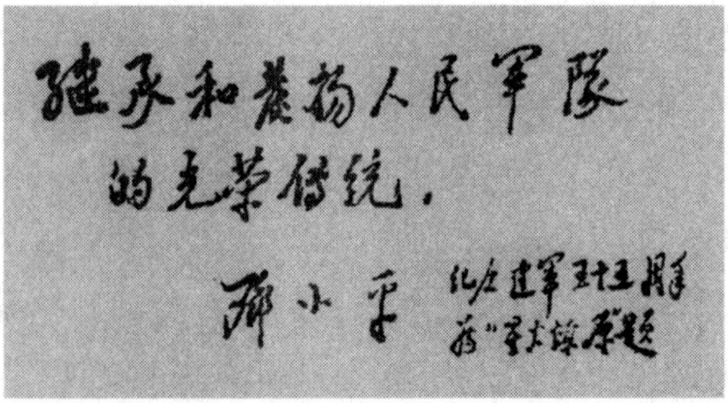

继承和发扬人民军队的光荣传统。

邓小平

纪念建军五十五周年为“星火燎原”题

7 月 14 日，新华社、中央人民广播电台、中央电视台同时报道了题词的消息。7 月 15 日，《人民日报》、《光明日报》、《解放军报》等首都各报和各省、市、自治区报纸也报道了题词的消息并发表了题词手迹，同时还编发了“论述我军光辉历程的大型革命回忆录选集《星火燎原》一至十集全部出版”的新闻。

《星火燎原》丛书后续编辑出版工作并未就此结束。2007 年，在纪念中国人民解放军建军 80 周年的前夕，解放军出版社精心收入了 685 篇曾因种种原因未被刊用的珍贵文稿，结集出版了《星火燎原·未刊稿》10 卷本。2009 年，为庆祝新中国建立 60 周年，解放军出版社在原《星火燎原》丛书和《星火燎原·未刊稿》丛书基础上，将因 20 世纪五六十年代历次政治运动而被陆续撤销的 75 篇珍贵文稿全部恢复，又选用 340 篇从未出版发表过的珍贵文稿，编辑出版《星火燎原全集》20 卷。丛书共 1066 万字，刊用文稿 1705 篇，刊用历史图片 2177 幅，是我军历史上规模最大、内容最权威、影响最深远的革命战争回忆录丛书。自此，从 1956 年以来收集、筛选和整理“中国人民解放军三十年”征文活动文稿的工作全部结束，《星火燎原》丛书系列的编辑出版任务圆满完成。

第一次工人运动高潮的顶点

——为纪念“二七”大罢工60周年题词

中国共产党自成立之初，就充分认识到团结工人力量的重要性问题。一大后，党成立了领导工人运动的中国劳动组合书记部。从1922年1月到1923年2月间，党领导工人阶级共举行了大小罢工100余次，参加人数达到了30万以上。其中，京汉铁路工人大罢工上演了最为壮烈的一幕。

京汉铁路纵贯直隶、河南和湖北三省，是连接华北和华中的交通命脉，有重要的经济、政治和军事意义。军阀吴佩孚军饷的主要来源之一就是这条铁路的运营收入。党中央十分重视京汉铁路的工人力量。到1922年底时，就已经在京汉铁路各站建立起16个工会分会，组织起来3万余名工人。1923年2月1日，党领导下的京汉铁路总工会筹备会在郑州召开成立大会。各铁路工会代表、汉冶萍总工会代表、武汉工会代表、北京和武汉等地的学生代表、新闻人士近300人参加了这次大会。党中央对这次大会非常重视，派出了中央执行委员张国焘、中共武汉市委书记陈潭秋、中国劳动组合书记部副主任罗章龙、中共北京地委委员包惠僧、中国劳动组合书记部武汉分部主任林育南等人出席大会。

面对日益高涨的工人运动，吴佩孚终于坐不住了。成立大会召开的这天上午，吴佩孚派出大批荷枪实弹的军警在郑州全城戒严，下令禁止召开京汉铁路总工会成立大会。与会代表不顾生死，冲突军警防线，高呼“京汉铁路总工会万岁”、“劳动阶级胜利万岁”等口号，在会场——郑州普乐园剧场举行大会，宣布京汉铁路总工会成立。当天下午，军警严密地包围了会场，强行解散会议，并驱赶代表。当晚，京汉铁路总工会执委会秘密召开会议，决定将总工会临时总办公处转移到汉口江岸，并决定铁路全路自2月4日起举行总罢工。

2月4日，京汉铁路两万多工人举行大罢工，全线客货车一律停驶。2月6日，武汉各工团代表和江岸工友1万多人集会，举行大规模的游行示威，支持罢工工人。工人大罢工引起了帝国主义和反动军阀的恐慌。2月7日，吴佩孚手下的湖北督军肖耀南和武汉的外国资本家密谋策划，以“调解共潮”为辞，诱骗工会派代表到工会会所“谈判”。工人代表赴会途中，遭到军警的枪击，当场被打死30多人，打伤200多人。随后，军阀又率兵搜查工人住宅区，进行抢劫。同一日，军警在江岸、长辛店、郑州车站等地也进行了同样的屠杀。一天中，反动军警总计打死工人40余人，打伤300人，抓捕60多人，酿成了震惊中外的“二七”惨案。

在“二七”惨案中，共产党员和广大工人表现得无比坚强。惨案发生的当天夜里，军警把京汉铁路总工会江汉分会委员长、共产党员林祥谦绑在江岸车站站台的木桩上，让他下令复工。林祥谦断然拒绝，被连砍数刀，牺牲时仅31岁。京汉铁路总工会与湖北省工团联合会法律顾问、共产党员施洋，在武汉被捕后坚贞不屈，于2月15日被秘密杀害于武昌洪山脚下。广大工人不屈服于暴力，拒不开工，一直坚持到2月9日，才最终出于保存革命力量的考虑进行复工。

京汉铁路工人大罢工是党领导的第一次工人运动高潮的顶点。它进一步显示了中国工人阶级的力量，扩大了党在全国人民中的影响。罢工虽然失败了，但是工人不怕牺牲的奋斗精神进一步唤醒了中国人民，使他们更加清楚地认识到帝国主义和封建军阀是中国革命的主要对象，必须与之斗争到底，才能获得真正的自由和解放。这次罢工后，中国工人运动进入了一个新的阶段——从改良生活的经济斗争转变到争取自由的政治斗争的阶段。

邓小平虽然没有领导和参与“二七”大罢工的斗争，但他对这次运动是非常重视的。1950年9月26日，邓小平在中共中央西南局组织工作会议上作报告时，就明确指出“二七”京汉铁路罢工工人是“进步”的。1983 年 1 月 26 日，在“二七”大罢工 60 周年纪念日之际，邓小平又欣然题词：

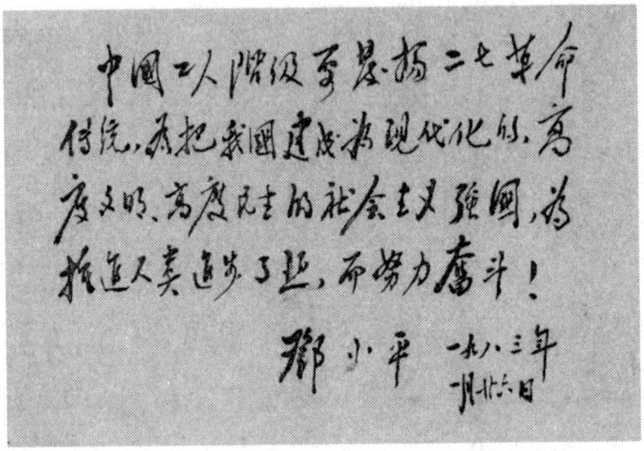

中国工人阶级要发扬二七革命传统，为把我国建成为现代化的，高度文明、高度民主的社会主义强国，为推进人类进步事业，而努力奋斗！

邓小平

一九八三年一月二十六日

对李大钊的崇高评价

——为李大钊烈士陵园题词

1983年，适逢中国最早的马克思主义者，中国共产党的创始人和早期领导人李大钊同志诞辰94周年。为了铭记这位为中国革命牺牲的先哲，2月20日，中共中央决定重新建园安葬，并以中共中央委员会名义请著名书法家杨萱庭撰写碑文。4月1日，邓小平为陵园题词：

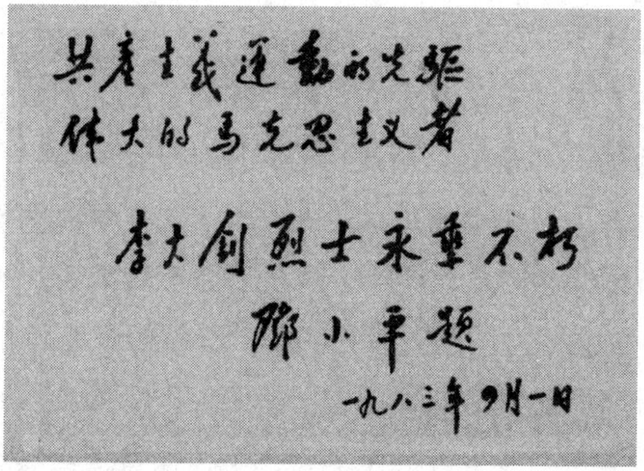

共产主义运动的先驱　伟大的马克思主义者

李大钊烈士永垂不朽

邓小平题

一九八三年四月一日

10月29日，李大钊烈士陵园正式落成。党和国家领导人、李大钊同志亲属和各方面人士共500多人参加了落成典礼。邓小平的题词被镌刻在李大钊烈士陵园纪念碑的正面。

李大钊烈士陵园，坐落在北京香山万安公墓内，陵园占地面积约2200平方米。园门的上方悬挂着“李大钊烈士陵园”匾额。进入园门内，迎面是李大钊烈士的汉白玉全身立雕像。雕像后是李大钊烈士墓和李大钊夫人赵纫兰墓。墓后有一座宽4米、高2米的青花岗石纪念碑。纪念碑的背面，镌刻着杨萱庭撰写的碑文。碑文客观陈述了李大钊波澜壮阔的革命生涯，高度评价了他为中国革命和马克思主义传播所做出的重大贡献。这里全文摘录如下：

李大钊同志，字守常，一八八九年十月二十九日生于河北省乐亭县大黑坨村。七岁起在乡塾读书，一九〇五年人永平府中学，一九〇七年人天津北洋法政专门学校。青年时代，目睹在帝国主义侵略下的国家危亡局势和社会黑暗状况，激发了爱国热忱，立志要为苦难的中国寻求出路。辛亥革命的果实被袁世凯窃夺后，开始发表文章，揭露军阀官僚的统治只是加深了民族的灾难和人民的痛苦。一九一三年，含愤东渡日本，就读于东京早稻田大学。在日本向中国袁世凯政府提出二十一条亡国条件后，参加留日学生总会的爱国斗争，向国内寄发《警告全国父老书》。这时，开始接触社会主义思想和马克思主义学说。一九一六年回国后，积极参与正在兴起的新文化运动。他在《青春》一文中号召青年“冲决历史之桎梏，涤荡历史之积秽，新造民族之生命，挽回民族之青春”。他积极抨击以孔子为偶像的旧礼教、旧道德，向当时抬出孔子来维护自己统治的反动势力展开猛烈的斗争。一九一七年俄国十月社会主义革命的胜利使大钊同志受到极大的鼓舞和启发。他逐步明确地站到马克思主义的立场上来，成为中国最早的马克思主义者和共产主义者。在一九一七年到一九一九年，他发表了许多热情地宣传俄国革命和马克思主义的文章，并与资产阶级改良派胡适展开了“问题与主义”的论战，在思想界引起了广泛强烈的反响。他在一九一八年担任北京大学图书馆主任，后兼任经济学教授，参加《新青年》杂志编辑部。这年年底与陈独秀等创办《每周评论》，并于次年主编《晨报副刊》。同时，他还协助北京大学学生创刊《国民》和《新潮》。随着大钊同志等领导下的反帝反封建的五四爱国运动的发展，马克思主义的影响日益扩大。一九二〇年三月，大钊同志在北京先后发起组织马克思学说研究会和共产主义小组。许多青年在他的影响下接受了马克思主义，其中有些成为中国共产党早期的著名活动家，如邓中夏同志、高君宇同志等。毛泽东同志和周恩来同志也都受到过他的影响。大钊同志为建立中国共产党努力奋斗，是我党主要创始人之一。

一九二一年中国共产党成立后，大钊同志代表党中央指导北方的工作。在党的二大、三大、四大，都当选为中央委员。一九二四年底，任党的北方区执行委员会书记。在他领导下，北方党组织派出许多同志在冀、鲁、豫、晋、陕、内蒙和东北的广大地区开展了党、团工作，先后发动了开滦大罢工、二七大罢工等著名斗争。一九二二年，他受党的委托在上海与孙中山先生谈判国共合作，并在一九二四年在广州参加国民党第一次全国代表大会的领导工作，为建立国民革命统一战线，实现第一次国共合作做出了重大贡献。一九二五年在孙中山先生北上时和逝世时，在五卅运动中，他领导北方党组织发动群众，在北洋军阀统治的北方地区，开展了轰轰烈烈的反帝反军阀斗争。他积极地进行广泛的统一战线工作，领导改组后的国民党在北京的组织。坚决反对国民党右派。他努力为南方的革命运动培养、输送了大批干部。他坚决支持当时主要在南方一些农村蓬勃兴起、同时也开始波及北方的农民运动，并著文论述开展农民运动和解决土地问题的重要性。他也注意在军队中扩大革命运动的影响，对冯玉祥将军五原誓师参加北伐起了重要作用。大钊同志作为具有高尚道德品格的学者和革命家，受到社会各阶层的广泛尊崇，名重当世，这是他能卓有成效地开展多方面革命工作的一个重要条件。

一九二六年三月十八日，北京各界人民在天安门举行反对日本等国要求大沽口撤防的大会，并到皖系军阀段祺瑞执政府门前请愿，竟遭到段政府的血腥屠杀。大钊同志在惨案发生后，继续领导共产党和国民党的北方组织坚持斗争。不久，奉系军阀张作霖的军队进入北京，白色恐怖更加严重。次年四月六日，张作霖在帝国主义支持下逮捕了大钊同志等八十余人。大钊同志备受酷刑，在监狱中，在法庭上，始终大义凛然，英勇不屈。四月二十八日，凶残卑怯的敌人不顾广大舆论的反对，将大钊同志和谭祖尧、邓文辉、谢伯俞、莫同荣、姚彦、张伯华、李银连、杨景山、范鸿吉、谢承常、路友于、英华、张挹兰、阎振三、李昆、吴平地、陶永立、郑培明、方伯务共二十位革命者（其中多数是共产党人，也有国民党人）一齐绞杀。大钊同志临刑时毫无惧色，第一个走上绞架，从容就义。时年尚不足三十八周岁。

李大钊同志的灵柩多年停放在宣武门外的一个庙宇内。一九三三年四月二十三日，他的家属和许多社会知名人士，发起为大钊同志举行葬礼，将灵柩安葬于香山万安公墓。大批学生、工人、市民群众冒着白色恐怖参加葬礼，形成一次壮烈的示威运动，许多参加者为此而被捕，甚至被杀害。

在全国解放前，李大钊同志的一部分著作虽曾由他的亲属编集，由鲁迅先生作序，但在反动统治下一直没有能发行。直到一九五九年，人民出版社才出版了重新编辑的《李大钊选集》。一九八一年，人民文学出版社又出版了经过增订的《李大钊诗文选集》。

李大钊同志对中国人民的解放事业，对马克思主义的信仰和无产阶级的革命前途无限忠诚。他为在我国开创和发展共产主义运动的大无畏的献身精神，永远是一切革命者的光辉典范。大钊同志和其他无数先烈光荣地倒下去了，但是他们的牺牲没有使中国革命停止，相反，中国革命在牺牲者的血泊中继续前进，直至获得伟大的胜利。作为中国人民的优秀儿子和伟大的无产阶级革命家，大钊同志的业绩将永远受到中国人民的追怀和崇敬。

为纪念李大钊同志，发扬他伟大的共产主义革命精神，中共中央于一九八三年三月十八日将他和他的夫人赵纫兰同志（一八八三年——一九三三年）的灵柩移葬于新建的李大钊烈士陵园。

中国共产主义运动的先驱者，伟大的马克思主义者李大钊同志永垂不朽！

学生应具备什么样的品格

——为北京育才学校编写的校史题词

华北事变后，面对空前严重的民族危机，中国共产党高举抗日救亡大旗，领导和指挥着军民的共同抗战。许多抗日志士奔赴前线，同日寇展开了殊死搏斗，谱写了一曲曲悲怆之歌。党中央十分关心这些在前线浴血奋战的革命战士的后代。为了让他们接受到更好的教育，成长为国家和民族未来的主人，经徐特立提议，中共中央决定在延安创办一所收养抗日志士子女及烈士遗孤子女的学校。

1937 年 2 月，中央苏维埃政府批准在徐特立任校长的鲁迅师范学校附设了第一个实行供给制的养教结合的干部子弟小学班。这就是北京育才学校的前身。9 月，鲁迅师范学校由延安迁到关中，其附设的干部子弟小学班留在延安，并在南孤魂沟建造校舍。1938 年 1 月 15 日，陕甘宁边区成立干部子弟学校，鲁迅师范学校附设干部子弟小学班全部转入该校。4 月，合并后的学校改名为鲁迅小学。8 月，鲁迅小学又附设到边区中学成为边中小学部。11 月，边中小学部并入保育院小学部。1939 年 2 月，保育院小学部迁至安塞白家坪单独建校，简称“保小”。1947 年 3 月，胡宗南进犯延安后，毛泽东从保护党中央的警卫部队中抽调一部分护送“保小”师生转移。“保小”师生越过黄河，翻过太行，历经艰辛行军两千里，于 1947 年 7 月到达晋察冀边区。1948 年 7 月 1 日，华北局决定“保小”、晋察冀边区的光明小学、晋冀鲁豫的行知小学三校合并，在河北省井陉县孙庄村正式成立华北育才小学。1949 年 7 月，华北育才小学随党中央迁入北京，设校址于先农坛。1950 年秋，华北育才小学改由中央教育部直接领导，校名改为北京育才小学。1956 年，学校增办了初中部，校名改为北京育才学校。1971 年，学校又增办了高中部。

北京育才学校自建校以来，以严谨的办学态度和科学的教学理念为党和国家培养了大批优秀人才，逐渐成长为一名全国知名的学校。1981 下半年，北京育才学校着手编辑校史。1982 年 11 月 6 日，校史编辑委员会致信邓小平，请求他题词。4 月 1 日，邓小平写下题词：

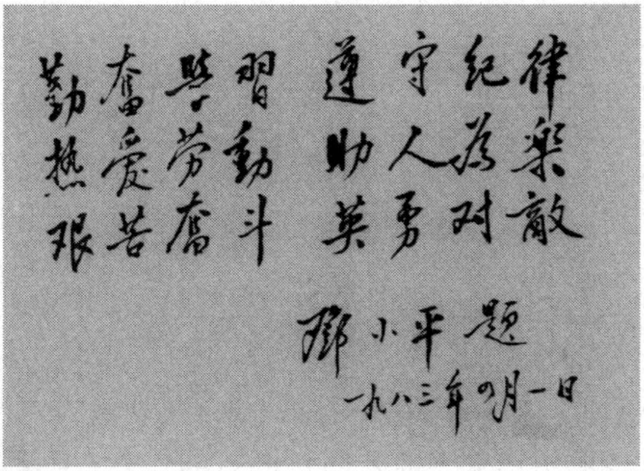

勤奋学习　遵守纪律

热爱劳动　助人为乐

艰苦奋斗　英勇对敌

邓小平题

一九八三年四月一日

当代保尔张海迪

——为号召向张海迪学习题词

张海迪，女，汉族，1955年9月17日生，山东省文登市人。5岁时因患血管瘤导致高位截瘫，此后一直在家中自学。1970年随父母下放到山东莘县，给孩子当起了老师。其间，还自学了针灸医术，为乡亲们无偿治疗达1万多人次。到28岁时，张海迪已经掌握了英语、日语和德语，翻译了大量外国小说。她的事迹，先后被新华社、《人民日报》等报道过。

1982年12月20日至30日，共青团中央召开了第十一次全国代表大会。在这次团代会上，提出了“要为着四化建设而英勇劳动，依照四化需要而勤奋学习，适应四化要求而开创新风”的任务。而要完成这个任务，一个重要的“突破口”就是要在全国广大青年中选择一个好典型树立榜样。会后，团中央宣传部向全国各省、市、自治区团委发出通知，要求他们在现有宣传和组织青年学习的先进典型中选择适合在全国推出和宣传的青年典型。同时，团中央宣传部还派人到部分省、市开会调研，进一步进行筛选。在此过程中，张海迪这个名字逐渐进入团中央领导同志的视线。

1983年1月，在时任团中央书记处常务书记胡锦涛的主持下，抽调了团中央宣传部、团中央研究室、《中国青年报》报社、中国青年杂志社共7位同志，由《中国青年报》的丁钢、团中央宣传部江洪带队，在山东团省委书记林廷生配合下，对张海迪的家庭、她本人经历、群众反映和有关地区党、团组织的意见，分别进行了解、考察和核实。调查组在认真调研过程中被张海迪的事迹深深感动，很快向团中央书记处做了情况汇报。团中央根据这些情况，决定在1983年3月5日（这一天是毛泽东为雷锋同志题词20周年纪念日——笔者注）召开的全国青少年学雷锋先进集体和先进个人座谈会上，表彰张海迪。

3月5日，中共中央在人民大会堂举行了首都各界纪念学习雷锋20周年大会。会前，党和国家领导人万里、习仲勋、王震、杨尚昆、杨得志、余秋里、乔石、郝建秀等接见了张海迪。3月7日，团中央在全国政协礼堂举行“优秀共青团员张海迪”命名大会。党和国家领导人王震、陈丕显、廖承志出席了会议。3月11日，在团中央又在人民大会举行了张海迪事迹报告会。参加报告会的有北京市和中央机关的共青团员8000人。这几次会议后，原本只在山东一带群众中有广泛影响的张海迪开始为全国人民所熟知。她的名言——“我要扼住命运的喉咙”，“奋斗使自己产生了新的生命价值”，“我用奉献精神充实自己的生活，使自己和人民一起快乐”，等等，感动了数以万计的青年朋友们。此后，学习张海迪热潮很快在全国兴起。团中央宣传部编撰的有关张海迪事迹的书籍——《闪光的道路》，不到1个月，印发销售500多万册。

为了将张海迪的宣传工作持久深入推广下去，1983年4月初，团中央决定请叶剑英、邓小平、陈云、彭真、李先念、聂荣臻、徐向前、邓颖超等8位老同志为学习张海迪题词。

5月4日，邓小平题词：

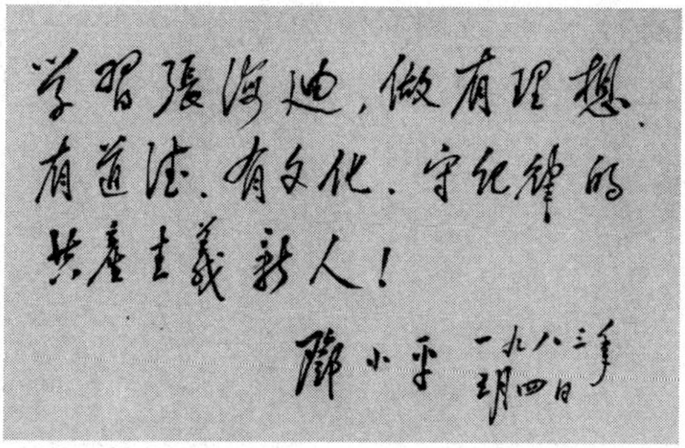

学习张海迪，做有理想、有道德、有文化、守纪律的共产主义新人！

邓小平

一九八三年五月四日

在此前后，其他7位老同志也为张海迪题了词。其中，叶剑英的题词是："青年先锋　时代楷模。"李先念的题词是："学习张海迪的顽强奋斗精神，投身于伟大的共产主义实践中去。"陈云的题词是："以张海迪为榜样，勤奋学习，热心助人，做八十年代的新雷锋。"彭真的题词是："学习张海迪同志顽强奋斗全心全意为人民服务的共产主义精神。"邓颖超的题词是："青年先锋，时代楷模。"徐向前的题词是："学习张海迪同志的不怕困难，坚强奋斗的革命精神。"聂荣臻的题词是："要象张海迪同志那样顽强地学习，工作和生活！"

5月11日，新华社首先公开发表了邓小平等人的题词。此后，全国学习张海迪的热潮逐渐普及到广大群众之中。5月9日，中共中央批发了共青团中央和中共山东省委《关于进一步开展学习、宣传张海迪活动的报告》。中央要求各级党委、党员和广大群众都要开展学习张海迪的活动。这样，全国学雷锋、学先进的活动更加广泛地开展起来了。

张海迪，这位以顽强毅力克服病痛和困难，精益求精地进行创作，执着地为文学而战的女子，成为20世纪80年代青年的榜样，成为那个时代的标杆式人物。她的事迹感染了亿万中国人，被称为"八十年代新雷锋"、"当代保尔"。

“一字之师”的故事

——为号召向朱伯儒学习题词

朱伯儒，1937年生于广东高州市镇江镇的一个贫穷家庭，1955年参加中国人民解放军，担任飞行员。1970年初因患耳疾停飞，被分配到远离部队的豫西山区某工地工作。

巨大的落差并没有使朱伯儒丧失工作的信心。他毅然告别妻子和不满两岁的孩子，打起背包奔赴新的战斗岗位。在偏僻的山区里，朱伯儒每天的工作就是搬石头、装沙子，累得腰酸腿疼。但他从来不抱怨，每天都是最早来，最晚走。由于他踏实勤奋，几年后，组织上提升他为空军某油库管理股长、副主任。由于掌管着钱物，求朱伯儒办事的人多了起来，但他从不利用自己的职位谋取特权。他还特别叮嘱家人不要做违法的事情。

作为一个普通干部，朱伯儒的薪金并不高，但他仍把节衣缩食省下来的钱捐献给更加困难的群众。入伍以来，朱伯儒做的好事数不胜数。他曾先后21次立功授奖。他的事迹经媒体报道后，在全国引起了强烈反响。1983年，在毛泽东、邓小平等老一辈革命家为雷锋同志题词20周年之际，解放军总政治部准备在全军范围内开展学习“80年代新雷锋”朱伯儒的活动。为此，当年4月初，总政治部领导特意请叶剑英、邓小平、陈云、彭真、李先念、聂荣臻、徐向前、邓颖超等八位老同志为学习朱伯儒题词。与此同时，共青团中央也为开展向张海迪等人学习题词。5月4日青年节这天，邓小平一连为张海迪、朱伯儒写下题词。其中，为朱伯儒的题词是：“学习朱伯儒同志，做一个名符其实的共产党员，全心全意为人民服务。”

在此前后，其他几位领导人也为朱伯儒同志题了词。徐向前的题词是：“学习朱伯儒同志，做雷锋式的共产主义战士。”聂荣臻的题词是：“向朱伯儒同志学习。”杨尚昆的题词是：“学习朱伯儒同志，做共产主义思想的坚定实践者。”叶剑英的题词是：“人民公仆 模范党员”。邓颖超的题词是：“学习朱伯儒高尚的共产党员品质。”李先念的题词是：“象朱伯儒同志那样，热爱祖国，热爱人民，团结一心，建设四化。”彭真的题词是：“学习朱伯儒同志热心为人民服务的共产主义精神。”陈云的题词是：“向朱伯儒同志学习，为争取党风和社会风气进一步好转而努力。”

邓小平为朱伯儒题词后，并没有急于发表，而是请工作人员将题词给著名语言文字学家王力送去，请他看看是否有用字不妥的问题。王力认为“名符其实”的“符”字，目前已不再使用，如此，显得不太规范，还是改用“副”字为妥。后来，邓小平听从王力的建议，将“符”改为“副”。这样一来，我们今天看到的公开发表的题词就成为：

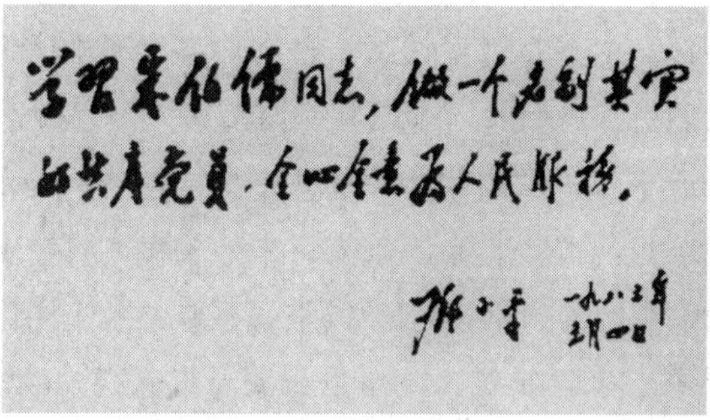

学习朱伯儒同志，做一个名副其实的共产党员，全心全意为人民服务。

邓小平

一九八三年五月四日

1983年7月7日，中央军委发布命令，授予朱伯儒同志“学习雷锋的光荣标兵”荣誉称号。邓小平等领导同志为朱伯儒的题词极大地鼓舞了军中学习雷锋的好风气。此后，“雷锋式的志愿兵”徐宏福、“全国新长征突击手”吴朝安、“抗洪英雄”高建成、“中国十大女杰”岳喜翠、“中国十大杰出青年”王少华等英模人物不断涌现出来。

《红旗》* 杂志的历史使命

——为《红旗》杂志创刊25周年题词

中国共产党历来重视党报党刊工作，注意发挥其强大的宣传功用。在长期的革命和建设过程中，《向导》、《斗争》、《实话》、《解放》、《共产党人》、《群众》等多种党刊都曾发挥过重要的作用。但自从1947年以后，由于多方面原因，党中央一直没有出版机关刊物。办一份权威理论刊物逐渐成为党内的一项共识。

在1958年1月召开的南宁会议上，毛泽东明确提出“办刊物”的问题。在3月召开的成都会议上，毛泽东再次提出“出版理论刊物”的问题。他说：“陈伯达写给我一封信，他原来死也不想办刊物，现在转了一百八十度，同意今年就办，这很好。我们党从前有《向导》、《斗争》、《实话》等杂志，现在有《人民日报》，但没有理论性杂志。原来打算中央、上海各办一个，设立对立面有竞争。现在提倡各省都办，这很好。可以提高理论，活泼思想。各省办的要各有特点，可以大部根据本省说话，但也可以说全国的话、全世界的话、宇宙的话，也可以说太阳、银河的话。”在这次会议上，毛泽东建议将这份理论性刊物命名为《红旗》，由陈伯达担任总编辑。根据毛泽东的意见，中共中央在会后发出了《各省、市、自治区必须加强理论队伍和准备创办理论刊物的通知》。此后，《红旗》杂志正式进入筹备出版阶段。5月25日，中共中央八届五中全会正式做出创办《红旗》的决定，每半个月出版一次，由陈伯达担任总编辑。

---

* 1988年6月《红旗》杂志停刊。7月1日，易名为《求是》杂志，正式创刊。

邓小平对《红旗》杂志的创刊和发展是非常重视的，付出了大量心血。中共八届五中全会后，邓小平两次以中央书记处名义批发通知，要求全党要积极地支持这个杂志，各级党委要经常供给稿件。通知指出：除了在中央成立一个编辑部以外，上海局和各省、市、自治区党委都应成立一个编辑小组，负责征集、初步审定和修改稿件。1958 年 6 月 1 日，《红旗》杂志在北京正式创刊。在创刊号上，发表了经毛泽东审改的发刊词。《红旗》杂志创刊后，邓小平又以中央总书记身份主持召开《红旗》杂志第一次编辑委员会会议，研究组稿和写稿等问题。1960 年，邓小平又在一次中央书记处会议上提出，为办好《红旗》杂志，要从各个学校和地方抽调一批有培养前途的干部到《红旗》工作。此后，《红旗》杂志的编辑力量得到极大提高。

自创刊以来，《红旗》杂志发表了大量有深度的理论文章，在阐释党的方针、政策和理论等方面发挥了重要作用。1983 年 6 月 1 日，在《红旗》杂志创刊 25 周年之际，邓小平等党和国家领导人欣然为杂志题词。6 月 16 日出版的《红旗》杂志第六期刊登邓小平、李先念、陈云、彭真、徐向前、聂荣臻等人的题词。

其中，邓小平的题词写于 6 月 1 日。题词是：

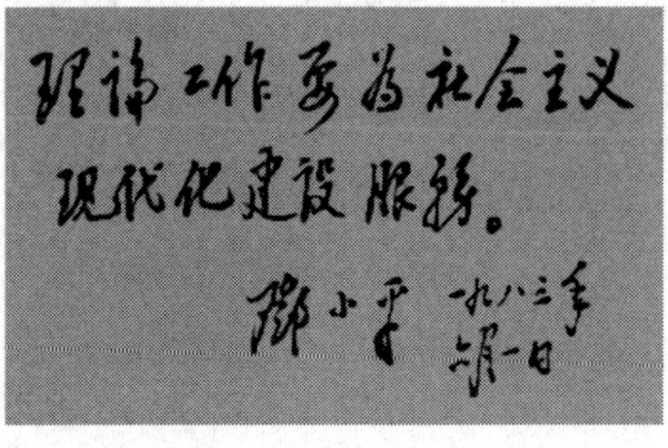

理论工作要为社会主义现代化建设服务。

邓小平

一九八三年六月一日

培养在军队和地方都能发挥作用的新型人才

——为学习科学文化知识培养军地两用人才展览题词

中国共产党在创立和领导中国人民解放军过程中，不仅注重军事素质训练，还注重培养他们的知识文化素质和开展群众运动的能力。这一建军思想，其目的不仅是要把部队建设成为一支能打硬仗的钢铁军，还要让部队指战员掌握一定知识储备和能力，以服务于地方工作。换句话说，部队要培养出军事素质过硬同时又能适应地方工作的复合人才。这是国际国内形势发展的需要。

“文化大革命”结束后，按照这一要求，邓小平第一次提出了“培养军地两用人才”的问题。在 1977 年 12 月 28 日召开的中央军委全体会议上，邓小平讲话指出：军队的教育训练，“只着眼于军队本身建设的需要是不够的，还要着眼于干部、战士转业复员到地方的需要”。这就要求“要把教育训练提高到战略地位”，“使干部既学到现代战争知识，又学到现代科学知识和生产知识，还要学会做政治工作和管理工作”。只有这样，“我们的军队干部既能在军队建设中发挥作用，到地方上也能发挥作用，打起仗来，又可以在战争中发挥作用，就成为军队和地方都合用的干部”。对于教育训练的内容，邓小平也做了说明：“要使他们学好马列著作和毛泽东同志的著作，懂得现代战争知识，有好的思想作风，有强的指挥能力和管理能力；还要使他们学点搞工业、农业的知识和必要的现代科学知识，学点历史、地理、外语；有条件的，还要使他们学点专业技术，比如开汽车、开拖拉机，并且懂点原理。”

邓小平的这个讲话，点燃了开展培养军地两用人才工作的火炬。南京军区某师、成都军区某团、中央警卫团等部队，率先行动起来。为了在全军中推广这项工作，1982 年 12 月初，总政治部请南京军区某师和成都军区某团的负责同志到北京汇报学习科学文化知识、培养两用人才工作情况。12 月 8 日，总政治部主任余秋里在中央军委座谈会上向军委领导汇报了南京军区某师和成都军区某团培养军地两用人才的做法和经验，得到了军委领导同志的肯定。随后，总政治部向全军发出通报，指出：“把干部战士培养成军地两用人才，是新时期部队建设具有战略意义的一件大事，是政治工作的一项重要任务。……各级党委和政治机关要……把这件事作为开创部队建设新局面的一项重要内容，认真抓起来。”自此，培养军地两用人才工作有组织有领导地在全军兴起了。

随着培养军地两用人才工作的有序开展，各地大体形成了以下经验，这就是：以共产主义和爱国主义思想为指导；以军队建设的需要为主，在训练中适当增加民用技术内容；以干部为重点，根据不同对象提出不同的学习要求；从实际出发，广开学习门路，发挥各自优势，采取多种方法进行。1983 年，为了交流各地开展培养军地两用人才的经验，中共中央军委拟于当年建军节在军事博物馆举办一场学习科学文化知识培养军地两用人才展览。是年 6 月，邓小平应邀为这场展览题词：

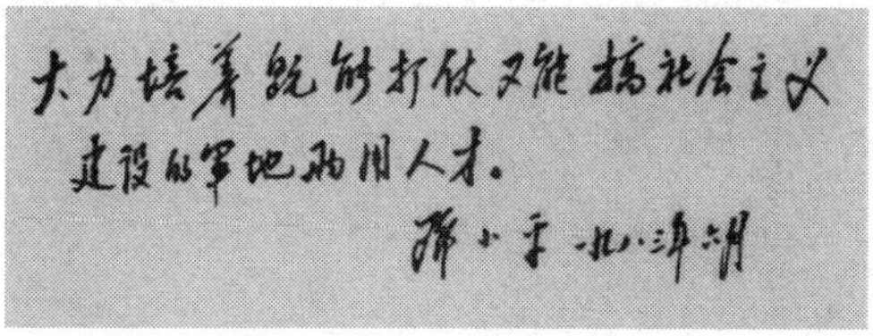

大力培养既能打仗又能搞社会主义建设的军地两用人才。

邓小平

一九八三年六月

8月1日，展览开幕时首次公开了邓小平的题词。此后，培养军地两用人才的工作又掀起一轮轮高潮。通过这种形式，中国人民解放军干部战士经过军事、政治、文化、体能和民用技能等方面的培训，成为具有保卫祖国和生产建设两套本领、军队和地方都能发挥作用的“有理想、有道德、有文化、有纪律”的社会主义新人。

净化社会风气的新生事物

——为军民共建社会主义精神文明展览题词

党的十一届三中全会后，中国共产党中央委员会反复强调在建设社会主义物质文明的同时，一定要努力建设社会主义精神文明。河北省保定地区驻军以此为指导，取得了工作上的新进展。

由于“文化大革命”的后遗症，河北保定驻地的军民关系非常紧张，问题层出不穷。村里有人公开到部队的菜园里偷蔬菜，有的甚至还挖营房的围墙偷盗。河北保定驻军一开始多采取防和堵的办法，但始终没有解决问题。1982 年，部队领导转变思路，以开展精神文明建设为着力点，帮助农村治理脏乱差，实行军民共建文明村，极大改善了军民关系，净化了社会风气，取得了很好的效果。河北省保定地区驻军与驻地群众迅速掀起军民共建社会主义精神文明的热潮引起了中央军委的重视。时任总政治部主任的余秋里专程到保定视察军民共建社会主义精神文明的情况，对他们的做法和经验表示充分的肯定，称军民共建精神文明是“一个伟大的创造”，“一件伟大的事情”。回京后，余秋里向中央军委和中央书记处汇报了保定地区开展军民共建精神文明建设的情况，引起了中央领导同志的高度重视。当年 11 月，总政治部提出要将这项活动作为 1983 年全军政治工作的一项重要内容。其主要任务是：以马克思主义为指导，加强思想建设和文化建设，提高人们的思想道德和科学文化水平，爱祖国、爱人民、爱劳动、爱科学、爱社会主义，成为有理想、有道德、有文化、有纪律的一代新人，建立新型的军政、军民关系。要求部队协助地方党组织，对基层干部、党员和青少年进行思想教育，宣传四项基本原则和党的方针政策，宣传法律知识，维护社会治安，树立社会主义新风尚；帮助地方进行文化建设，发展教育事业，开展群众性的文娱体育活动，丰富人民的文化生活；向群众传播科学技术知识，推动生产发展，使人民群众尽快富裕起来。随后，中共河北省委和北京军区共同总结经验，于1983年1月在保定市召开军民共建社会主义精神文明现场会。4月16日，中共中央办公厅、国务院办公厅、中央军委办公厅联合转发了现场会的情况报告，高度评价了这一新生事物，充分肯定了军民共建社会主义精神文明活动，认为它贯彻落实了中国共产党第十二次全国代表大会精神，是基层进行综合治理、全面建设的一种好办法，是密切军政、军民关系的一个好途径，也是加强现代化、正规化革命军队建设的一个重要方面。报告要求各地党委、政府、驻军学习他们的经验，有领导有步骤地开展军民共建社会主义精神文明活动。

为了交流经验，加大宣传，持续开展此项活动，中央军委决定于1983年建军节在军事博物馆举办一场军民共建社会主义精神文明展览。是年6月，邓小平应邀为筹备中的展览题词：

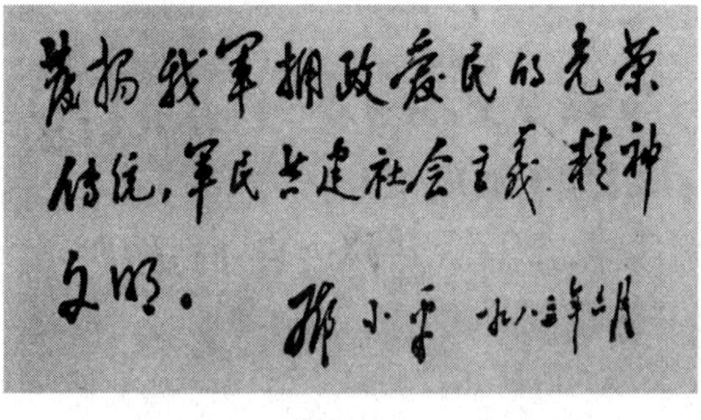

发扬我军拥政爱民的光荣传统，军民共建社会主义精神文明。

邓小平

一九八三年六月

邓小平题词后，军民共建社会主义精神文明活动由点到面，由乡村到城镇，由内地到边疆海岛，在全国广泛地开展起来。在活动开展过程中，坚持以地方领导为主，以发动群众自己做为主，以做思想政治工作为主；坚持精神文明建设和物质文明建设相结合，军民共建精神文明和培养军地两用人才相结合，军民共建和地方自建相结合；坚持从实际出发，从群众最关心、最需要解决的问题入手，尊重群众意愿，紧密结合当地思想、文化建设的中心任务进行，取得了很好的效果。军民共建形式由共建文明村扩展到共建文明街、文明厂、文明学校、文明车站、文明码头、文明岛屿，并影响带动了警民共建、厂街共建、工农共建社会主义精神文明的活动。活动开展后，社会风气明显好转，文化教育事业和物质文明建设得到发展，部队自身建设得到增强，军政军民关系也进一步密切起来。

杜重远烈士的光辉业绩

——为杜重远烈士牺牲40周年题词

在辽宁省沈阳市沈河区惠工广场西南端，有一座灰色三层小楼。这座始建于1923年的建筑，历经90余年的岁月剥蚀，向世人述说着一段不平凡的过往。如今，这座小楼被列入沈阳市文物保护单位，为沈阳台商商会办公处。每天，当熙熙攘攘的人流从这座小楼前经过时，恐怕很少有人能够记得起这座小楼的始建者——杜重远了。

杜重远，字乾学，号重远，1898年3月15日生于吉林怀德（今吉林省公主岭市）一个贫苦的农民家庭。他自幼聪颖，靠亲友的接济在13岁时读完了私塾。1911年，杜重远瞒着家人来到奉天（今沈阳），考入省立两级师范附属中学。1917年毕业后，杜重远抱着“实业救国”的理想考取官费留学日本名额，进入东京高等工业学校学习陶瓷制造专业。杜重远留学日本时，正值日本军国主义扩张侵略中国之际。在校期间，杜重远时常奔走于中国留日学生之中，组织反帝示威游行。1923年春，杜重远学成回国。他放弃了安稳的政府官员职位，在沈阳北门外创办了我国第一个机器制陶工厂——肇新窑业公司。经过3年的奋斗，肇新窑业公司出产的瓷器迅速占领东北市场，致使日资的大连大华瓷厂销量锐减。杜重远发展民族工业的举动极大地振奋了国人的民族自信心。他也因为年轻有为、富有爱国思想和非凡的领导才能在1927年当选为奉天省总商会副会长。为了拉拢杜重远，日本人曾多次许之以高官厚禄，杜重远视之如粪土。他说：“君以官吏为可贵乎？不知人生最低要求即为生命。今敝国受制于贵国，形同猪狗。我这生命，早已置之度外，又要官做什么？”面对这个软硬不吃的人，日本人对之毫无办法。

1931 年“九一八事变”后，日本侵略中国的野心公然于世。杜重远由于坚持抗日，被视为反日首领，遭到通缉。为躲避关东军追捕，杜重远逃到北平，参加阎宝航、高崇民等人组织的“东北民众抗日救国会”，被推选为常务理事兼政治部副部长。从 1931 年冬至 1932 年春，杜重远以记者身份在湘、鄂、川、赣、沪等地活动，讲演 60 余次，并在邹韬奋主编的《生活》周刊上发表许多见闻通讯，鼓动民众抗日热情。

1933 年，杜重远创办了《新生周刊》，自任总编辑和总发行人，倡导发动“一场自己的反帝抗日的民族革命战争”。1935 年 5 月，《新生周刊》刊登了一篇题为《闲话皇帝》的文章。日本驻沪总领事以“侮辱天皇，妨害邦交”为口实，借机挑衅。国民党慑于日本帝国主义的淫威，勒令《新生周刊》停刊，并判处杜重远一年零两个月的徒刑。这就是轰动中外的“新生事件”。

杜重远被关押到上海漕河泾第二监狱后，各界爱国人士纷纷探监。舆论界也纷纷指责日方盛气凌人，痛斥国民政府懦弱妥协。1936 年春，国民党当局慑于舆论压力，将他移至虹桥疗养院软禁。杜重远被关押期间，依然没有停止抗日救亡运动。他在狱中先后同高崇民、张学良、杨虎城等进行了密谈，就同促蒋抗日等问题交换了意见。9 月，杜重远获释后立即前往西安与张、杨晤谈，推动了“西安事变”的发生。“西安事变”和平解决后，杜重远与宋庆龄、沈钧儒等人一起被中国共产党推荐为联合政府负责人。

1937 年 10 月，杜重远以华北救亡总会主席团成员身份冒险奔走于武汉、西北各地，开展抗日宣传活动。1938 年，杜重远在武汉、香港等地多次会见周恩来，逐步树立起对中国共产党的坚定信念。1939 年，杜重远应盛世才邀请，赴新疆创办新疆学院任院长。这次赴疆，他特意从内地购买了 3 卡车书，并戏谑地称之为“文化列车”。在疆期间，他聘请茅盾、张仲实等人任教，还延请赵丹、高滔、于村、王为一等人从事文艺宣传活动，为发展边疆的教育事业做出了重大贡献。杜重远宣传进步思想的做法加深了盛世才的猜忌。迫于压力，杜重远于1940年冬辞去了院长一职，赋闲在家。

1941年6月，苏德战争爆发后，原来一直亲苏亲共的盛世才见风使舵，转变政治立场，开始残酷迫害共产党员和进步人士。是年冬，盛世才炮制了一起所谓“汪精卫系统的阴谋暴动案”，给杜重远按上了“系受汪精卫、周佛海、陈公博等主要使命，企图破坏后方工作”的罪名，将其投进监狱。为致杜重远于死地，盛世才又用酷刑逼迫杜重远承认是“苏联间谍”、“秘密共产党员”。但他始终坚贞不屈。

1943年2月，盛世才公开撕毁与中国共产党签订的抗日民族统一战线协议，大肆残害共产党人。10月，盛世才派人毒死了杜重远，并毁尸灭迹。

杜重远殉难的消息一直到1945年才传入内地。当年7月24日，重庆各民主党派爱国人士为其举行追悼纪念会。《新华日报》在评论中称其为“最热忱的爱国主义者和最坚决的民主战士”。新疆解放后，中共中央曾专门派出考察团寻找杜重远遗骨，但没有找到。1956年7月，中共新疆维吾尔自治区区委为陈潭秋、毛泽民、林基路、杜重远等在新疆牺牲的烈士修建了烈士陵园。

1983年9月27日，在陈潭秋、毛泽民、林基路、杜重远等烈士牺牲40周年之际，新疆维吾尔自治区及首府乌鲁木齐市的各族各界代表1000多人举行大会，隆重纪念抗日战争时期在新疆从事革命活动，为各族人民的解放事业光荣献身的先烈。此前，邓小平等部分党和国家领导人应邀为陈潭秋、毛泽民、林基路、杜重远题了词。其中，邓小平给杜重远的题词写于1983年6月25日。题词是：

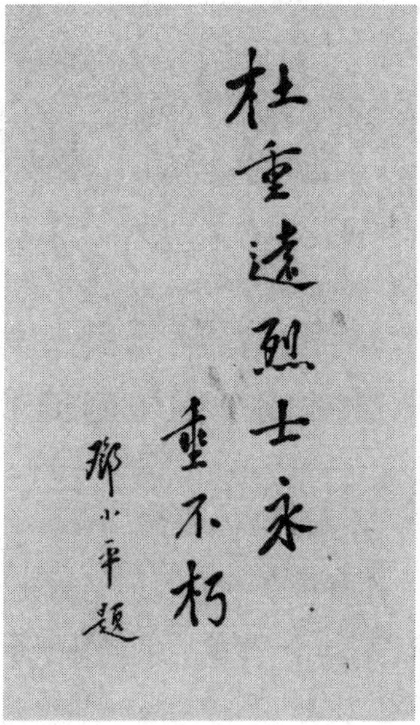

杜重远烈士永垂不朽

邓小平题

“陈潭秋、毛泽民、林基路烈士永垂不朽！”

——为纪念陈潭秋、毛泽民、林基路烈士殉难四十周年题词

在长期艰苦的革命斗争中，无数优秀的中华儿女为了民族独立和国家解放事业献出了宝贵的生命。陈潭秋、毛泽民、林基路就是其中的典型代表。

陈潭秋，原名陈澄，字云先，号潭秋，1896年1月4日生于湖北黄冈县（今湖北省黄冈市黄州区）陈策楼一个书香之家。1912年就读于省立一中。1914年进入武昌中华大学补习。1916年考入高等师范学院（武汉大学前身）英语部。“五四运动”前后接受共产主义思想。1920年同董必武、刘伯垂等7人创建武汉共产主义小组，组织马克思主义学说研究会。1921年参加中国共产党第一次全国代表大会。会后回武汉工作，先后任中共武汉地委、武昌地委、湖北地委主要负责人。1923年发动和领导了武汉各工团、学生组织支援京汉铁路工人罢工斗争。事后遭通缉，转赴安源从事职工教育。1924年秋潜回武汉，组建中共武汉地委并担负领导。1927年7月，因身份暴露转赴江西任省委书记，秘密配合南昌起义。1928年调任顺直省委（北方局）组织部长，后到中央组织部协助周恩来工作。1930年赴沈阳任满洲省委书记。不久，到哈尔滨布置工作时被捕并受刑，坚不吐实，被关押两年后获释。1933年转移到中央苏区。妻子徐全直因分娩未能同行，随后被捕就义于南京雨花台。1934年当选为中华苏维埃共和国临时政府执行委员，粮食人民委员。中央红军长征后，留任中央苏区分局委

员，领导开展游击战争。1935 年 8 月，与陈云等赴莫斯科参加共产国际第七次代表大会，留驻共产国际工作。1939 年回国，任中共中央驻新疆代表和八路军驻新疆办事处负责人。1942 年 9 月 17 日被反动军阀盛世才监禁，在监狱中坚贞不屈。1943 年 9 月 27 日在新疆遭杀害，时年 47 岁。

毛泽民，字咏莲，后改为润莲，毛泽东之弟。1896 年 4 月 3 日生于湖南湘潭。早年在家务农。1921 年春起跟随毛泽东到长沙开始革命工作。先在湖南第一师范附小做教务，同时在工人补习学校学习。秋后到毛泽东创办的湖南自修大学学习。1922 年被派到制笔业工人中开展革命活动，同年冬加入中国共产党。1923 年创办中国第一个工人消费合作社——安源路矿工人消费合作社。1925 年春回湖南开展农运工作。9 月到澎湃主持的广州农民运动讲习所学习。1925 年底赴上海从事地下活动，担任中共中央出版发行部经理。1929 年冬与钱希钧等 9 名党团员到天津创办秘密印刷厂。1931 年夏出任中央苏区闽粤赣军区经济部部长，随后到瑞金协助毛泽东筹备第一次中华苏维埃共和国代表大会。1932 年任中华苏维埃共和国临时中央政府银行行长。中央红军长征后担任十五大队队长，负责部队的供给。红军到达陕北后，任中国工农民主政府国民经济部部长。1937 年根据党中央命令取道新疆前往苏联治病。1938 年 2 月 1 日抵达迪化（今乌鲁木齐），由于中苏边境发生鼠疫致使交通断绝，未能成行。当时，盛世才正要求中共派干部建设新疆。毛泽民接受了中共中央驻新疆代表邓发的建议并征得党中央的同意，留在新疆工作，化名周彬，担任省财政厅副厅长、代理厅长之职。他通过调整税收、改革币制、平稳物价、发行建设公债、节支开源等一系列有效措施，有力地改善了新疆因连年战乱带来的经济凋敝、财政混乱现象。1941 年 2 月调任民政厅厅长。主持制定了《新疆省区村制章程》，实行了民主选举，在全疆整顿和扩建了 17 所救济院，举办了医药医疗训练班，培养出一批少数民族医务人员。1942 年，新疆督办盛世才背信弃义，投靠蒋介石，9 月 17 日软禁了毛泽民等在新疆工作的全体共产党员。1943 年 2 月 7 日，毛泽民等中共党员又被投入监狱。在狱中，敌人软硬兼施，施以酷刑，逼毛泽民脱离共产党，交出共产党的组织名单。毛泽民始终坚贞不屈，义正辞严地回答："决不脱离党，共产党员有他的气节。""我不能放弃共产主义立场！"表现了共产党人视死如归的英雄气概。1943 年 9 月 27 日深夜，毛泽民被敌人秘密杀害，时年 47 岁。

林基路，原名林为梁，1916 年 4 月 17 日出生于广东省台山县。早年就读于台山达人小学和任远中学。1932 年赴上海暨南大学附中读书。1933 年加入中国共产主义青年团。1934 年春赴日本留学。1935 年加入中国共产党，担任中共东京支部书记。抗日战争全面爆发前夕回到上海，投身于波澜壮阔的抗日救亡运动。1937 年 10 月初到达延安，进入中央党校第十二班学习。1938 年 2 月受党派遣到新疆工作，担任新疆学院教务长。上任后，林基路参照延安抗日军政大学的办学思想，制定了"学用合一"的教育方针，提出了"团结、紧张、质朴、活泼"的八字校训，亲自撰写了寄寓革命理想、催人奋进的校歌，并在学生中进行抗日救亡教育，组织学生上街进行抗日宣传和募捐，使当时的新疆学院成了新疆各族革命青年从事抗日救亡活动的中心。1939 年初调任阿克苏专区教育局局长。不久，又调任库车县县长。林基路到库车后，清理冤狱，惩治恶吏，释放无辜民众，改革吏治，被称为"林青天"。与此同时，他带领民众实行民主改革，发展经济生产，使车库人民生活得到极大改善。1941 年 6 月，盛世才以"另有任用"为名将其调回迪化（今乌鲁木齐）闲住。1942 年春调任南疆乌什县县长。9 月，盛世才发动叛变，将林基路等在疆共产党员全部软禁起来，后又逮捕入狱。在狱中，林基路大义凛然，宁死不屈，用香灰头写下了著名的《囚徒歌》："……砍头枪毙，告老还乡；严刑拷打，便饭家常。囚徒，新的囚徒，坚定信念，贞守立场！掷我们的头颅，奠筑自由的金字塔；洒我们的鲜血，染成红旗，万代飘扬！"1943 年 9 月 27 日，林基路与陈潭秋、毛泽民一同被盛世才杀害。年仅 27 岁。

1983 年，在陈潭秋、毛泽民、林基路三位烈士牺牲 40 周年之际，应有关部门的请求，邓小平、李先念、陈云、邓颖超、王震等党和国家领导人分别为之题词。其中，邓小平的题词写于 7 月 16 日。题词是：

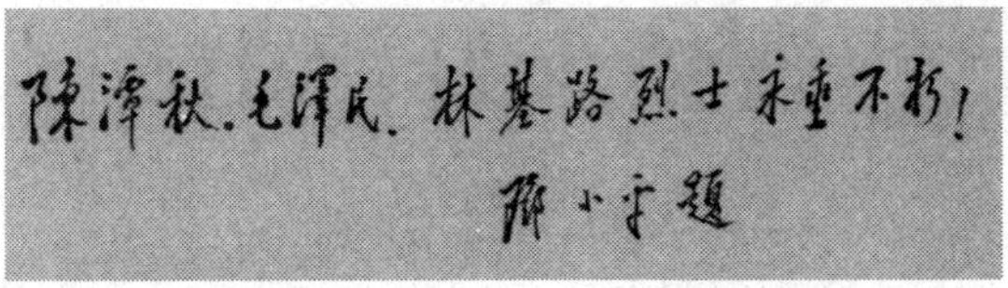

陈潭秋、毛泽民、林基路烈士永垂不朽！

邓小平题

1983 年 9 月 27 日，《人民日报》公开发表了邓小平等人的题词。

寄情大好河山

——为镜泊湖题词

对黑龙江这片黑土地，邓小平有着深厚的感情。1958 年、1959 年、1960 年、1961 年、1964 年、1978 年，邓小平曾先后六次到黑龙江视察。1983 年夏，邓小平又一次来到黑龙江。与前几次纯粹工作不同，这一次，他是边视察工作，边进行暑期休假，行程与心情都要轻松得多。

8 月 6 日，邓小平来到齐齐哈尔市，参观了扎龙自然保护区，游览了市容。8 月 7 日晨，邓小平抵达佳木斯新友谊站，随即乘汽车前往国家农业现代化示范点——黑龙江垦区友谊农场视察。视察中，他详细了解农场的生产、管理和荒地的开垦情况，并鼓励大家说："你们搞农业现代化试点很有意义，中国就是要把现代化搞上去，不能老是跟在人家的后面。我们要开放、引进、吸收、消化国外的先进技术，把立足点放在自力更生上。"当晚，邓小平抵达牡丹江市东京城车站，下榻镜泊湖宾馆。8 月 11 日上午，邓小平与家人一起游览了镜泊湖。

镜泊湖位于黑龙江省东南部、牡丹江市西南部的宁安市境内，是中国最大、世界第二大高山堰塞湖。镜泊湖在牡丹江干流上，北邻牡丹江市 80 多公里，东距绥芬河 130 多公里，南接吉林省敦化市，距长白山 250 公里，西靠海林市。镜泊湖南北长 45 公里，东西最宽处 6 公里，最窄处 300 米，水域面积 80 平方公里，库容量 16 亿立方米，森林覆盖率达 68% 以上，夏季气温 10 度至 20 度，为著名旅游、避暑和疗养胜地。1982 年被国务院首批审定为国家级重点风景名胜区。周恩来、刘少奇、朱德、董必武、肖克等领导同志都曾来此休过假，并赋诗或题词。邓小平也醉心于镜泊湖美景，上岸后同群众亲切合影，并在游览结束后为其题词：

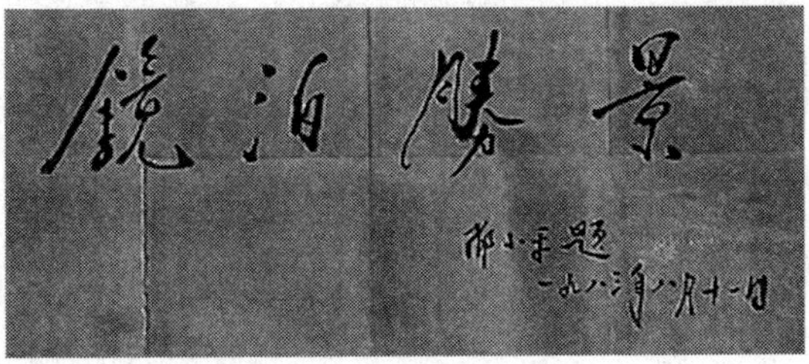

镜湖胜景

邓小平题

一九八三年八月十一日

当晚，邓小平乘车前往吉林省。

对延边的关怀与鼓励

——为延边朝鲜族自治州题词

延边朝鲜族自治州设立于1952年9月3日。该州位于吉林省东部，通常简称延边州或延边，首府为延吉市，幅员4.27万平方公里，约占吉林省总面积的1/4，是中国最大的朝鲜族聚集地。

1983年8月13日，邓小平专程到延边视察。在时任中共吉林省委第一书记强晓初、中共延边自治州委第一书记赵南起的陪同下，邓小平一行首先前往长白山天池游览。在车上，邓小平认真听取了长白山旅游和生态建设情况，要求当地干部一定要切实保护好长白山原始森林。接近天池时，汽车无法再往上开。已经79岁高龄的邓小平脱掉上衣，只穿了件短袖衬衫，便带领众人顺着山路向上走，一直走到长白山顶峰的天池边。站在天池侧畔，邓小平用望远镜观赏着清澈碧蓝的一池天水，俯瞰着脚下苍茫无际的林海，不禁发出了“不到天池，终身遗憾”的感慨。随后，他又到长白山天池气象站，慰问那里的工作人员。这一天，参加全国计划工作会议的代表也来观赏天池。得知邓小平也在山上的消息，代表们十分高兴，希望能和邓小平一起合个影。邓小平愉快地答应了。

下山途中，邓小平问起了延边的经济社会发展等情况，省委陪同领导一一做了回答。听毕，邓小平回答说：“延边是个好地方，这里资源丰富，民族团结，民族文化水也高，建设好很有条件。应该把延边建设成为全国各少数民族自治地方的先进地区。关键是民族团结，培养民族干部。”下山后，邓小平一行来到岳桦宾馆休息。在休息室里，强晓初提议请邓小平给延边题词。沉思片刻之后，邓小平挥笔写下：

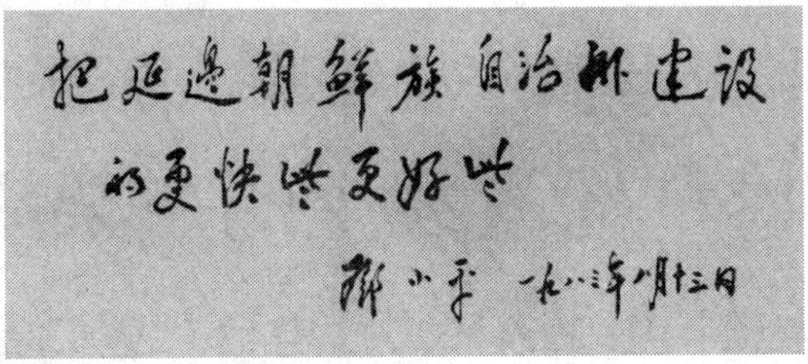

把延边朝鲜族自治州建设的更快些更好些

邓小平

一九八三年八月十三日

寥寥18个字，却对延边的发展建设提出了更高的要求，描绘除了宏伟蓝图，给延边人民以巨大的精神鼓舞。

中午用餐时，岳桦宾馆的同志们希望多搞一些美味佳肴让邓小平品尝。可邓小平要求他们照章办事，只搞四菜一汤。这样，桌子上只出现了炒薇菜、小鸡炖蘑菇、木耳炒白菜、炒豆腐和一碗辣子汤。

得知邓小平来到延边的消息，周围的群众纷纷来到岳桦宾馆，希望能一睹这位改革开放总设计师的风采。邓小平起身来到院中，和群众一一握手，又与大家合影留念，然后才乘汽车离开。

邓小平走了，但他为延边的题词却永远留在了这里。在以后的日子里，延边人民在这个题词的指示下，开拓创新，锐意进取，实现了巨大发展，使延边跨进了全国少数民族模范自治州的行列。

垂爱“广播战线上的一朵小花”

——为庆祝中央人民广播电台儿童广播剧团成立三十周年题词

20世纪50年代初，儿童广播剧对大多数中国人来说还是一个非常陌生的事物。为了普及这种文艺形式，中央人民广播电台少儿部的工作人员尝试着排演了几部儿童广播剧，取得了不错的效果。有了一些经验以后，少儿部的工作人员向上级报告，请求建立一个儿童课余剧团。这样，可以重点培养出一批固定的、有一定表演基础的演员，避免了临时演出、临时选拔演员无法保证演出质量的问题。

少儿部的建议得到了领导的同意。就这样，1953年，全国广播界第一个少儿课余剧团——中央人民广播电台儿童广播剧团正式成立了。最初的10名成员分别来自北京市第十二中和第二十五中。男女生各5名。话剧大师曹禺的女儿万黛和著名电影导演朱石麟的女儿朱枫都在其中。后来，剧团又通过考试招进一批小学学生。为了好好培养这批苗子，剧团还从北京电影制片厂请来电影演员陈方千和安然对剧团成员进行专业培训。

儿童广播剧团成立之初，条件非常艰苦。据当时的工作人员回忆：“（剧团）没有专用场所，也没有专项经费。上课和排练，经常在广播电台前院或后院的空地上，或是楼道的角落里，节假日则在少儿部的办公室内。外请的表演教师和小演员，都没有任何酬金，每月只给报销一张公共电汽车月票（家离广播电台近的没有），每年总结时，发给一点纪念品。”然而，就是在这样艰苦的条件下，该团一直活跃在广播战线上。一代又一代的小团员通过电波中传出了自己的声音，他们为中央人民广播电台的

《小喇叭》、《星星火炬》、《少儿俱乐部》、《彩虹桥》等录制了大量的广播剧、故事、童话、诗歌、相声等少儿文艺节目，在孩子中产生了很大影响。除此以外，他们还排练独幕话剧、配乐诗朗诵、相声等节目参加演出。各电影制片厂也经常到儿童剧团来挑选儿童演员，《国庆10点钟》、《红孩子》、《祖国的花朵》、《哥哥和妹妹》、《风筝》、《民兵的儿子》、《花儿朵朵》，以及后来的《狼犬历险记》等影片及很多译制片中都有儿童剧团的小演员参加演出或配音。剧团中的不少儿童演员，后来都成长为著名的艺术人才。如中央电视台主持人王雪纯、中央人民广播电台的播音员张淑荣、中央电视台新闻联播主持人李娟、铁路文工团导演付兵、珠江电影制片厂的导演宁和、剧作家程世鉴、中央戏剧学院教师赵志成、罗锦麟、冯明义、著名中央电视台主持人鞠萍、著名歌唱家杭天棋、蔡国庆等。

儿童广播剧团演员除了少数特约的以外，全是一色系着红领巾的9岁到16岁的首都各中小学的学生。人们关爱地将这个剧团称之为“广播战线上的一朵小花”。对这朵小花，邓小平等党和国家领导人是非常关心的。1987年8月17日，为庆祝儿童广播剧团成立30周年，邓小平欣然题词祝贺：

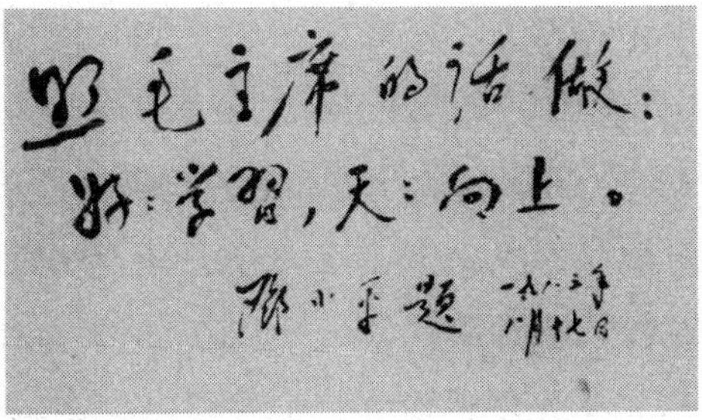

照毛主席的话做：好好学习，天天向上。

邓小平题

一九八三年八月十七日

在中国，毛泽东“好好学习，天天向上”的题词可谓耳熟能详，但鲜有人知道这个题词的由来。说到这个问题，还要把视线拉回到1951年。

1951年5月3日下午，在江苏苏州金阊小学里，年仅8岁的陈永康和几位同学在校园里玩耍。这时，一个打扮入时的青年叫住了他，拿出了一包糖给他吃，又神秘地给了他一些钱和一包黄粉，说这是精制面粉，要他放在老师的办公桌上。这时，苏州刚解放不久，国民党留下的敌特势力不时地制造恐怖事件。经常听老师讲这些事情的陈永康立即警觉起来，觉得这个人鬼鬼祟祟，不像一个好人。

这天下午恰逢老师们的政治学习日，陈永康借口老师们都不在校，要带这位青年去找老师。在路上碰到巡逻的解放军战士时，陈永康突然抱住青年人的大腿，大喊：“解放军叔叔，快来抓坏蛋。”青年气急败坏，打伤陈永康后试图逃跑，但很快就被赶来的解放军战士抓获。后来，经检测这包所谓的“精制面粉”是一种易燃易爆的炸药。“陈永康智斗特务”的英雄事迹迅速在当地传开了，社会各界民众纷纷到医院看望他，给了他极大的关爱。5月9日，苏州市人民政府授予他“革命小英雄”的光荣称号。毛泽东获悉这件事情后，亲笔题写了“好好学习，天天向上”的题词，并请人做成锦旗赠送给陈永康。与此同时，中共中央宣传部和共青团中央联合同时向全国的青少年发出了“好好学习，天天向上”的号召。

“好好学习，天天向上”的题词语意精炼，朗朗上口。题词发表后，很快就成为鼓励青少年一代奋发图强、努力拼搏、不断超越自己的座右铭。邓小平在儿童广播剧团成立30周年再次手书这个题词，充分表达了他对祖国未来一代的殷殷关切之情。

1993年，为适应未来发展的需要，中央人民广播电台儿童广播剧团更名为中央人民广播电台少年广播艺术团。

草原上走来的红色文化工作队

——为内蒙古乌兰牧骑题词

乌兰牧骑，是活跃在中国内蒙古自治区的一种小型文艺演出队。“乌兰”，在蒙古语中意为红色；“牧骑”意为嫩芽。“乌兰牧骑”，意思是指一支年轻的、小型的红色文化工作队，后来翻译为汉语即为“红色文化工作队”。

乌兰牧骑的成立与内蒙古的自然地理条件有着密切的关系。内蒙古地域辽阔，人口分散，交通不便，群众文化生活十分匮乏。为解决这个问题，1957 年 5 月，内蒙古自治区文化局派出工作组进行调研。调研队先后深入到锡林郭勒盟苏尼特右旗、正蓝旗、正白旗、镶白旗等地，最后得出结论：在内蒙古，要使农牧民群众的文化生活丰富起来，就必须建立一种装备轻便、组织精悍、人员一专多能、便于流动的小型综合文化工作队。就这样，关于建立乌兰牧骑的构想就形成了。当月底，文化局正式制定了试点计划，拟定了《乌兰牧骑工作条例》（草案）。

1957 年 6 月 17 日，第一支乌兰牧骑在群众文化工作比较活跃的锡林郭勒盟苏尼特右旗宣告成立。这支队伍虽然只有 9 名队员，但都有着一专多能的特长。他们仅靠着 2 辆胶轮车、2 顶帐篷、4 套演出服、5 件乐器和一套简单的音响设备，边走边演，丰富了广大农牧民的文化生活。随后，翁牛特旗乌兰牧骑、正兰旗乌兰牧骑、镶黄旗乌兰牧骑等也正式建队。到 1964 年，内蒙古所有的牧区旗和部分半农半牧区旗县都建立了乌兰牧骑。

乌兰牧骑演出的文艺节目大多是根据农牧民生活实际自编自导的，十分受当地群众欢迎。1965 年 6 月至 1966 年初，文化部根据周恩来同志的指示，组织了3支乌兰牧骑代表队，分赴全国27个省、市、自治区进行巡回演出。1974年，乌兰牧骑第一次走出国门，受到了广泛的好评。

除了演出以外，乌兰牧骑还承担了宣传党和政府方针政策、辅导群众业余演出和创作活动、服务农牧民生活等任务。他们不仅受到了全区农牧民群众的热烈欢迎，也得到了党和国家领导人的重视和关怀。毛泽东、周恩来、邓小平、乌兰夫等领导曾经先后多次接见过乌兰牧骑队员。

粉碎“四人帮”，尤其是党的十一届三中全会以后，乌兰牧骑的经验得到了发扬光大，一大批乌兰牧骑式的演出队相继出现。为了宣传交流和推广乌兰牧骑建设的经验，开创民族文化工作的新局面，1983年，文化部和国家民委联合举办全国乌兰牧骑式演出队文艺会演大会。9月18日，会演在北京正式开幕。内蒙古、新疆、广西、宁夏、西藏、云南、贵州、青海、吉林、广东、四川、甘肃、湖南、湖北和辽宁等15个省、自治区的16支“乌兰牧骑式演出队”包括29个民族的400多名队员参加了会演。会演一直持续到9月29日。在会演开幕之前，邓小平、邓颖超、杨静仁分别给内蒙古乌兰牧骑题词表示祝贺。其中，邓小平的题词写于9月10日。题词是：

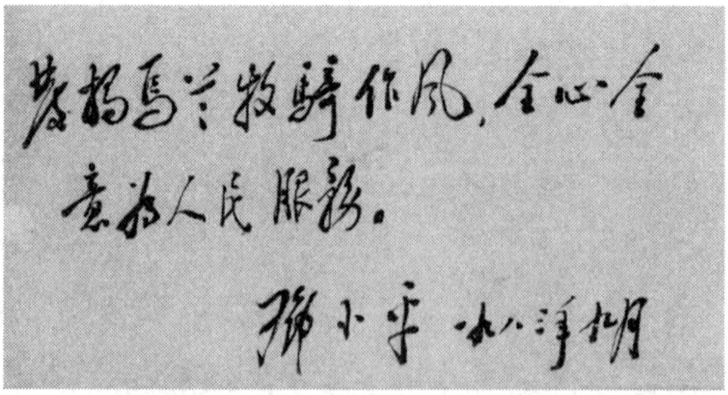

发扬乌兰牧骑作风，全心全意为人民服务。

邓小平

一九八三年九月

“提高水平，为国争光”

——为第五届全国运动会题词

近代以来，中华民族逐渐沦为被西方列强耻笑的“东亚病夫”。新中国成立后，党和政府通过鼓励全民健身、改善医疗卫生条件、开展组织体育赛事等方式逐渐甩掉了这顶帽子。

为了巩固来之不易的成绩，在全民中形成人人乐于运动的氛围，同时也是为国家的奥运战略锻炼新人和选拔人才，从1959年开始，国家体委决定举办第一届全国运动会。这是中国国内水平最高，规模最大的综合性运动会。第一届全国运动会于9月13日至10月3日在北京举办，历时20天。全会口号是1952年毛泽东同志为中华全国体育总会第二届代表大会的题词“发展体育运动，增强人民体质”。此后，1965年9月、1975年9月和1979年9月又先后在北京举办了第二、三、四届全运会。

1979年，中国恢复了在国际奥委会的合法席位。1984年，中国将参加洛杉矶奥运会。为了在这次奥运会上取得好的成绩，国家体委在要求各参赛代表团把第五届全运会当成选拔和练兵的最重要机会。

1983年9月18日至10月1日，第五届全运会在上海举行，有29个省、市、自治区和解放军、火车头体协共31个代表团的8943名运动员参加运动会。国际奥委会主席萨马兰奇参加了开幕式。这是全运会第一次在北京以外的城市举办，从此开启了全运会由不同城市举办的历史。这次全运会设立了足球、篮球、排球、乒乓球、羽毛球、网球、手球、曲棍球、田径、体操、艺术体操、举重、游泳、跳水、水球、帆船、帆板、射箭、射击、击剑、自行车、摔跤、柔道、赛艇、皮划艇等25个比赛项目。其中，艺术体操、柔道、帆板、曲棍球是新增的比赛项目。这些项目是严格按照奥运会的竞赛项目设置的。在第五届全运会开幕式上，奥林匹克会旗飘扬在主会场南端，全运会开始和奥运会“互通心意”。这些都充分说明：全运会从此踏上了奥运节奏，中国体育由此开始全面接轨世界体坛。

第五届全运会的会徽设计也颇具创意。会徽首次运用中西文结合的表现手法，图案立意新颖，横放的跑道，加上与之垂直的国旗，形成“中”字，象征“建设有中国特色的社会主义”，第五届的五字改用罗马字“V”，又是国际公认的“胜利”代号，象征着十一届三中全会以来各条战线均取得伟大胜利。

邓小平对第五届全运会的召开十分关注。在开幕式的前夕，9 月 15 日，他为这次运动会题词：

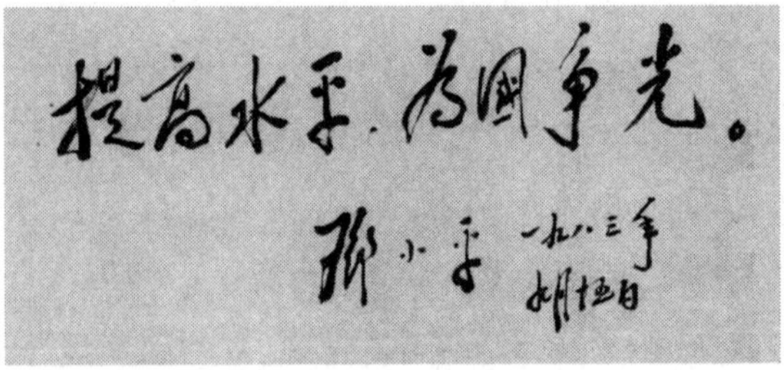

提高水平，为国争光。

邓小平

一九八三年九月十五日

第五届全运会参赛运动员没有辜负邓小平的期望。在这次运动会上，有 2 人 3 次打破两项世界纪录，4 人 5 次平三项世界纪录，1 人 1 次破一项世界青年纪录；7 人 12 次打破九项亚洲纪录；64 人 38 个队 142 次打破六十项全国纪录。这次全运会同时为 1984 年在洛杉矶召开的第 23 届奥运会做了很好的准备。

在新中国成立后中国大陆第一次派出代表团参加的这次奥运会上，中国代表团一举夺取了15枚金牌、8枚银牌和9枚铜牌，奖牌总数位居世界第四名。其中，27岁的许海峰以566环的成绩获男子手枪60发慢射冠军，成为本届奥运会第一枚金牌获得者，也是中国第一位奥运会金牌获得者。

书写时间与落款时间不一致的题词

——为北京景山学校题词

北京景山学校是1960年中共中央宣传部为专门进行教学改革试验创办的一所中小学一贯制的实验学校。学校创办后，根据毛泽东关于缩短学制、精简课程、减轻负担、改革教学方法和考试方法、参加劳动、接触社会等一系列指示，进行了学制、课程、教材、教法的综合整体改革试验；根据刘少奇关于两种教育制度、两种劳动制度的意见，进行了半工半读试验；根据邓小平同志关于早出人才，对有才能的学生，要允许跳级的意见，又进行了跳级试验。景山学校所进行的各项对传统的中小学教育进行整体的、结构性的改革试验，取得了初步的成果，也为中小学教育改革摸索出一条正确的道路。

“文化大革命”时期，景山学校被诬陷为“复辟资本主义的黑样板”、“封资修的黑试验田”、“贵族子弟学校”。教师是“资产阶级知识分子”，学生是“修正主义苗子”。学校推行的各项改革也被迫终止了。粉碎“四人帮”后，邓小平第三次复出工作。面对因动乱情况十分糟糕的中小学教育现状，邓小平多次强调一定要重视中小学教育。他说：“抓科技必须同时抓教育。从小学抓起，一直抓到中学、大学。”“高等院校学生来源于中学，中学学生来源于小学，因此要重视中小学教育。”在1978年全国教育工作会议召开之前，邓小平就提议将景山学校当作试点，把学校挑选申报的3位老师马淑珍、郑俊选、方碧辉定为特级教师。这是全国第一次任命、也是最早的特级教师。“特级教师”的称号可谓邓小平开创。随后，他指示时任教育部副部长的李琦到景山学院宣布了这个好消息，同时为景山学校正名：景山学校是“红”学校，不是“黑”学校。

在邓小平的关怀下，景山学校于1979年在全国中小学中率先成立了教育科学研究室，将建校以来的教学改革的经验加以总结。到1983年，学校的教改试验从逐步恢复各单项试验阶段进入到中小学教育全面改革的新阶段。新形势下，学校的教改工作应如何进一步推进？全国的中小学整体改革应该按照什么方针来进行？带着这样的疑问，景山学校的师生希望得到邓小平同志的题词，找到解决这些问题的答案。

1983年9月7日，景山学校以全体师生的名义给邓小平同志写了一封信，请求题词。信中说：

敬爱的小平同志

亲爱的邓爷爷：

我们首先代表北京景山学校的同学们，向您老人家致以少先队和共青团的敬礼！

我们这所进行中小学教学改革试验的学校，从1960年开始，为走出一条中国社会主义学校教育的新路子而艰苦奋斗。在这二十几年中，我们在集中识字、抓紧写字作文、编写数学教材新体系、儿童科学知识的启蒙、外语训练、思想品德教育、劳动技术教育、在高年级增设新知识、新技术的课程，以及学制年限（现在是小学五年、初中四年、高中三年）和教学方法等方面都不断地进行探索，但是我们现在的困难和缺点还不少，特别是师资水平、校舍和教学设备、管理制度等等，远远不能适应整个国家加速现代化的步伐。最近，联合国教科文组织（亚太地区）又把我们学校作为在中国的联系中心之一。如何使我们今后的教育工作更好地面向世界，面向未来，更是很大的难题。但是我们全体教职工决不在困难面前低头，我们将正视缺点，努力改正，为中国现代化培养新型劳动者的后备军献出我们的心血。

伟大的中华人民共和国34周年国庆节即将来临，在盛大节日的前夕，我们提出一个恳求，就是希望您老人家能为我们题词，或向我们说几句话，指明我们继续前进的方向。

致

崇高的敬礼！

北京景山学校

一九八三年九月七日

这封信是9月8日送出的。9月9日，邓小平就为景山学校题了词：

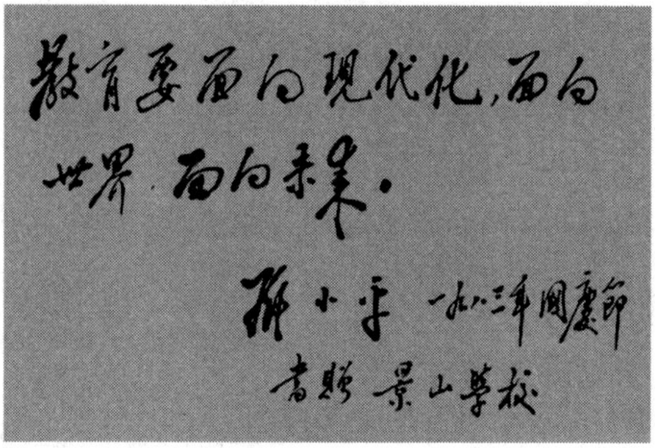

教育要面向现代化，面向世界，面向未来。

邓小平

一九八三年国庆节书赠景山学校

9月10日，这个题词送到景山学校后引起了强烈轰动。时任景山学校党支部书记兼校长的贺鸿琛后来在文中回忆说：“早上上班不久，我就接到了‘邓办’送来的‘三个面向’的题词，展开一看，我的心一下子蹦到了喉咙边，当时已经年过半百的我，激动得像个毛头小伙子似的大声喊：‘小平同志给我们景山学校题词啦！’当天召集全校教师到会议室，市、区教育局的领导和媒体的记者也来了。简单而隆重的集会开始了。我以庄严而激动的心情，双手高高举起小平同志的题词，面对大家，用我那有点山西口音的普通话，一字一句地高声朗读着：‘教育要面向现代化，面向世界，面向未来。邓小平，一九八三年国庆节，书赠景山学校。’宣读完，整个会场安静极了。紧接着，热烈的掌声，雷鸣般地爆发出来，经久不息，大家都沉浸在无比激动、无比幸福的海洋之中。”

9月11日，全国各主要报纸都在第一版刊载了这个题词，并做了报道。此后，“三个面向”成为包括景山学校在内的全国中小学教育发展的指导性方针，指明了我国社会主义教育的新方向。

邓小平的这个题词写于9月9日。但他为什么在落款时郑重其事地写明“国庆节”呢？关于这个问题，邓小平一直没有解释。贺鸿琛后来大胆推测说：“我想这是意在国家意在全局，回想当时，他老人家将‘三个面向’的题词，提前给我们景山学校，是要我们抓紧国庆节前的一段日子，先学习好先领会好，为全国教育界和全国人民把握‘三个面向’的大方向，带个好头啊！”

补写的题词

——为深圳经济特区的题词

粉碎“四人帮”后，以邓小平为代表的一批卓越的领导同志开始把眼光投向西方世界，希望利用西方的技术和资金优势加速中国的经济发展。

1978 年 10 月至 1979 年 1 月，邓小平应邀先后访问了日本和美国。在此前后，时任国务院副总理的谷牧根据中央的统一安排，也带领代表团赴西欧五国考察。一路上的所见所闻，让代表团成员充分感受到了中国与西方国家的差距之大。一个共识就在这种强烈反差对比中形成了：为了迅速改变落后现状，中国必须立即实行改革开放政策！

改革开放是一项全新的事业，究竟要从哪里打开突破口呢？邓小平等领导同志想到了创办特区。考虑到广东和福建地理位置优越，对外贸易交流频繁，邓小平建议先从这里入手。在经过认真的实地调研后，1979 年 7 月，中共中央、国务院批转《广东省委、福建省委关于对外经济活动实行特殊政策和灵活措施的两个报告》，同意在广东省深圳、珠海、汕头和福建省厦门试办出口特区。1980 年 5 月，中共中央、国务院《关于〈广东、福建两省会议纪要〉的批示》中将出口特区改称为经济特区。1980 年下半年，国务院批转了这 4 个特区的地位位置。随后，各特区便相继进入了大规模的建设阶段。

在首批设立的 4 个特区中，深圳是最先成立的。经过短短四年的发展，深圳在招商引资、基本建设等方面取得了惊人的成就。但与之发展相伴的是各种非议。有人说：“特区是国际资产阶级的‘飞地’”、“走私的主要通道”、“特区是姓‘资’不是姓‘社’”。这种非议不只是在社会上有之，党内亦有之。

经济特区不能在这种“香一年，臭一年，香香臭臭又一年”的争论中度过。搞经济特区这条路对不对？究竟是成功了还是失败了？带着这样的疑问，1984年1月22日晚，邓小平乘专列离开北京，前往深圳、珠海、厦门经济特区和上海视察。他决定亲眼看一下，来解决这些疑问。

1月24日上午10时，专列抵达广州火车站。邓小平在专列上分别接见了广东省委负责人林若、梁灵光、宋志英以及广州军区的负责人。他说：“办经济特区是我倡议的，中央定的，是不是能够成功，我要来看一看。”中午，邓小平抵达深圳，下榻迎宾馆桂园。紧接着，邓小平开始了马不停蹄的调研考察工作。对此，由中共中央文献研究室编辑、中共中央文献出版社出版的《邓小平年谱》做了详细的记载：

(1月24日）下午，听取梁湘（时任广东省副省长、中共深圳市委书记、深圳市市长——编者注）汇报。在听到经济特区缺乏专业人才时指出：深圳要办一所大学。这个大学可以吸引华侨投资来办。华侨在这里办大学，由他们聘请国外水平高的教授，从国外购买教学设备，这样可以给我们培养一批人才。听完汇报后说：这个地方正在发展中，你们讲的问题我都装在脑袋里，我暂不发表意见，因为问题太复杂了，对有些问题要研究研究。

下午，参观深圳市容。看到沿途附近山头光秃秃的，对陪同人员说：好多山头不种树。我们经过韶关时，看到那里的山头也都是这样。荒山、水域，这些都是潜力很大的发展生产的广阔天地。随后，登上罗湖商业区国际商业大厦的天台，俯瞰建设中的罗湖新城区。

1月25日上午，参观中国航空技术进出口公司深圳工贸中心，听取关于引进国外先进技术生产电脑设备和软件的汇报。指出：软件占80%，硬件占20%，这就要靠脑子。杨振宁说美国都是十六七岁的娃娃搞软件，好多尖端技术都是娃娃搞出来的。还说：要积极培训青少年。搞软件，我们有条件，中国有一大批好的娃娃。现在不少下象棋、围棋的都是娃娃。下午，参观渔民村，到渔民村党支部书记吴伯森家了解情况。在看到这个村先富起来的情况后说：经过长期奋斗，全国广大农村都可以达到这样的生活水平。

1 月 26 日上午，视察招商局蛇口工业区。听取工业区董事长、总指挥袁庚汇报。在听到工业区的党委副书记才 30 多岁时说：现代化没有年轻人不行，要鼓励年轻人挑起重担，多干工作。

上午，参观中外合资企业华益铝材厂。参观中向陪同的企业负责人了解资金和设备引进、产品销路、职工收入和人才培训情况。随后，登上蛇口微波山参观微波通讯站，并从山顶俯瞰蛇口工业区。

中午，参观即将开业的明华轮游乐中心，题写："海上世界"。

1 月 26 日下午，邓小平结束对深圳经济特区的视察，乘海军舰艇前往珠海。1 月 29 日，他为珠海经济特区题词："珠海经济特区好。"当天傍晚，邓小平回到广州，入住珠岛宾馆。他打算在这里过一个春节。

邓小平在深圳期间，虽然对深圳的发展表示赞赏，但并没有为深圳题词。得知邓小平为珠海经济特区题词后，深圳的同志深深感到了很大的压力。中共深圳市委、市政府随即派出接待处副处长张荣到广州，希望得到邓小平为深圳的题词。

2 月 1 日，是大年三十。上午，邓小平照惯例出去散步。回来后，工作人员准备好了笔墨，向他陈述了深圳方面请求题词的意思。邓小平稍作沉思之后，挥笔写就：

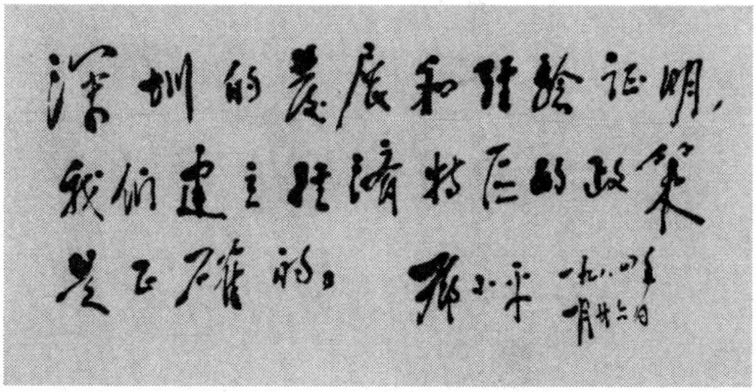

深圳的发展和经验证明，我们建立经济特区的政策是正确的。

邓小平

一九八四年一月二十六日

在落款时，邓小平没有落在广州下笔的时间，而是落为他离开深圳的1月26日。张荣拿到邓小平的题词后，立即赶回深圳。第二天，适逢甲子年大年初一，深圳通过电视、广播以及《深圳特区报》向社会公布了这个题词。

“海上世界”

——为明华轮题词

位于深圳蛇口工业区中心地带的明华轮海上世界游乐中心，是大多数游人到深圳游览的必选之地。要了解这里名气之大的原因，就不能不提到明华轮这艘豪华邮轮的历史。

明华轮邮轮原名 ANCEEVILLA，它是法国总统戴高乐 1962 年 8 月 7 日亲自剪彩下水作为其专用的一艘豪华邮轮。由法国著名的委纳译尔大西洋船厂建造，船高 9 层，长 168 米，宽 21 米，排水量为 14000 吨。1973 年，我国买下这艘邮轮，改名为“明华轮”。此后，这艘邮轮曾先后到过坦桑尼亚、越南、柬埔寨、日本等国家，多次完成出访、接送侨民等任务。1983 年 8 月 14 日，明华轮结束了最后一次航行，完成了它的历史使命。当时，深圳蛇口工业区正在紧张的建设之中，工业区董事长、总指挥袁庚决定买下这艘游轮，以发展当地的旅游业。8 月 27 日，明华轮抵达深圳蛇口，由广州远洋运输公司调拨给“海上世界”股份有限公司。不难想象，当这个庞然大物停靠在蛇口海边时，对当时尚未完全开放的中国人而言，带来的震撼有多大，许多人都慕名前来一睹这艘邮轮的风采。12 月 16 日，重新装修的明华轮开始试营业，迎来了华丽转身。此后，一系列活动活动在此举行：1984 年 1 月 19 日，33 对夫妇在船上举行集体婚礼，黄宗英女士参加并作了表演，中央新闻电影制片厂及广东省各报界记者参加并报道了这一消息；1 月 21 日，香港海外旅行社周伟堂先生一行 36 人，到船上组织研讨会；1 月 24 日，袁庚同志在龙凤餐厅宴请新加坡客人。明华轮，已经从原来的航运和海上交通工具变成了海滩上的餐饮、娱乐、住宿场所。

1984 年 1 月 26 日，邓小平视察蛇口工业区。中午，他特意登上明华轮参观，对蛇口工业区发展旅游业的读到眼光赞叹不已。当得知以明华轮为主要标志的海上世界游乐旅游中心即将开业时，他当即为明华轮题词：

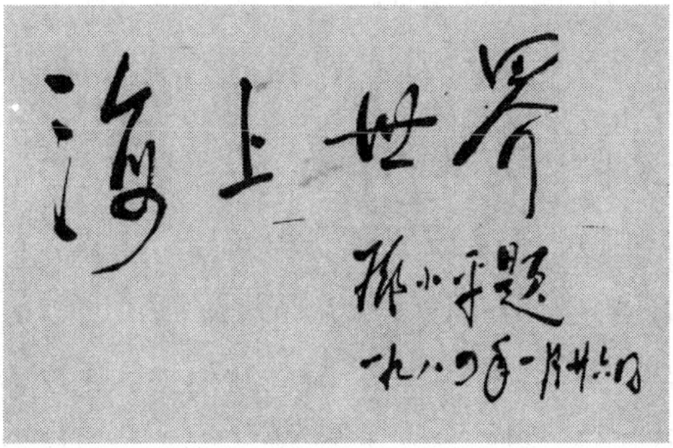

海上世界

邓小平题

一九八四年一月二十六日

邓小平的题词，让明华轮有了另外一个名称——海上世界。以至于后来游客常以到“海上世界”游玩来指代到明华轮游玩。邓小平的题词，也使得这艘游轮名声大噪。仅题词当年春节期间，来参观这艘游轮的名人就有中央组织部副部长王照华，深圳市市长梁湘，副市长周鼎、周溪舞，市委副书记刘波，香港电影演员传奇、石慧一行，中国电影艺术团柯灵等。后来的游客更是络绎不绝。

1984 年国庆，载有“时间就是金钱，效率就是生命”标语的“海上世界”模型彩车，在天安门广场前接受全国人民的检阅。1993 年 8 月 28 日，第七届全运会的圣火，在“海上世界”上引燃。明华轮，已经成为文明、进步的象征，接受着五湖四海游客的检阅。

创办经济特区的路子是对的

——为珠海经济特区题词

1984年1月26日下午，中共中央政治局常委、中央顾问委员会主任邓小平，在中共中央政治局委员王震、杨尚昆，中央顾问委员会委员刘田夫，广东省省长梁灵光等人陪同下，从深圳乘海军炮艇到珠海视察。

这是邓小平第一次到珠海视察。前一站他去的是深圳。邓小平这次南下，就是要亲眼看看经济特区的发展情况，证实一下这条发展道路正确与否。由于在深圳期间考察行程较为紧张，考虑到邓小平当时已经80岁高龄，工作人员安排他先在由香港知名人士霍英东先生在中山县（今广东省中山市——作者注）投资兴建的温泉宾馆休息3天。然而，即便是在这3天休息时间中，邓小平还是利用一切机会走走看看，找人谈话，尽量全面了解珠海的发展情况。1月27日上午，邓小平参观了温泉宾馆购物中心。1月28日上午，在中山市市委书记谢明仁等人的陪同下，邓小平登温泉宾馆北面的罗三妹山。下山时，道路崎岖不平，警卫人员建议原路返回。邓小平意味深长地说了一句话："我从来不走回头路。"当晚，邓小平、王震、杨尚昆等在宾馆会见了港澳知名人士霍英东、马万祺以及澳门南光公司总经理柯正平等，说："办特区是我倡议的，不晓得成功不成功？看来路子走对了。"霍英东、马万祺认为试办特区是成功的，这个政策是对头的。邓小平听了十分高兴。

1月29日上午，邓小平乘车前往珠海经济特区视察。途中，时任中共珠海市委书记的吴健民抓紧时间向邓小平做了工作汇报。吴健民介绍说，珠海原本是一个人口约15万的渔村式的三等县，1978年工农业总产值不足8100万元。一年财政收入才639万元，农村人均收入149元。自1980年成立经济特区后，珠海利用毗邻港澳的有利位置，引进了一批加工项目，发展势头迅猛。到1983年，珠海的经济特区的工农业产值已经接近两个亿，如果加上斗门县，已经接近5亿元了。

邓小平认真听着，很少插话。到达珠海市内，邓小平饶有兴致地参观了正在兴建中的九洲港、直升机机场、石景山旅游中心、拱北海关和香洲毛纺织厂、狮山电子厂以及珠海市市容。每到一处，邓小平都会仔细地询问情况，认真听取介绍。中午在珠海宾馆用餐休息时，珠海的同志希望邓小平能为珠海经济特区题词，打一打“分”。但大家都知道邓小平在深圳时没有题词，心中都不肯定他能否为珠海题词。邓小平笑着对吴健民说：“你看写什么啊？”吴健民回答说：“您看了珠海特区，就写对特区评价之类的话……”邓小平健步走到侧面一张准备好的摆着宣纸和笔墨的写字台，挥笔写下7个苍劲有力的大字：

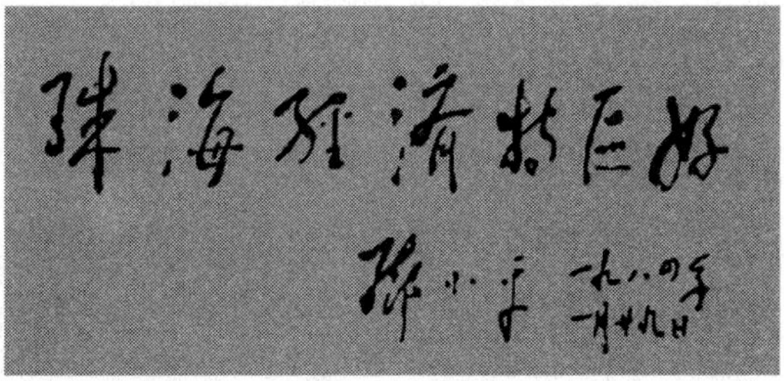

珠海经济特区好

邓小平

一九八四年一月二十九日

邓小平的这个题词，不仅是对珠海经济特区五年来工作的肯定，也是对创办经济特区这一正确制度的肯定。他打消了人们对经济特区的顾虑，统一了思想认识，对进一步办好经济特区起到了巨大的推动作用。1990年

9月5日，为庆祝珠海经济特区成立十周年，邓小平再次为特区题词：

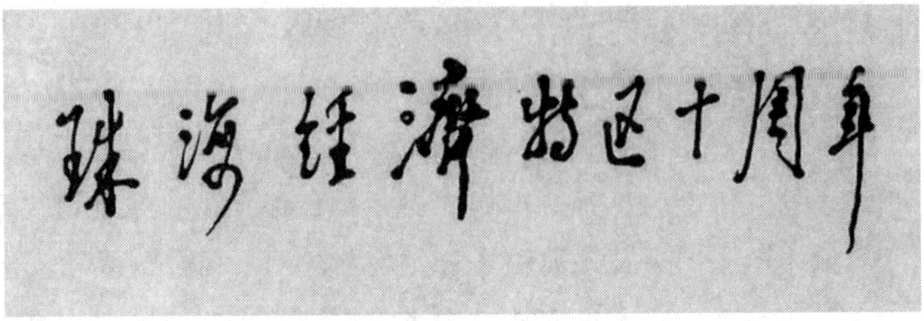

珠海经济特区十周年

“把经济特区办得更快些更好些”

——为厦门经济特区题词

1984年2月5日晚，刚刚结束对深圳、珠海经济特区的视察后，邓小平乘专列离开广州前往福建。这一次，他要到厦门经济特区看一看。厦门经济特区于1980年10月7日经国务院正式批准建立，1981年10月15日在湖里动工兴建，总面积2.5平方公里。

2月7日，邓小平到达厦门。这是他第三次到福建，第二次到厦门。2月8日早饭过后，邓小平就迫不及待地和陪同人员一起视察了东渡港五万吨位码头、集装箱码头、渔业码头。他对福建省委负责同志说：“发展经济特区，一定要基础设施先行。”临别前，他向港区建设者挥手道别，叮嘱道：“形势很好呀，希望你们扎实干，干得更好些。”离开东渡港，邓小平一行来到厦门码头，登上“鹭江”号游艇游览海上风光。其间，时任中共中央委员、中共福建省委第一书记项南做了工作汇报。当听到项南建议厦门特区应由现在的2.5平方公里扩大到全岛131平方公里、最好将厦门经济特区建成自由港时，邓小平当即表示同意，并答应回北京后和一些有关同志研究这个问题。游艇在鼓浪屿码头靠岸后，邓小平即兴游览了这个美丽的地方。他指出：厦门是个好地方。像鼓浪屿这样的地方不多，要好好保护。

2月9日上午8时30分，邓小平来到厦门大学看望全校师生，并和校系负责人、教授、先进工作者、学生代表合影留念。接着，邓小平一行驱车前往湖里工业区考察。湖里工业区虽说是厦门经济特区的发祥地，但当时仍是一个正在建设的大工地。时任中共厦门市委副书记、厦门市市长兼厦门经济特区管理委员会主任的邹尔均介绍说：由于厦门地处前线，基础设施一直落后。但即便如此，比深圳晚起步一年的厦门还是在短短 3 年内完成了 780 万土石方的平整工作，建成了 40 多万平米的厂房。为了增强邓小平对厦门经济特区的整体认识，邹尔均请他登上特区管委会办公综合楼顶看一看。在深圳，邓小平曾登上 22 层高的国商大厦看深圳的发展。可在厦门，邓小平放眼望去的是一个热气腾腾的建设场面，特区内最高建筑也不过是 12 层高的白鹭宾馆。面对一览无余的情景，邹尔均说："首长您看，我们一眼就望穿了，特区太小了！"邓小平心领神会地点头笑了笑。

回到会议室后，向南请邓小平为厦门经济特区题词。题什么呢？邓小平陷入了沉思。与深圳相比，厦门的起步较晚，难点更多。但在厦门的这几天，邓小平深深感受到福建省委和厦门特区领导同志勇于开拓、锐意进取的精神面貌，他相信，有这样的干部，厦门经济特区远景一定是美好的。现在，作为福建省唯一的经济特区，厦门需要更多的鼓励和关怀。想到这里，邓小平健步走到已经摆好纸墨笔砚的桌前，挥毫写下：

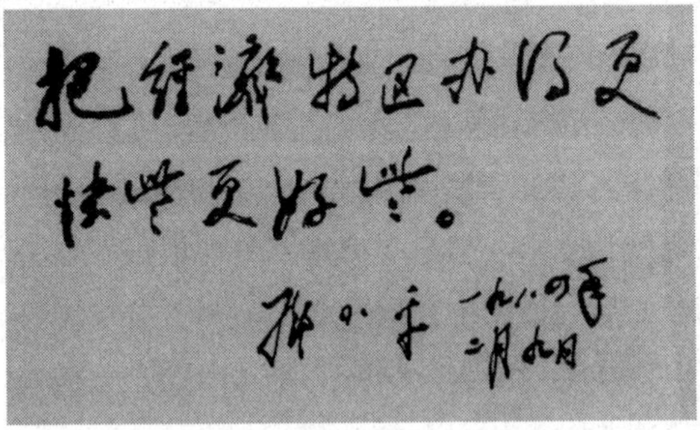

把经济特区办得更快些更好些。

邓小平

一九八四年二月九日

从湖里出来，邓小平又到厦门机场、集美学村和陈嘉庚故居看了看。下午，他登上厦门制高点云顶岩，借助高倍望远镜远眺了大小金门，亲切会见了哨所的同志们。

2 月 10 日上午 10 时，邓小平一行乘车离开宾馆，冒着细雨来到厦门万石岩植物公园植树。随后，他乘专列离开厦门前往上海。

2 月 17 日，邓小平在结束对上海的视察后乘专列回到北京。稍作休息后，他找胡耀邦、万里、杨尚昆、姚依林、胡启立、宋平等谈了话，陈述了自己此番视察经济特区的观感。他说：“我们建立经济特区，实行开放政策，有个指导思想要明确，就是不是收，而是放。”他还专门就厦门特区问题讲了一段话：厦门特区地方划得太小，要把整个厦门岛搞成特区。这样就能吸收大批华侨资金、港台资金，许多外国人也会来投资，而且可以把周围地区带动起来，使整个福建省的经济活跃起来。厦门特区不叫自由港，但可以实行自由港的某些政策。邓小平还表示：除现在的特区之外，可以考虑再开放几个港口城市，如大连、青岛。这些地方不叫特区，但可以实行特区的某些政策。我们还要开发海南岛。

3 月 5 日，国务院特区办公室派人到厦门传达邓小平这一谈话的内容。3 月 18 日，中共中央总书记胡耀邦会见日本友人时公开宣布：中共中央决定厦门经济特区由 2.5 平方公里扩大到厦门全岛 131 平方公里。3 月 26 日至 4 月 6 日，中共中央书记处和国务院在北京召开沿海部分城市座谈会。会议决定将厦门经济特区扩大到全岛，并实行自由港的某些政策；决定开放由北至南的大连、秦皇岛、天津、烟台、青岛、连云港、南通、上海、宁波、温州、福州、广州、湛江、北海 14 个沿海港口城市；讨论了进一步搞好对海南岛的开发建设。5 月 4 日，中共中央、国务院转发《沿海部分城市座谈会纪要》指出：厦门经济特区扩大到全岛，实行自由港的某些政策。这样做是“为了发展我国东部经济，特别是加强对台工作，促进祖国统一大业而做出的重要部署”。

对宝钢人的期望

——为上海宝山钢铁总厂题词

1984 年 2 月 11 日下午，刚刚结束对珠海、深圳和厦门经济特区的考察工作后，邓小平又乘坐专列来到了上海。

上海，邓小平对其并不陌生。1920 年 9 月 11 日，年仅 16 岁的邓小平第一次来到上海，从这里启程到法国勤工俭学，踏上了探索中华民族解放的道路。1927 年“八七会议”后，中共中央迁往上海。时年 23 岁的邓小平担任中央秘书长，在上海主管文书、机要、交通、财务等工作，直到 1929 年 8 月离开。1930 年 2 月初，邓小平秘密回到上海向党中央汇报工作，直到 4 月份才离开。1931 年红七军进入江西后，邓小平被派至上海向中共中央汇报工作。1949 年，担任总前委书记、华东局第一书记的邓小平指挥了上海战役，使上海顺利地回到人民的手中。

这一次来上海，邓小平并不是故地重游、抚古追昔的。他想亲眼看一看上海改革开放的现状。

1984 年 2 月 14 日，邓小平听取时任中共上海市委第一书记陈国栋、中共上海市委第二书记胡立教、中共上海市委书记杨堤和上海市常务副市长阮崇武等人的汇报。之后，邓小平鼓励他们把改革开放的步子迈得更大些，他说：“现在看，开放政策不是收的问题，而是开放得还不够。上海要搞十个大饭店，也可以让国外海外的人独资搞，包括建筑材料也从国外进口。旅馆可以利用外资。你们要加快速度，条件可以放宽一些。”

2 月 15 日上午，邓小平又来到正在建设中的上海宝山钢铁总厂（以下简称“宝钢”——笔者注）视察。宝钢是中国改革开放的产物。1978 年 12 月 23 日，就在党的十一届三中全会闭幕的第二天，宝钢在中国上海宝山区长江之畔打下第一根桩，正式开工建设。邓小平来宝钢视察时，宝钢一期工程即将完成。但由于当时国际钢铁市场并不景气，宝钢内部在二期工程要不要上马问题上发生了很大分歧。邓小平这次来宝钢，希望能解决这个问题，以便在宝钢内部达成共识。

邓小平在时任中共中央候补委员、冶金部副部长、宝钢工程总指挥黎明等人的陪同下视察了正在试车的高炉、已有两台发电机组投产的宝钢自备电厂和原料码头。在位于长江口的原料码头上，邓小平同迎上前来的职工们亲切握手。在自备电厂，邓小平乘电梯登上 10 多米高的电厂中央控制室，观看了各种先进的控制设备。他关切地向电厂厂长了解操纵人员的文化程度、工人和技术人员的平均年龄，鼓励职工们努力学习科学文化，迅速掌握新技术。在延伸到江中 1600 米的宝钢主原料码头上，邓小平关切地询问了码头水深、航道疏浚，以及能停泊几万吨级的货轮等情况。

在休息室里，黎明汇报了宝钢工程的建设进度。他说：到 1985 年 9 月 1 日宝钢一期工程将建成投产。上马的二期工程将使宝钢充分发挥经济效益，利国利民。邓小平详细询问了宝钢二期工程准备等情况，然后果断指出：宝钢二期工程肯定要上，问题是什么时候上。原来国家计委考虑宝钢二期工程在“七五”期间上，如果 1985 年只要两个亿，还可以考虑上得快一些，不要耽误时间。邓小平的这个决策，不仅统一了宝钢内部的意见，还将宝钢二期工程建设的时间提前了两年，从而使宝钢二期工程早两年投产，发挥投资效益。

当黎明请邓小平为宝钢职工题词以资鼓励时，邓小平思索了一下，挥毫写下了三行苍劲的行书：

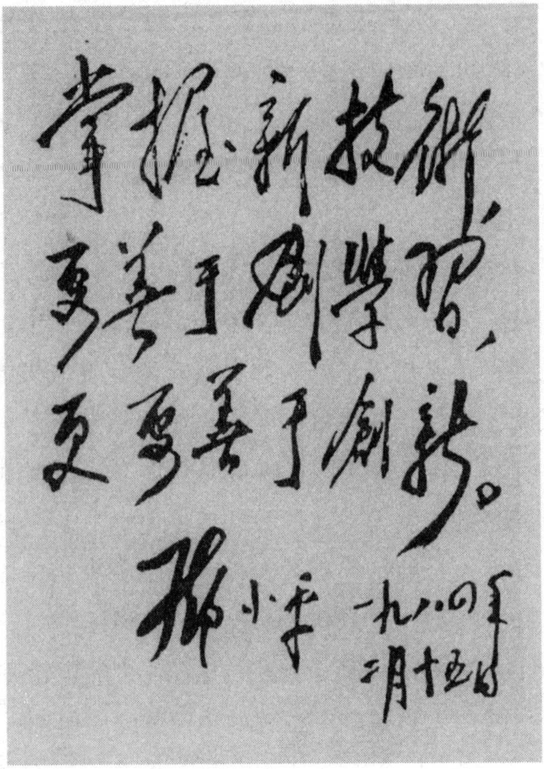

掌握新技术，要善于学习，更要善于创新。

邓小平

一九八四年二月十五日

邓小平虽然在宝钢只待了一个上午，但却给宝钢人留下了深刻的印象。2004 年，在邓小平诞辰 100 周年纪念时，黎明撰文回忆邓小平 1984 年视察宝钢时的情形，仍历历在目。

利用外资的“试验田”

——为中国国际信托投资公司题词

改革开放战略确立以后，如何吸引和利用外资服务于国内经济建设大局成为邓小平时常思考的一个重大问题。他明白，要做好这项工作，自然离不开工商界人士的大力支持。

1979 年 1 月 17 日，邓小平约见了工商界的五位元老——胡子昂、胡厥文、古耕虞、荣毅仁和周叔弢，请他们建言献策。邓小平说：过去耽误的时间太久了，社会主义现代化建设不搞快点不行。现在搞建设，门路要多一点，可以利用外国的资金和技术，华侨、华裔也可以回来办工厂。吸收外资可以采取补偿贸易的办法，也可以搞合营，先选择资金周转快的行业做起。当然，利用外资一定要考虑偿还能力。要发挥原工商业者的作用，有真才实学的人应该使用起来，能干的人就当干部，要落实对他们的政策。总之，钱要用起来，人要用起来。接着，邓小平直接点将荣毅仁，希望由他出面做一些实际工作，为吸收利用外资探索一些经验。

荣毅仁是我国著名民族资本家荣德生之子，1916 年生于江苏无锡。少年时代受父辈实业救国思想影响，在企业经营管理和资本运作方面表现出浓厚的兴趣和过人的天赋。新中国成立后，荣毅仁带头实行公私合营，为资本主义工商业的社会主义改造顺利完成做出了重大贡献，被誉为“红色资本家”。“文化大革命”中，荣毅仁作为“走资派”的典型受到了残酷的批斗。一直到邓小平请他出山时，他的冤案还尚未平反。

根据邓小平提出的要求，结合自己多年经商经验，荣毅仁决定创办一家具有一定风险性的国际信托投资公司。1979 年 2 月，荣毅仁向中央呈送了《关于设立国际投资信托公司的一些初步意见》。意见指出：信托投资公司的宗旨是利用这一创新模式吸收和利用国际资金、先进技术和各业专家为加速社会主义四个现代化建设服务。几天后，邓小平、陈云、李先念等中央领导批示同意这个意见。陈云还提出要把公司办成国务院直属的国营企业。接着，荣毅仁从北京和上海先后请来了工商界中比较有经验和才干的人士，在租用北京和平宾馆的一间仅有 8 平米的办公室里开始了筹建工作。当时，国家拨付的筹备资金一时还没有到位，荣毅仁就先拿出了自己的存款垫付。这年七一之前，邓小平再次接见荣毅仁，询问公司筹备进展，给予了他极大支持。

1979 年 6 月 27 日，国务院正式批准成立中国国际信托投资公司，规定公司的主要任务是：接受各部门、各地方的委托，根据中华人民共和国中外合资经营企业法和有关法令，主要是引进外国资本和先进技术、设备，共同举办合资企业。10 月 4 日，公司正式挂牌成立，荣毅仁担任董事长兼总经理。此后，一个新兴的行业在中国大地上开花结果了。

中国国际信托投资公司实际上是作为中国实行对外开放的一个窗口而设立的。它比 1980 年建立的深圳特区还早了一年。从这个意义上说，中国国际信托投资公司是比深圳特区还要早的改革“试验田”。当时，“文化大革命”中“左”的流毒尚未彻底清除。不只是社会上，就连公司内部对搞这种带有“资本主义色彩”的经营方式都有着担忧和顾虑。在这种情况下，荣毅仁牢记邓小平提出的“只要把社会主义建设搞好就不要犹豫”的话，排除万难，带领公司通过债券发行、国际租赁、房地产经营、国际经济咨询等多种方式积极融资，积极开展中外经济技术交流与合作，在许多方面起到了重要的示范作用。

1984 年 8 月，在经过近 5 年的探索和经营后，中国国际信托投资公司成功开拓了一条利用外资发展我国经济的新路子，成为我国吸收和利用外资，引进先进技术和设备，对外开展经济与技术交流、合作的重要窗口之一，在国内外享有盛誉。为了表彰公司取得的成绩，鼓励公司再接再厉，在公司成立5周年之际，邓小平欣然题词：

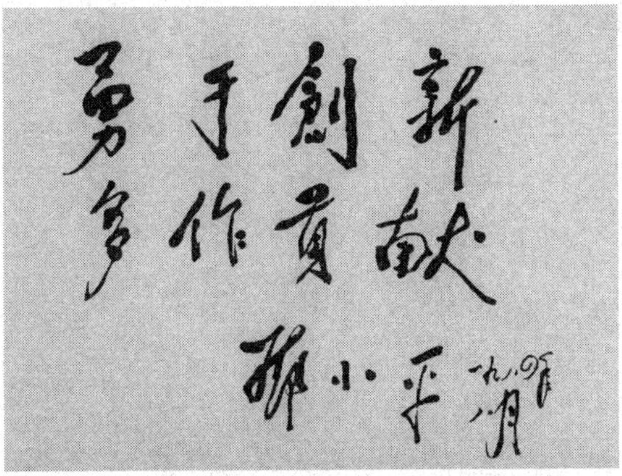

勇于创新　多作贡献

邓小平

一九八四年八月

“红军烈士永垂不朽”

——为遵义红军烈士纪念碑题词

遵义，在中国革命中是一个重要的地理坐标。遵义会议、娄山关战役、强渡乌江、四渡赤水等等，这些影响中国革命走向的重大事件都发生在这里。新中国成立后，遵义人民在当年战场遗址找到了77位红军烈士坟墓，在遵义市凤凰山南麓的小龙山上修建了红军烈士公墓，同时把早已远近闻名的“红军坟”从桑木桠移到小龙山，建成了一座颇具规模的红军烈士陵园。整个陵园坐北朝南，前临湘江河，后靠葱茏翠绿的凤凰山，与当年红军鏖战的红花岗、老鸭山遥遥相望。

邓小平在他光荣而富有传奇色彩的奋斗生涯中也与遵义结下了不解之缘。他一生曾先后4次到过遵义。第一次是1935年1月，邓小平以中共中央秘书长身份参加遵义会议，负责会议记录工作。第二次是在1935年2月红军二占遵义时。第三次和第四次来遵义分别在1958年11月和1965年11月。这两次是来视察工作，指导遵义的政治、经济和文化发展。这两次来，他还都抽出时间拜谒遵义会议会址，追忆那段如火如荼的革命征程。

1984年，在遵义会议召开50周年前夕，经中央批准，中共遵义市委将遵义红军总政治部旧址维修复原、陈列布置并对外开放。同时改造遵义红军烈士陵园，建造红军烈士纪念碑，由著名雕塑家叶毓山教授设计。是年8月，已经80岁高龄的邓小平应遵义市委领导同志请求，为遵义红军总政治部旧址题写匾额，并为正在建设的纪念碑题词：

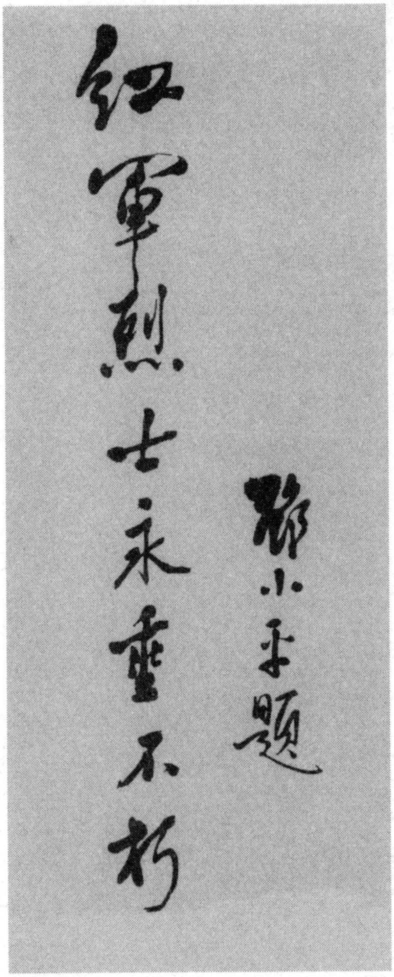

红军烈士永垂不朽

邓小平题

1985年，在遵义会议召开50周年前夕，纪念碑正式落成。整个碑高30米，下宽6米见方。碑的顶端，是5米高的镰刀锤子标志，碑正面镌刻着邓小平的题词。碑座是直径20米、周长26.8米、高27米、离地面2米的由红军指挥员、红军卫生员、红军战士和赤卫队员四尊石塑头像组成的大圆环，寓意红军威震四方。圆环内壁是4组汉白玉石浮雕，主题是“强渡乌江”、“遵义人民迎红军”、“娄山关大捷”、“四渡赤水”。圆环外壁上镶嵌着28颗闪光的星星，象征着中国共产党经过28年艰苦奋斗，取得了全国政权。

修复中华民族的万里长城

——为“爱我中华，修我长城”社会赞助活动题词

长城，是中国古代最伟大的军事防御战略工程。长城的修建，最早可以追溯到公元前8世纪西周宣王时代。当时，西戎进犯北疆，周宣王命令大将南仲率军征讨。针对西戎军队善于骑行作战的特点，南仲在两军对峙前线朔方修筑了许多互相联系而又未连接的城堡和烽燧。这就是后世长城的雏形。春秋战国时，各诸侯国又先后修建了长度不等的长城，用以保卫边境安全。

秦始皇统一中国后，连接秦赵燕三国长城，加以加固和延伸，修筑了东起辽东，西到临洮的万里长城。此后，西北游牧民族和中原汉族之前以长城为线，演绎出一幕幕扣人心弦的历史：双方关系紧张时，时常剑拔弩张，烽烟四起；双方关系趋于缓和时，互通商贸，和睦相处。明代，由于蒙古族的反复侵扰，明朝廷一直在不断重修长城。我们今天看到长城，实际上主要就是明朝时修建并保留下来的。抗日战争爆发后，无数中华儿女依靠长城为御敌屏障，同侵略军展开了顽强的抗争，谱写了一曲曲壮丽的华章。

由于长城见证了中华民族数千年的历史，它一直被视为中华民族的象征和图腾。新中国成立后，党和政府十分重视长城的修复工作。1952年，中央政府克服了严重的财政困难，拨出10亿左右人民币（旧币，折合现在10万元）用以修复八达岭长城。八达岭长城兴建于明代，500多年间，由于风雨侵蚀和战事频仍，当时损坏严重。有了这笔款项后，八达岭长城第一次修复了关城城楼和南北4个城台，大大提升了接待国内外游客的能力。随后，国家又大量投资修复了八达岭北五、北六等城台，使这座饱经沧桑的古长城焕发出新的活力。1961年，国务院确定八达岭为首批全国重

点文物保护单位。

“文化大革命”中，长城作为“四旧”的代表遭受到了巨大破坏。城墙上的砖甚至被附近居民挪用盖房。改革开放以后，中国再度打开了封闭的国门，大批外国游客涌入到中国，来参观象征中华民族精神的万里长城。在这种情况下，重修长城，再塑国家形象，提升旅游品位已成为摆在中国人面前一个亟待解决的重大问题。然而，由于当时中国刚经历过“文化大革命”的浩劫，国家经济处于崩溃的边缘，财政一时难以拨付足够的资金来进行修复。

1984 年 7 月，北京市文物局、北京八达岭特区办事处、《北京日报》、《北京晚报》、《经济月报》、《工人日报》等六家单位首先倡导了一场声势浩大的“爱我中华，修我长城”社会赞助活动。活动主要目的是充分发动社会力量，加强保护长城和尽快修复长城重点地段的毁坏部分。活动从北京兴起，很快传遍了祖国各地。邓小平对这项活动非常支持，于 9 月 1 日题词：

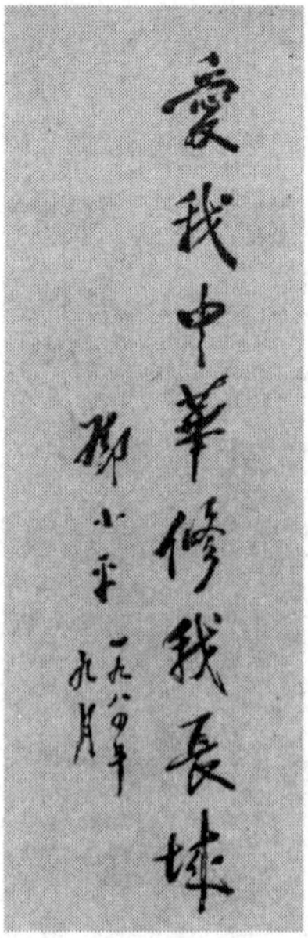

爱我中华　修我长城

邓小平

一九八四年九月

邓小平的题词将这次赞助活动推向了高潮。到11月中旬，活动筹办单位已经募集到320万元的赞助款。除了直接赞助资金外，一些单位还通过义演、义卖宣传这项活动，扩大影响。美国、日本、法国、丹麦等国家的报纸纷纷报道这项活动。科威特电视台甚至还在黄金时间播出活动的进展情况。这些宣传工作，扩大了这项活动在国际上的影响力。

1984年7月27日，八达岭长城第一期修复工程拉开了帷幕。近千名施工工人从每天清晨战斗到夜幕降临，在不到半年的时间里修复长城城墙2369米，敌楼9座。连接起南到七楼北到十二楼共约119万平方米的游览区域。与此同时，怀柔县境内慕田峪长城的三座城台也得以修复。

“爱我中华，修我长城”社会赞助活动原定于当年年底结束。但令人没有想到的是，这项活动却最终形成了一项长期制度保留下来。此后，有关部门利用社会捐资，又相继修复了山海关、居庸关、嘉峪关等地的长城段。在此过程中，相关专家通过对长城实地的探访，掌握了丰富的资料，为深入开展长城及其周边相关研究奠定了基础。国人通过这项活动，进一步了解了长城，增强了民族自豪感，凝聚了民族精神。

对新中国第一份综合性经济报纸的关心

——为《经济参考》题词

十一届三中全会后，党的工作重心转移到经济工作上来。随着“经济”一词越来越多地被提及，如何向人们宣传和报道大量经济信息成为摆在新闻工作者面前一项重要任务。首先在这一问题上取得突破的，是新华社的同志们。

1981 年初，在经过反复调研和多方征求意见后，新华社最终形成了创办一份“综合性经济报纸”的设想。新华社国内部副主任李峰同志建议使用《经济参考》作为报名。这样，一方面报纸显得有些“神秘”色彩；另一方面话语尺度将来可以放宽一些。这个意见得到了新华社党组的一致同意，随后印制了试刊。3 月 14 日，新华社社长曾涛、副社长穆青同志向邓小平呈送了新华社关于创办《经济参考》的报告和试刊，同时将试刊分送有关方面征求意见。报告说：“拟办这个刊物，是想把新华社搜集到的国际、国内有参考价值的经济动向、预测、行情和经营管理经验等，介绍给各级领导干部、经济部门和工农商企业的工作人员。”3 月 21 日，邓小平在报告上批示：“赞成”。陈云等其他中央领导同志也对创办这份报纸给予了充分肯定。

1981 年 7 月 1 日，在中国共产党成立 60 周年之际，新中国第一份综合性经济报纸《经济参考》诞生了。报纸共四开四版，每周出版 3 期。不难想象，在一个刚刚结束了 10 年内乱、迫切需要掌握和了解国内外经济消息的国家来说，这份报纸承载了多少的希望。《经济参考》报的同仁们深知自己肩负责任的重大，他们紧紧围绕服务经济建设的大局、力求客观公允传递经济信息，赢得了读者的广泛赞誉。在没有花哨的包装和任何广告促销的情况下，发行量很快就突破了13万份。在短短的3年内，《经济参考》在全国性新闻奖的评选中屡获殊荣，逐渐在报界占领了一席之地。

1984年，为了向读者提供更为丰富的经济信息，《经济参考》报社开始酝酿将报纸由四开四版扩充至四开八版。与此同时，创办专为财经领域提供服务的经济信息专线，并计划在此基础上，进而开办英文的经济信息专线，帮助海外厂商了解中国。考虑到邓小平十分关心报纸的发展，报社决定借这个机会请他为报纸题词。6月25日，《经济参考》报总编辑李琴同志抱着试试看的态度给邓小平写了一封信，汇报了报纸的现状和未来的工作设想，并恳请他给予题词鼓励。9月，邓小平欣然为报纸题词：

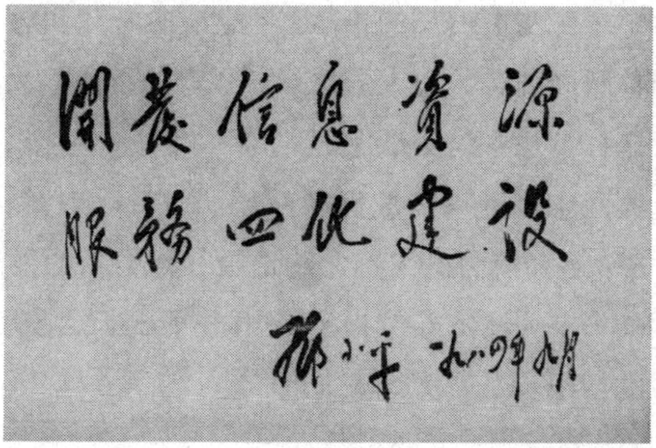

开发信息资源　服务四化建设

邓小平

一九八四年九月

改革开放后，“信息”作为一种资料，在经济建设和生活工作中所起到的重大作用越来越被人充分认识到。邓小平的这个题词，不仅为《经济参考》指明了办报的宗旨，实际上也为全国信息业指明了发展方向。9月

18日，《经济参考》报公开发表了这个题词。9月19日，《人民日报》在头版刊登了这一题词，随后全国许多报刊也都相继刊载。

邓小平的题词极大地鼓舞了《经济参考》报社。报纸扩版后的第一年，发行量就由上一年度的57万份猛增到78万份，涨幅居全国报纸第一位。邓小平十分喜欢《经济参考》的办报风格，几乎每一期都要认真阅看。1986年6月的一天，邓小平还请工作人员将自己阅看报纸的一张照片送给报社。在这张照片上，邓小平依靠在沙发上，戴着老花镜，阅看着《经济参考》，神情专注而慈祥。

1990年，为迎接《经济参考》在1991年创刊10周年，报社决定更新报头，调整版面，请邓小平题写报名。当时，邓小平已经86岁高龄，已经从领导岗位上退了下来。这样的“小事”他还会应允吗？几经斟酌，李琴还是鼓起勇气，再次致信邓小平表达了这种想法。信中说：“现在又有一件事麻烦您，为了进一步贯彻您的指示，《经济参考》报将于今年10月革新印刷工艺，调整版面内容，扩大信息量，以新的面貌迎接明年创刊10周年。为此，恳请您百忙之中为报纸题写报名：经济参考报。如蒙应允，对报社和新华社全体同志将是一个极大的鼓舞。”12月7日，邓小平书写了“经济参考报”五个遒劲有力的大字，赠送报社作为新的报头。

1991年1月1日，《经济参考报》改用电子排版、胶版印刷，同时启用了邓小平题写的新报头，直至今天。

经济参政报

“为人类和平利用南极做出贡献”

——为中国第一支南极考察队首次考察南极题词

南极，被人们称为第七大陆，是地球上最后一个被发现、唯一没有人类居住的大陆，总面积约1400万平方公里。整个南极大陆被一个巨大的冰盖所覆盖，平均海拔为2350米，是世界上地理纬度最高的一个洲，全洲年平均气温零下25摄氏度，无定居居民。

南极大陆及其环绕四周的海域中蕴藏着丰富的生物资源、矿产资源和油气资源。为了开发利用这些资源，从20世纪20年代开始，一些国家的探险队就陆续登上南极大陆的不同区域进行科学考察工作。20世纪40年代，英国、新西兰、德国、南非、澳大利亚、法国、挪威、智利、阿根廷、巴西10个国家先后对南极洲的部分地区正式提出主权要求，使这块冰封万年的平静大地笼罩上国际纠纷的阴影。

为了保护南极这块地球上最后的处女地，守卫人类共同生存的家园，同时也为了解决国际间在南极主权问题上的分歧，1959年12月1日，阿根廷、澳大利亚、比利时、智利、法国、日本、新西兰、挪威、南非联邦、苏联、大不列颠及北爱尔兰联合王国、美国等在华盛顿联合签署了《国际南极条约》，冻结了一切国家对南极的主权要求，规定南极洲“永远继续专用于和平目的和不成为国际纠纷的场所或对象”。这样，就以国际法的形式将南极作为全人类共同财富规定下来。

中国政府也非常重视对南极的科考工作。1981年，我国成立了南极考察委员会。1983年，我国加入国际南极条约组织。1984年春，国务院批准国家科委提交的组织首次南极考察的报告，决定于当年11月派遣考察队对南极进行科学考察。10 月 8 日，来自全国 60 多个单位的 519 人在北京成立了中国第一支南极考察队，接受集中训练。10 月 15 日，邓小平为这支考察队题词：

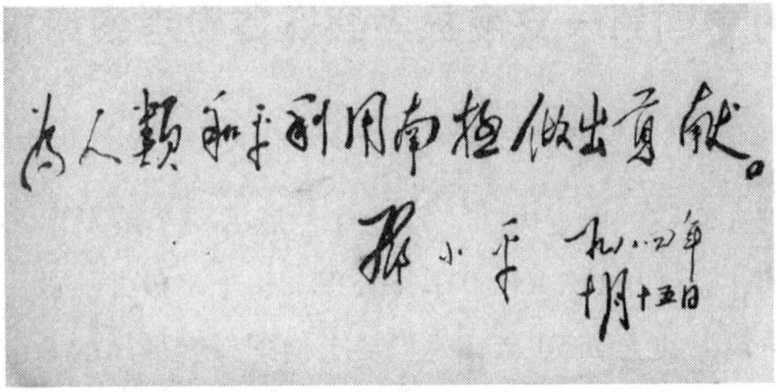

为人类和平利用南极做出贡献。

邓小平

一九八四年十月十五日

1984 年 11 月 20 日上午，中国南极考察队在上海海洋局东海分局码头举行隆重的起航仪式。海军政委李耀文、国家南极考察委员会主任武衡、国家海洋局局长罗鈺如，分别将五星红旗、镌有邓小平同志题词的铜匾和“中国南极长城站”铜质站标授给考察队。当天 10 时整，两艘考察船正式起航，奔赴南极洲和南太平洋进行综合性科学考察。经过 20 多天漫长的海上航行，考察组克服了诸多难以想象的困难，于 12 月 26 日凌晨抵达南极，驶入南设得兰群岛的乔治岛麦克斯威尔湾。

1985 年初，考察队在乔治岛打响了建立长城站的攻坚战。与此同时，科学家们也积极开展起在海洋生物、水文、地质、气象、地球物理、海洋环境等 6 个学科 23 个项目的考察活动。2 月 20 日，我国第一座南极科学考察站——长城站落成，结束了中国在南极没有考察站的历史，中国成为第 18 个在南极洲建立科学考察站的国家。在顺利完成考察任务和建站工作后，考察队员开始准备返航事宜。2 月 28 日，J121 打捞救生船和“向阳红”号于当地时间 26 日启航离开南极。4 月 10 日，顺利停靠黄浦江上的国家海洋局东海分局码头，回到了祖国的怀抱。

打响防治地方病的保卫战

——为防治地方病工作题词

地方病是指具有严格的地方性区域特点的一类疾病。世界很多国家包括我国都存在着不同的地方病，有的地区甚至多达五六种。地方病的形成原因非常复杂，地理环境、居民生活习惯和医疗水平低下等都可能诱发地方病的大范围爆发。

旧中国地方病主要存在于农村和边远山区，分布较广，危害严重。新中国成立后，毛泽东等中央领导同志对防治地方病工作十分重视，多次作出批示。1958 年，当江西余江县成为全国第一个消灭血吸虫病的县的消息传到毛泽东那里时，他一连写下两首题为《送瘟神》的七律表示祝贺。1960 年，中共中央批准成立中共中央北方地方病防治领导小组及其办事机构。至此，我国大规模防治地方病的工作进入了一个新阶段。

十一届三中全会后，党中央排除了地方病防治工作中的错误影响，迅速恢复并加强了对地方病防治工作的领导，要求各级党委要把这项工作作为一件大事抓紧抓好。1981 年，中央批准把领导小组工作范围扩大到全国，组建中共中央地方病防治领导小组。小组成立后，采取重点区域重点防治的工作方针，在少数民族聚居地和偏远山区、农村，着力抓好鼠疫、布鲁氏菌病、地方性甲状腺肿、地方性氟中毒、大骨节病和克山病等地方病的防治工作，并取得了喜人的成绩。到 1983 年底时，鼠疫无一例新增病人；布鲁氏菌病已有半数的病区基本控制了新发；地方性甲状腺肿已在陕西、黑龙江、天津、河北、辽宁、吉林、河南、北京、山西、山东、甘肃 11 个省市实现了基本控制目标；克山病的发病率和死亡率均已降至历史最低水平；大骨节病的发病率也被牢牢控制住；北方各地和南方部分地区基本查清了地方性氟中毒的病情，完成防疫改水工程9108处，使530万病区人口解除了高氟饮水的危害。

成绩值得肯定，但形势依旧严峻。据官方1984年初的统计数据显示：除上海市外，当时全国28个省、市、自治区有一种或几种地方病发病的县共有1630个，占全国总县数的65%；全国还有各种地方病病人3600万，约占病区总人口的8.7%，受地方病威胁的病区人口达4.2亿，约占农村人口的一半。

为了继续打好防治地方病攻坚战，中共中央要求各级领导充分认清地方病防治工作的艰巨性，把地方病防治工作纳入本地区的四化建设规划，制订出当年及第二年完成规划的步骤和切实可行的措施。1984年3月20日至26日，中共中央地方病防治领导小组在沈阳召开扩大会议。这次会议认真检查了1981年领导小组会议以来全国地方病防治工作情况，交流、总结了经验；审议了北方省、市、自治区1982年至1985年地方病防治规划的执行情况；制订了南方省、市、自治区1984年至1990年地方病防治规划；对于在新形势下地方病防治工作中出现的新问题，进行了充分研究，并提出了解决办法。会后，新一轮地方病防治战役打响。

1984年10月，在地方病防治工作走过35个岁月的时候，邓小平、陈云、胡耀邦等分别为地方病防治工作题词和写信，鼓励和强调要继续做好地方病防治工作。

邓小平的题词是：

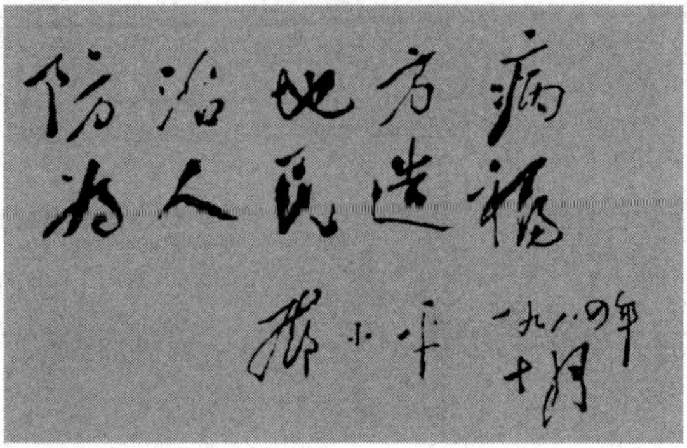

防治地方病　为人民造福

邓小平

一九八四年十月

陈云的题词:“做好地方病防治工作,提高民族素质,为民造福”。

胡耀邦的题词是:“送走地方病瘟神,建设现代化强国”。

这些题词和书信,指明了地方病防治工作的重大意义,进一步明确了防治工作的方向,成为开展防治工作的指导方针。

对爱国华侨陈嘉庚的评价

——为画册《陈嘉庚》题词

陈嘉庚，又名甲庚，字科次，1874 年 10 月 21 日生于福建省同安县集美村（今厦门市集美区）。其父陈杞柏是旅新加坡侨商，早年到新加坡经营米店和房地产生意。1890 年，陈嘉庚奉父函召，第一次出洋新加坡，协助父亲打理米店生意，开始了他海外谋生的生活。

1904 年，陈杞柏因实业失败，欠下债务 20 余万。按照新加坡当时“父债子免还”的法律规定，陈嘉庚完全可以将这些债务推得干净。但以信誉为重的他却宣布“立志不计久暂，力能做到者，决代还清以免遗憾也”。随后，陈嘉庚创建了一个菠萝罐头厂，苦心经营四年后终于有所获利。他千方百计找到当年的债主，替父亲还清了债务。别人都笑他傻，可陈嘉庚却说：“中国人取信于世界，决不能把脸丢在外国人面前!”“我们中国人一向言必信，行必果。”陈嘉庚此举为他在新加坡赢得了良好的信誉。人们都愿意同这位一诺千金的中国人做生意。这为他后来在商界的迅速崛起奠定了重要基础。

1910 年，陈嘉庚在新加坡晚晴园加入中国革命同盟会，被推举为新加坡中华总商会协理及道南学校总理。从此，他遵照孙中山的革命宗旨，唤醒侨胞，支持民主革命和振兴中华的一系列活动。1937 年“七七事变”后，陈嘉庚力主抗日，发起成立“马来亚新加坡华侨筹赈祖国伤兵难民大会委员会”，任主席。1938 年，陈嘉庚又被选为南洋华侨筹赈祖国难民总会主席。其间，陈嘉庚多次募捐钱款、药品、物资等支援前线抗战。他还致电国民政府，要求严惩卖国贼汪精卫，对日实行坚决之抗战。1940 年，陈嘉庚组织“南洋华侨回国慰劳视察团”，返国后到重庆、延安等地视察慰问。5月31日抵延安，多次受到毛泽东、朱德等中共领导人接见。延安之行让陈嘉庚对中国抗战事业和中国前途充满了信心。回到新加坡后，他多次发表演讲，向海外侨胞宣称“中国的希望在延安”。

1942年，新加坡被日军攻占。由于陈嘉庚一贯坚持抗日，日本人便在新加坡全城乃至印度尼西亚大肆搜捕他。陈嘉庚在朋友和华侨的掩护下先后藏身于苏门答腊和爪哇岛，继续组织南洋华侨坚持抗敌斗争，直至迎来抗战胜利。其间，他还撰写了近40万字的《南侨回忆录》。

抗日战争胜利后，陈嘉庚于1945年10月6日结束流亡生活回到新加坡。消息传到重庆后，在重庆的集美学校和厦门大学校友会、福建同乡会等10个团体共同联合发起，决定于11月18日在重庆大学举行“陈嘉庚先生安全庆祝大会”。从11月12日至17日，大会在重庆的几家大报上连续登载了启事，各方人士获悉后都主动前往参加。

11月18日，大会如期召开。国民党人张治中、邵力子，共产党员张兆汉、陈乃昌，著名爱国民主人士沈钧儒、黄炎培、柳亚子、陶行知、郭沫若、曹孟君、李公朴、史良，归国华侨潘国渠、庄明理、黄其华及社会各界共500余人参加了这次大会。毛泽东还特意给大会送去一幅条幅，上面写着：“华侨旗帜，民族光辉”。高度评价了陈嘉庚为国为民不计牺牲堪为国人表率的地位。

1949年9月，陈嘉庚以华侨首席代表身份参加中国人民政治协商会议。10月1日，陈嘉庚在天安门城楼参加了中华人民共和国开国大典。此后，陈嘉庚历任中央人民政府委员，中国人民政治协商会议第一届全国委员会常务委员，中央华侨事务委员会委员，华东行政委员会副主席，中华全国归国华侨联合会主席，第一届全国人大常委会委员，政协第三届全国委员会副主席等职务。1961年8月12日，陈嘉庚病逝于北京，享年87岁。后安葬于福建集美鳌园。

陈嘉庚不仅是伟大的爱国者、著名的实业家，而且也是一位毕生热诚为国兴学育才的教育家。厦门大学、集美中学、翔安一中、集美学村等皆为陈嘉庚出资兴办。厦门大学、集美大学（前身为集美学村各校）两校师生至今都尊称其为“校主”。陈嘉庚事业达致顶峰时，亦不过拥资一二千万元左右。论富有程度，陈嘉庚远逊于当时的华人企业家。但能集炙热的爱国情怀、务实的实干精神、为国家和民族兴学育才始终如一三者于一身者，唯有陈嘉庚。正因如此，不仅中国内地人尊敬他，而且华侨和海外华裔也尊敬他。他的精神在海内外都将永远放光芒，他的影响远远超出了国界。

1984 年，适逢陈嘉庚诞辰 110 周年之际。全国政协文史资料研究委员会、中华全国归国华侨联合会、华侨博物馆和福建省政协联合编辑了大型画册《陈嘉庚》。是年 10 月，邓小平为这本画册题词：

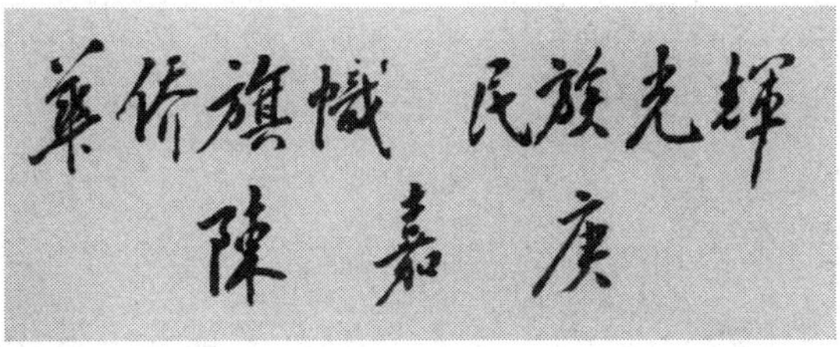

华侨旗帜　民族光辉

陈嘉庚

架起沟通海内外的桥梁

——为《人民日报》海外版题词

《人民日报》创办于1948年6月15日，是中共中央机关报。自创办以来，《人民日报》就秉承了严谨、详实、权威的报道风格，很快成为一份在国内有重大影响力的报纸。新中国成立后，《人民日报》逐渐发展成为国内最大的综合性中文日报，在世界报刊界中也占有重要地位。

“文化大革命”中，《人民日报》的领导权长期被林彪、江青篡夺。粉碎“四人帮”后，经过拨乱反正，报纸重新赢得了读者的信任。改革开放以后，《人民日报》通过社论、“本报评论员”、“今日谈”等专栏，对党和政府的理论政策进行深入解读，对现实生活中遇到的各种问题进行深入分析，充分发挥了中央机关报的作用，赢得了社会各界的一致好评。

随着改革开放的深入，为了让海外朋友了解到中国国内的各种信息，1985年初，《人民日报》社开始酝酿创办报纸海外版。是年3月，时任中共中央政治局常委、中央顾问委员会主任的邓小平为即将创办的《人民日报》海外版题词：

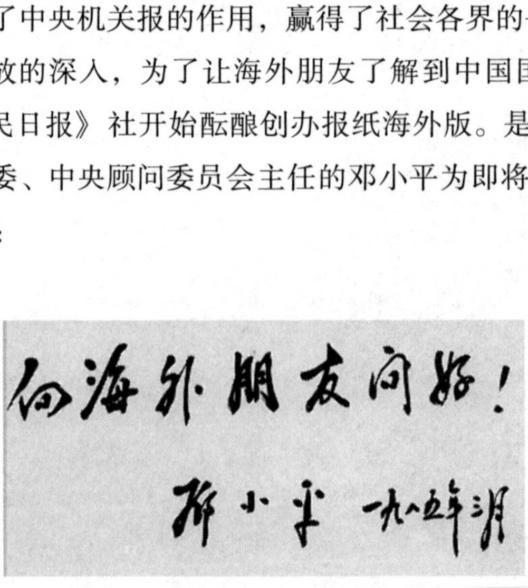

向海外朋友问好！

邓小平

一九八五年三月

1985 年 7 月 1 日，在中国共产党迎来 64 周岁生日之际，《人民日报》海外版正式创刊。这是我国第一张以海外读者为主要对象的大型中文日报。《人民日报》海外版是专为海外侨胞、港澳同胞和各国朋友出版的报纸，每日两大张八版，采用繁体汉字电脑照排，报头套红，分别在北京、香港、东京、巴黎、纽约、旧金山印刷，面向国内外公开发行。创刊号在头版头条位置发表了邓小平的题词。要闻版上还刊登了时任中共中央政治局常委、中央纪律检查委员会第一书记陈云强调抓好党风的书面讲话。言论版刊登了本报纪念中共建党 64 周年的社论《共产党员要在改革中作出贡献》和记者对老将军伍修权的专访。《港台天地》专栏发表了香港特别行政区基本法起草委员会副主任许家屯对本报驻香港记者谈基本法起草工作的通讯。

《人民日报》海外版创刊之初的版面安排是：一版为要闻，二版为言论、专访，三版为经济，四版为政法、科教、体育，五版为港台、侨乡、服务，六版为国际，七版为副刊，八版为报刊文摘。海外版的栏目众多，有《兴邦人语》、《中华大地》、《望海楼随笔》、《自由谈》、《港台天地》、《侨乡动态》等，还有文风清新的小品文、祖国名胜介绍、名人轶闻、漫画佳作、学术争鸣和科技珍闻，等等。内容丰富，可读性强，编排活泼，图文并茂。

与国内版《人民日报》不同，《人民日报》海外版除刊登《人民日报》的重要新闻、评论和文章外，还提供许多对外开放和改革的政策信息，设有一些适合海外读者阅读的栏目。海外版的编排和各版的内容有它自己的特色，增强了信息量和知识性、趣味性。《人民日报》海外版面向的对象虽然主要是海外侨胞、台湾同胞、港澳同胞和外国朋友，但国内广大读者也可订阅。自创办以来，《人民日报》海外版坚持为海外华侨、华人、台港澳同胞、海外留学人员、驻外机构工作人员服务的宗旨，力求及时、准确地报道中国共产党和中国政府的对内对外政策，反映中国改革开放和经济建设取得的巨大成就，提供海外读者需要的各种信息，报道中国人民和海外侨胞、港澳台同胞的多姿多彩的生活，为促进祖国和平统一大业做出了应有的贡献。

上党战役出奇兵

——为上党战役中牺牲的烈士题词

上党，泛指位于山西省东南部以长治为中心的长子、屯留、襄垣、潞城、壶关等10余县。战国时期，韩国在此设置上党郡，故称上党。上党地势险峻，历来为兵家必争之地。抗日战争时期，这里是晋冀鲁豫根据地的一部分。

1945年8月15日，日本宣布无条件投降，抗日战争取得伟大胜利。然而，就在人民还未来得及享受战争胜利果实的时候，国民党又在积极准备着发动内战。蒋介石一面邀请毛泽东赴重庆谈判，一面又命令其军队向共产党领导的解放区发动进攻。8月中旬，国民党军第二战区司令长官阎锡山秉承蒋介石旨意，以四个师、一个挺进纵队和日伪军共1.7万人的兵力先后自临汾、浮山、翼城和太原、榆次出发，侵入晋东南解放区的襄垣、屯留、长治、潞城、壶关等地。随后，又继续增兵，扩大战争事态。

为了捍卫胜利果实，保卫解放区安全，配合重庆谈判的顺利进行，中央军委命令晋冀鲁豫军区在刘伯承和邓小平的领导下坚决歼灭进入上党地区之国民党军队，除去心腹之患。遵照军委指示，针对敌军孤军深入、守备分散的特点，刘伯承和邓小平指挥太行、冀南、太岳军区部队及地方武装共3万余人，在解放区人民群众支援下，向敌部发起了猛攻。从9月1日到10月12日，历经42天的作战，总计歼灭敌兵力13个师3.5万余人；击毙国民党第七集团军副总司令彭毓斌；俘虏敌将官27名；缴获山炮24门，轻重机枪2000余挺、长短枪1.6万余支。上党一战，阎锡山一下子损失总兵力的1/3。此后，阎锡山只得借助国民党中央军进驻山西，自己独霸山西的历史彻底结束了。

上党战役几乎是同毛泽东赴重庆与蒋介石和谈的同时进行的。这次战斗不仅解除了晋冀鲁豫解放区的直接威胁，而且有力地配合了重庆谈判，实现了党中央边打边谈，以打促谈的预期目的。从此，晋冀鲁豫根据地日益巩固，成为后来夺取全国政权的重要基地。10 月 17 日，毛泽东在延安干部会上做报告时曾给予这次战役高度评价。他说："国民党一方面同我们谈判，另一方面又在积极进攻解放区。包围陕甘宁边区的军队不算，直接进攻解放区的国民党军队已经有 80 万人。现在一切有解放区的地方，都在打仗，或者在准备打仗。……有些地方的仗打得相当大，例如在山西的上党区。太行山、太岳山、中条山的中间，有一个脚盆，就是上党区。在那个脚盆里，有鱼有肉，阎锡山派了 13 个师去抢。我们的方针也是老早定了的，就是针锋相对，寸土必争。这一回，我们'对'了，'争'了，而且'对'得很好，'争'得很好。就是说，把他们的 13 个师全部消灭。他们进攻的军队共计 3. 8 万人，我们出动 3. 1 万人。他们的 3. 8 万人被消灭了 3. 5 万人，逃掉 2000 人，散掉 1000 人。这样的仗，还要打下去。"

作为上党战役的指挥者之一，邓小平对上党战役也有着深厚的感情。据毛毛、邓林在《我的父亲：邓小平》中记载：每当提起上党和平汉两个战役时，邓小平都会充满感情地说："那两个仗打得好险！没有弹药，一支枪才有几发子弹。打攻坚战很困难，决定的关头靠冲锋，靠肉搏战。这两个都是歼灭战，打胜了以后，武器也多了，人也多了！"1989 年 11 月 20 日，邓小平在会见编写第二野战军战史的老同志时，又提到了上党战役，他说："整个解放战争，从头到尾，二野都处在同敌人针锋相对斗争的最前面。开始在晋冀鲁豫，用刘伯承同志的话说，这里是华北解放区的大门，敌人要进攻首先就从这个口子来。果然，毛主席到重庆谈判的时候，敌人从两路来。一路是阎锡山，我们就手打了个上党战役。接着对马法五、高树勋一路，又打了个平汉战役。……我们打平汉战役比打上党战役还困难。打了上党战役，虽然弹药有点补充，装备有点改善，但还是一个游击队的集合体。在疲惫不堪的情况下，又打平汉战役。”

1985 年 8 月 2 日，在上党战役 40 周年之际，邓小平应有关部门请求，为在上党战役中牺牲烈士题词：

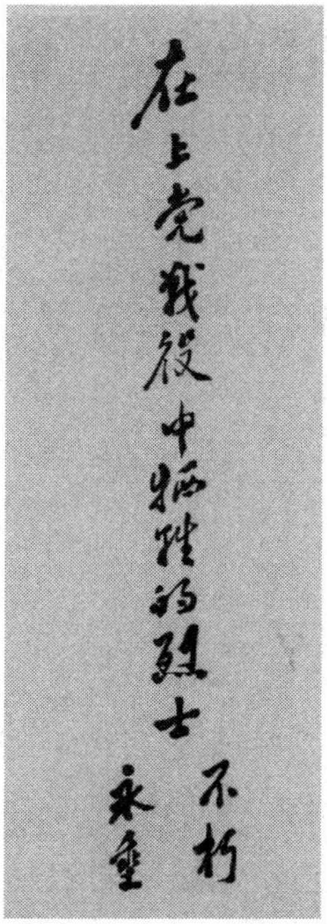

在上党战役中牺牲的烈士永垂不朽

“渭华起义烈士永垂不朽”

——为渭华起义烈士纪念塔题词

大革命失败后，中共中央指示中共陕西省委应立刻引导农民运动向武装暴动发展，推翻地主军阀统治，建立苏维埃政权。根据中央指示精神，中共陕西省委于1927年底到1928年初先后召开了3次省委会议，从组织上清除了右倾机会主义的影响，决定在条件相对成熟的渭华地区首先发动起义。

渭华地区主要包括渭南、华县、五一（民国初期县治，今属渭南市临渭区）、华阴、临潼五县。这里是陕西马列主义宣传和党团组织建立较早的地区，党组织基础较好。与此同时，中共陕西省委的两个骨干武装即李向九所部和许权中旅在“清党”后仍旧获得组建和发展，具有发动武装起义的军事力量。许权中旅是渭华起义中的正规部队。这支部队是在党的直接培育下，经过艰难曲折的斗争成长起来的党直接领导的革命武装。它的前身是西安中山军事学校和史可轩直接指挥的于右任的政治保卫队。省委为准备许权中旅参加渭华暴动，加强领导力量，先后派刘志丹、唐澍、谢子长、廉益民、吴浩然、王泰吉等到许旅参加领导工作。

就在渭华起义的筹备阶段，渭南爆发了“宣化事件”。1928年2月29日，豪绅刘铭初勾结渭南乐育小学反动校长田宝丰等，砸毁中共渭南县委重要活动基地宣化小学，赶走党员校长李维屏等人。渭南县委当即发动广大学生和群众回击敌人，当场打死、打伤刘铭初等反动分子多名。陕西反动当局随即进行疯狂反扑，逮捕共产党员和进步人士40多名，杀害共产党员王文忠、李维俊、温济厚等，封闭了渭华地区大批学校。一时间，“白色恐怖”笼罩渭华。“宣化事件”的爆发促成了渭华起义的提前举行。1928年3月22日，陕西省委决定以渭南、华县、华阴、临潼、五一县5个县为陕东暴动区，成立陕东特派委员会，省委常委刘继曾为书记，肖明、李大章等为委员，直接组织领导这次起义。

1928年5月1日，在中共陕西省委和中共陕东特委的领导下，渭华地区农民在渭华原上分片召开群众大会，宣布举行起义，建立了区、乡苏维埃政权及武装力量陕东赤卫队。5月10日，由中共陕西省委掌握的国民革命军第二集团军第八路新编第三旅（旅长许权中），在唐澍、刘志丹等人率领下，由潼关开往渭华地区。第三旅到达华县瓜坡镇后宣布起义，参加渭华地区农民起义。在华县高塘镇，起义部队改编为西北工农革命军，总司令唐澍、军委主席刘志丹、政治委员刘继曾、参谋长王泰吉、军党委书记吴浩然、总顾问许权中。全军千余人，设4个大队和一个骑兵队。工农革命军与起义农民相结合，在渭华原上摧毁国民党地方反动政权，建立自己的苏维埃政权和赤卫队，杀劣绅、斗地主，并没收其财物分配给贫苦农民。渭华地区武装斗争风起云涌，很快形成了以华县高塘、渭南塔山为中心，东至少华山，西到临潼，北接渭河，南连秦岭，约200平方公里的红色割据区域，苏维埃政权在华县、渭南、五一3个县48个区、村建立。革命力量迅速发展，使反动当局十分恐惧，冯玉祥急调3个师到渭华地区的反动民团对起义中心区域实行“围剿”，经过数次激战，工农革命军、陕东赤卫队终因寡不敌众，退入秦岭山区。战斗中，工农革命军政治部主任廉益民与陕东赤卫队副大队长薛自爽英勇牺牲。7月，工农革命军在洛南县保安镇又遭国民党军李虎臣部围攻，唐澍等人牺牲。中共陕东特委遂决定取消工农革命军番号，部队由许权中带领暂归国民党刘文伯师，保存力量。8月，许权中带领部队在进入河南省邓县后被打散，起义失败。

渭华起义是发生在第一次国内革命战争时期由我党领导的震撼西北波及全国规模最大、影响最深的一次大起义。填补了西北地区革命斗争史上的空白，树立了党领导的西北人民革命斗争史上一座丰碑。起义虽然最终失败，但它为党培养了一大批革命骨干和领导人物，积累了丰富的斗争经验，并将革命的火种引向陕北，创建了陕甘边革命根据地，成为党中央和中央红军长征的落脚点和抗日战争的出发点。

为了纪念在渭华起义中牺牲的烈士，1985 年 8 月，经中共中央办公厅同意，陕西省委批准在渭华起义旧址建馆修塔。党和国家领导人邓小平、徐向前、习仲勋等分别题词。习仲勋的题词是："渭华起义的革命精神永放光芒"。徐向前的题词是："为革命牺牲精神永存"。邓小平的题词写于 11 月 20 日，题词是：

渭华起义烈士永垂不朽

1988 年 5 月，在渭华起义 60 周年纪念活动之际，塔馆建成并对外开放。渭华起义烈士纪念塔建在纪念馆南 100 米的丘陵高地上，塔身高 19. 28 米，下设 5 个台阶，寓意 1928 年 5 月起义，面向西北，示意渭华起义是西北地区最大的一次武装起义。邓小平的题词镌刻在塔的正面。

“皖南事变死难烈士永垂不朽”

——为“皖南事变”死难烈士纪念碑题词

从1938年10月开始，抗日战争进入了战略相持阶段。由于战线太长，日本改变了对国民党军事打击为主的即定方针，加大了政治诱降力度。两个月后，一向宣称民族失败主义的国民党副总裁汪精卫突然逃亡越南，发出所谓的“艳电”，主张停止抗日，彻底暴露了其卖国乞降的面目。就在汪精卫等人叛逃后不久，战争形势的暂时“缓和”使得国民党阵营内部又兴起了反对共产党的阵阵浊浪。在军事上，蒋介石不断制造摩擦，多次对陕甘宁边区、山西、河北等地的八路军和新四军进行军事进攻，甚至制造了“皖南事变”这样令亲者痛、仇者快的重大事件。

1940年秋，国民党在皖东、苏北发动大规模武装磨擦。9—10月，国民党韩德勤部向苏北的新四军发动进攻。新四军出于自卫进行反击，在黄桥战役中消灭韩军1.1万人。为了报复新四军，国民党酝酿了一个更大的阴谋。10月19日，何应钦、白崇禧以国民政府军事委员会的名义，强令长江以南的新四军、八路军在一个月内全部撤到江北。1941年1月6日，新四军军部及所属皖南部队9000余人，在移师北上途经泾县茂林地区时，突然遭到国民党党7个师共8万余人的包围袭击。在双方力量悬殊的情况下，新四军英勇拼杀7个昼夜，终因弹尽粮绝，除2000人突围外，大部分被俘、失散或牺牲。叶挺与国民党军队谈判时被扣押，项英、周子昆被杀害。1月17日，蒋介石反诬新四军“叛变”，宣布取消新四军番号，声称要把叶挺交付“军法审判”。这就是震惊中外的“皖南事变”。这一事变是国民党第二次反共高潮的最高峰。

事变发生后，中共方面迅速做出回应。1 月 20 日，中共中央召开政治局会议，决定成立中央军委主席团，重建新四军军部。任命陈毅为新四军代理军长、张云逸为副军长、刘少奇为政治委员、赖传珠为参谋长、邓子恢为政治部主任，继续领导新四军坚持长江南北敌后抗日斗争。同时，决定毛泽东以中共中央革命军事委员会发言人的身份对新华社记者发表关于“皖南事变”的谈话，对国民党当局提出 12 条要求：悬崖勒马，停止挑衅；取消 1 月 17 日的反动命令，并宣布自己是完全错了；惩办“皖南事变”的祸首何应钦、顾祝同、上官云相三人；恢复叶挺自由，继续担任新四军军长；交还皖南新四军全部人枪；抚恤皖南新四军全部伤亡将士；撤退华中的“剿共”军；平毁西北的封锁线；释放全国一切被捕的爱国政治犯；废止一党专政，实行民主政治；实行三民主义，服从《总理遗嘱》；逮捕各亲日派首领，交付国法审判。在了解到事情的原委后，全国人民和国际舆论也纷纷指责国民党破坏抗日大局的卑劣做法。国民党当局陷入孤立，反共活动不得不有所收敛。1941 年 3 月 6 日，蒋介石在国民参政会第二届会议上发表演说，“保证”决不再有“剿共”的军事行动。接着，国民参政会选举董必武为驻会参政员，蒋介石约请周恩来面谈，答应解决国共之间的若干问题。至此，国民党的第二次反共高潮被击退。

经过“皖南事变”的严峻考验，新四军也在不断的斗争中发展壮大。在中国共产党的领导下，他们在华中敌后广泛开展抗日游击战争，发展和巩固了华中敌后抗日民主根据地，先后建立了苏中、苏北、淮南、淮北、鄂豫边、皖江、浙东等 8 块抗日根据地。主力部队发展到 21 万人，地方武装近 10 万人，为抗日的胜利做出了重大贡献。

1983 年 11 月，为了缅怀在“皖南事变”中死难的烈士，中共安徽省委、省人民政府决定在泾县城郊的水西山建立“皖南事变”死难烈士纪念碑。1986 年 5 月 13 日，在纪念碑即将建成之际，邓小平欣然题词：

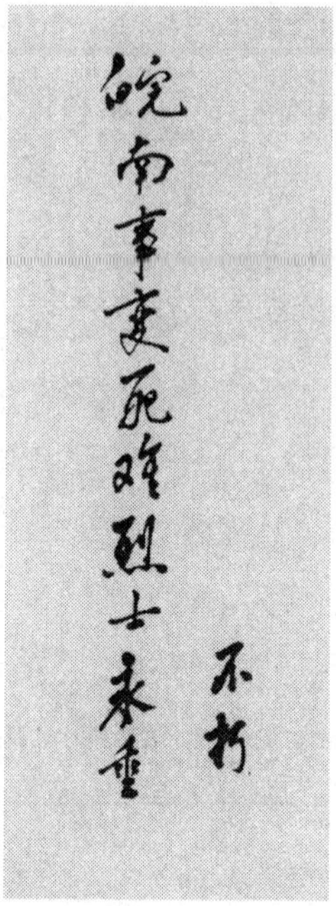

皖南事变死难烈士永垂不朽

1990年初，为纪念“皖南事变”新四军将士殉难50周年，国务院批准在“皖南事变”死难烈士纪念碑的基础上扩建“皖南事变”烈士陵园。1991年1月7日，“皖南事变”死难烈士陵园正式揭幕。新落成的陵园占地15公顷，建筑面积7000平方米。“皖南事变”死难烈士纪念碑位于纪念广场和神道的中轴线上，高12.36米，宽27米。在黑色磨光花岗石碑正面，镌刻着邓小平的题词。

对一位杰出女性的评价

——为宋庆龄纪念碑题词

邓小平一生曾担任过很多重要的职位，但中国宋庆龄基金会名誉主席这个职位却是他一生都没有辞去的。要了解其中的缘由，就不得不提到宋庆龄这位20世纪中国历史上最伟大的女性之一。

宋庆龄，1893年1月27日生于上海，祖籍海南省文昌县。父亲宋嘉树，字耀如，原名韩教准，早年漂泊美国，中年回国兴办实业，是孙中山革命事业的坚定支持者。母亲倪桂珍，是中国较早接受文明、反对封建的进步妇女之一。1907年，年仅15岁的宋庆龄赴美国留学，先在新泽西州斯密特城私立学校学习英语，次年考入佐治亚州梅肯市威斯里安女子学院文学系，1913年大学毕业后旋即回国。宋庆龄途经日本时拜会了崇敬已久的孙中山先生，随后担任了他的秘书，开始了同孙中山并肩战斗的革命生涯。1915年，宋庆龄与孙中山结婚。1925年孙中山病逝后，宋庆龄秉承中山先生遗训，坚决维护并执行“联俄、联共、扶助农工”的三大政策，同违反孙中山革命原则的势力进行了不懈的斗争。1927年“四一二”反革命政变后，为了进一步探求革命道路，宋庆龄赴苏联访问。在苏期间，她受到了斯大林和其他领导人的亲切接见。1929年至1930年间，宋庆龄旅居欧洲，当选为国际反帝同盟名誉主席。1931年“九一八”事变后，宋庆龄从欧洲回国，积极投身到抗日救亡运动。

1932年12月，宋庆龄与蔡元培、鲁迅、杨杏佛等人在上海组织了“中国民权保障同盟”。其以自己的崇高威望，通过广泛的社会活动和各种形式的斗争，营救了许德珩、罗登贤、邓中夏、邹韬奋、陈赓、廖承志、丁玲和救国会的“七君子”等一大批革命者和爱国进步人士。同时，她筹集大批物资送往解放区，支持中国共产党的抗日运动。1937 年 8 月，中国共产党领导的主力红军改编为八路军。邓小平任政治部副主任。他对宋庆龄一直以来给了红军的支援深表感谢。

国共两党第二次合作形成后，1938 年，宋庆龄在香港组建保卫中国同盟，致力于战时的医疗救济和儿童保健工作。抗战胜利后，宋庆龄从香港回到上海，将“保卫中国同盟”改建为“中国福利基金会”，主要从事妇幼卫生、文化教育和社会福利救济事业。国民党发动内战后，宋庆龄继续募集大批医药物资，利用各种机会和条件运往解放区，支援共产党领导的解放战争。

1949 年 5 月上海解放后，由于宿营需要，解放军第三野战军某连误闯了宋庆龄在上海的住所。陈毅和邓小平得知此事后，于 5 月 31 日登门致歉，并指示部队要妥善保护宋庆龄的住所和安全。

中华人民共和国成立后，宋庆龄同志先后担任了中央人民政府副主席、国家副主席和全国人民代表大会常务委员会副委员长的职务。在从事繁忙的国务活动的同时，她还一直担任着中华全国民主妇女联合会名誉主席、中华人民共和国全国妇女联合会名誉主席和中国人民保卫儿童全国委员会主席职务，把大量精力投入到妇女与儿童的文化、教育、卫生和福利事业中去。

“文化大革命”中，宋庆龄和邓小平都受到了不同程度的冲击。1973 年 3 月 10 日，中共中央决定恢复邓小平国务院副总理的职务。回到工作岗位后不久，邓小平就致电问候宋庆龄，后又偕夫人和女儿一起到其在北京的寓所探望。邓小平着手整顿“文化大革命”造成的严重混乱局面取得了很大成果，这让“四人帮”记恨在心。他们不断向毛泽东告邓小平的恶状。1976 年 4 月，邓小平再次被撤销党内外一切职务。直到 1977 年 1 月，中共中央才恢复了邓小平中共中央政治局常委、中共中央副主席等职务。与上一次一样，复出之后的邓小平很快前去探望宋庆龄，并就中国亟待解决的问题与她进行了深入探讨。

1980 年初，宋庆龄的病情逐渐加重。1 月 23 日，中共中央政治局讨论了宋庆龄加入中国共产党和担任国家名誉主席的问题。3 月 30 日，邓小平再次前来探望宋庆龄。5 月 15 日，邓小平主持召开中共中央政治局紧急会议。会议一致决定接受宋庆龄为中共正式党员，并授予她中华人民共和国名誉主席称号。次日上午，邓小平前来寓所探视，将这个好消息告诉了宋庆龄。

1981 年 5 月 29 日，宋庆龄病逝于北京寓所，享年 90 岁。6 月 3 日，中共中央在北京为宋庆龄举行追悼会。邓小平亲致悼词，高度评价了宋庆龄伟大光荣的一生。遵照宋庆龄同志的遗言，将她的骨灰安葬在上海万国公墓她父母陵墓的东侧。

1982 年 5 月 29 日，是宋庆龄逝世 1 周年纪念日。在北京宋庆龄故居，纪念国家名誉主席宋庆龄基金会正式成立。该基金会的宗旨在于：继承和发扬宋庆龄毕生致力的儿童文教科技福利事业，为增进国际友好、维护世界和平和实现祖国统一做出贡献。邓小平欣然担任了名誉主席，还挥笔题写了“宋庆龄儿童科学公园基金会”几字。

1984 年 1 月，中共中央批准在上海市长宁区陵园路建立宋庆龄陵园。1986 年 5 月 29 日，在宋庆龄逝世 5 周年时，宋庆龄纪念碑在上海宋庆龄陵园落成。此前，邓小平为宋庆龄纪念碑题词：

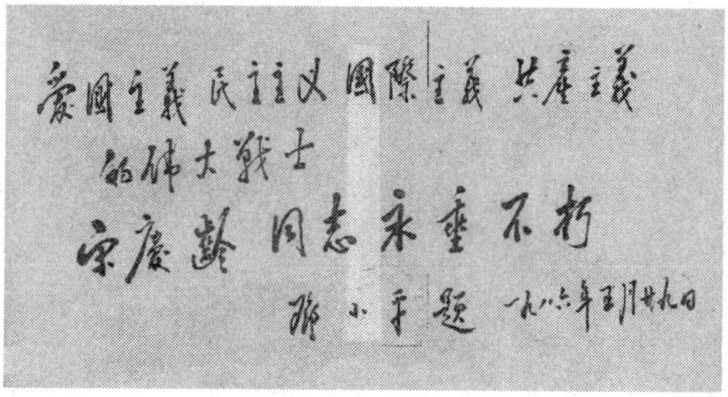

爱国主义　民主主义　国际主义　共产主义的伟大战士

宋庆龄同志永垂不朽

邓小平题

一九八六年五月二十九日

由于这个题词的落款是 1986 年 5 月 29 日，我们便将其视为邓小平题词的具体时间。

“开发区大有希望”

——为天津经济技术开发区题词

党的十一届三中全会以后，中国打开了对外开放的大门。1984 年 9 月，国务院批准创办第一批 14 个沿海城市经济技术开发区。12 月 6 日，作为首批国家级开发区之一的天津经济技术开发区正式成立。

天津经济技术开发区位于天津市区以东 40 千米，总规划面积 33 平方公里。为了节省耕地，开发区把地址选在了不毛之地的盐碱滩涂上。在进行基础建设时，政府没有一分钱拨款投入，而是要求赴开发区的干部死死攥着中央的政策，充分运用市场手段，“借鸡下蛋、借兵打仗，用别人的钱干自己的事，用明年的钱干今天的事”。开发区的干部带着这种工作思路，大胆拓宽融资渠道，以借贷、合资、合作等方式多方筹集资金，仅用了 1 年多的时间就建起了 3 平方公里的工业区和 1.2 平方公里的生活区，和外商签订合同 35 项，引入 11 个国家和地区在这里投资，初步具备了规模。

天津经济技术开发区的发展始终牵挂着邓小平的心。1986 年 8 月 19 日晚，邓小平乘专列抵达天津视察。时任中共中央委员、中共天津市委副书记、天津市市长李瑞环前往车站迎接。邓小平一见到他便直陈这次天津之行的目的：“我要看看你们的开发区，看看市容，还要到港口看一看。”8 月 20 日，邓小平在李瑞环等人的陪同下视察天津市区。他先是到中环线西半环的八里台立交桥上俯瞰街景，然后又察看了东半环的中山门蝶式立交桥，并接见设计者胡习华，称赞其干得好，接着又马不停蹄地视察了红桥区咸阳北路居民小区的楼间花园和河西区体院北居民区园林小品、从联邦德国和日本引进设备和技术制造的摩托车和小汽车、天津部分轻工产品陈列展等。

8月21日上午，邓小平视察天津新港和天津经济技术开发区。在去新港途中，邓小平对李瑞环聊起了如何利用外资问题，说："你们在港口和市区之间有这么多荒地，这是个很大的优势，我看你们潜力很大。可以胆子大点，发展快点。你们这里有些基础设施比上海好，有些事情办起来可能容易些。你们准备向外国借一百亿美元，有没有对象？可以多找一些国家。人家借给我们钱都不怕，我们怕什么？我向来不怕。十年时间，有一两个地方，借百把亿美元，只要讲效益，有什么危险？两百亿也没有什么了不起！"到经济技术开发区后，邓小平详细了解了开发区的基础建设和投资现状，然后接见了合资企业的中外双方经理，并参观丹华公司的车间和试生产出的自行车。看到开发区建设搞得有声有色，邓小平当即题词：

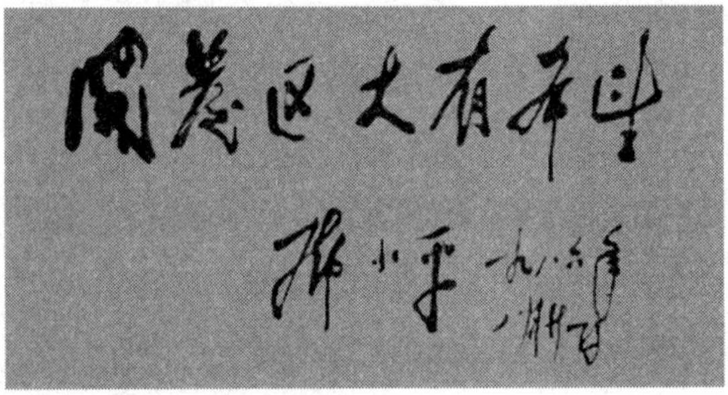

开发区大有希望

邓小平

一九八六年八月二十一日

题毕，他对天津的干部说："天津开发区很好嘛，已经创出了牌子，投资环境有所改善，外国人到这里投资就比较放心了。"当天下午，邓小平又视察了天津古文化街。当晚，邓小平乘专列回到北京。

邓小平的题词，极大鼓舞了天津经济技术开发区干部建设开发区的信心。到目前，天津经济技术开发区已有3000多家外商投资企业落户，投资总额超过150亿美元，正朝着“21世纪亚洲最大、中国最好的现代化工业区”的伟大目标迈进。

“江淮英烈永垂不朽”

——为江淮烈士纪念碑题词

1955 年，为了纪念在中国革命中死难的安徽籍烈士，安徽省委和省政府在合肥西郊风景区大蜀山东麓兴建了安徽省烈士公园。1976 年 3 月，为了突出爱国主义宣传教育作用，从公园中分离出一部分，兴建了合肥蜀山烈士陵园。

按照规划，蜀山烈士陵园整个工程分三期进行：第一期从 1978 年开始到 1981 年期间，兴建了“革命烈士事迹陈列馆”，1981 年开始正式对外开放；二期工程从 1984 年开始兴建，主要包括停车场、台阶、大门、绿化带以及附属设施建设，1985 年清明节前开始正式投入使用；第三期工程主要建筑是江淮烈士纪念碑，计划于 1988 年建成。

在第一、二期工程顺利结束后，1985 年底，蜀山烈士陵园向合肥市市政府报了三期工程，省、市财政部门共同下拨了 100 万元用于“三通一平”（通电、通水、通路、平台）建设。为了修建好这座纪念碑，安徽省军区还专门派人到北京请邓小平题词。1986 年 9 月 5 日，邓小平题词：

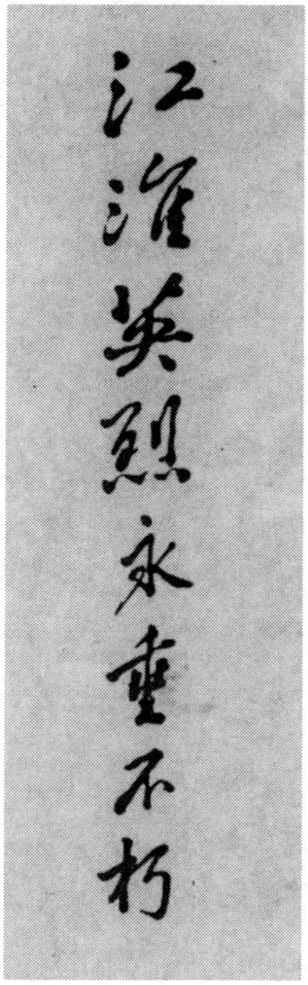

江淮英烈永垂不朽

1986年12月，安徽省和合肥市民政部门面向全国建筑设计单位进行纪念碑设计招标。最后选定清华大学和安徽省建筑设计院的设计方案为三期工程的实施方案：在苍松翠柏之间，一块富有时代气息且庄严肃穆的烈士纪念碑赫然眼前，3块高低不等的横式纪念碑前后交错排列，每块碑的正反面都镶嵌有反映不同历史时期江淮儿女英勇奋斗悲壮画面的大型浮雕，主碑的正面有邓小平同志生前亲笔题写的“江淮英烈永垂不朽”8个大字，全面反映3个不同历史时期的安徽革命历史事迹。

然而，由于经费不足及其他原因，第三期工程最终还是停建了。所以，蜀山烈士陵园一直缺少一个主体性的建筑。为了解决这个问题，陵园在原来的规划处建立一座临时性的纪念碑，用以开展纪念活动。

至今，江淮烈士纪念碑的兴建仍然没有形成最终结果。邓小平同志的这个题词，要想真正镌刻到纪念碑上，仍需一段时日。

“李硕勋烈士永垂不朽”

——为李硕勋烈士纪念馆题词

2004年，是邓小平同志诞辰100周年。在这年第16期的《求是》杂志上，李鹏同志撰写了一篇题为《纪念邓小平同志》的怀念文章。文章中提到了邓小平和李鹏的父亲李硕勋的一件事件。文章说：“我最早相识邓小平同志是在1945年，他从前线回到延安，参加党的七届一中全会。他满怀深情地对我说，我和你父亲很熟，在上海一起做地下工作，后来他在海南岛牺牲了，很可惜。”

1945年，离李硕勋牺牲已经过去了整整15年。这位让邓小平十分难忘，并且称其牺牲“很可惜”的人，究竟有着怎样的传奇人生呢？

李硕勋，原名开灼，字叔熏，又名李陶，化名石心、心任，1903年2月23日生于四川庆符（今高县）。幼时在家乡读私塾，1915年至1919年先后在梧岗书院、庆符县立小学、宜宾叙府联合中学、程度储才中学读书。“五四运动”爆发后积极参加反帝爱国斗争。同年夏加入川军第一师骑兵团，任团部文书。1920年弃武回乡，继续就读于叙府联合中学。1921年考入四川省立第一中学。其间，发起组织四川社会主义青年团，当选为四川省学生联合会出版部主任。1922年6月因组织学生运动遭到当局通缉，被迫于是年底赴北京入弘达学院学习。1923年经介绍考入中国共产党创办的上海大学社会学系学习，开始系统接受马克思主义。1924年加入中国共产党。1925年五卅运动爆发后积极组织学生、工人、商界罢课罢工斗争。1926年底调中国共青团中央工作，旋即派到北伐军第四军第二十五师担任政治部主任，成为中共早期参与领导军事斗争的先驱之一。

“四一二”反革命政变后，李硕勋参加了南昌起义，担任主力部队第二十五师的党代表兼政治部主任。起义失败后，李硕勋受命到上海中央汇报工作，随即留在白区从事地下工作。先后担任江苏省委秘书长，主持省委工作；浙江省委军委书记、代理省委书记，上海沪西区委书记、沪中区委书记；担任江苏省军委书记，指导组建苏北红十四军。1930 年春任中央军委委员兼江苏军委书记，在周恩来直接领导下从事军事工作。1931 年春调中央苏区担任红七军政委（未到职），6 月改任广东省委军委书记，驻香港工作。他还指导了江东大南山、琼崖等地的革命斗争。

1931 年 7 月 7 日，由于叛徒告密，李硕勋在赴海南岛主持军事会议时被捕。入狱后，李硕勋受尽严刑拷打而坚贞不屈，除了一句“我是共产党员”之外对敌人再无话语。他在给妻子赵君陶的遗书中，表达了为党牺牲的志向，希望她妥为处理自己的身后之事。遗书中写道：“陶：余在琼已直认不讳，日内恐即将判决。余亦即将与你们长别。在前方，在后方，日死若干人，余亦其中之一耳。死后勿为我过悲。惟望善育吾儿，你宜设法送之返家中，你亦努力谋自立为要。死后是尸总会收的，绝不许来，千嘱万嘱。勋”

9 月 5 日，国民党反动军警决定对李硕勋执行枪决。由于他的腿骨被打断，不能行走，敌人便用竹箩把他抬到刑场。这位铁骨铮铮的共产党员高呼着“打倒蒋介石！”“中国共产党万岁！”的口号，慷慨赴死，从容就义，年仅 28 岁。

李硕勋牺牲后，党组织将他的儿子李鹏辗转到重庆红岩村和延安接受教育。李硕勋的遗书通过难友、狱卒的关系，寄往香港。几经周折才最后交到他夫人赵君陶手里。1959 年，赵君陶又将这封遗书捐赠给中国人民革命军事博物馆。

1986 年，为了缅怀李硕勋烈士，后人在他就义的地点建了一座纪念亭，并为其树立了一座花岗岩雕刻的上半身塑像。基座上正面镌刻着邓小平同志 11 月 26 日的亲笔题词：

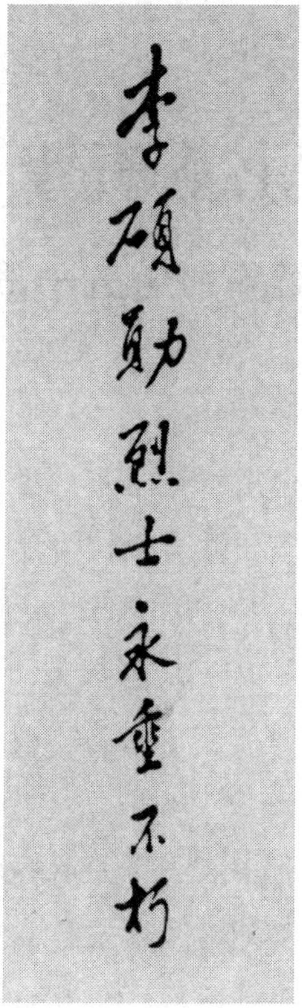

李硕勋烈士永垂不朽

2009年，经中央批准，中央宣传部、中央组织部、中央统战部、中央文献研究室、中央党史研究室、民政部、人力资源社会保障部、全国总工会、共青团中央、全国妇联、解放军总政治部11个部门联合组织开展评选“100位为新中国成立做出突出贡献的英雄模范人物和100位新中国成立以来感动中国人物”活动。在投票评选的基础上，经过有关部门审核、组委会评审组专家投票等程序，李硕勋入选了“100位为新中国成立做出突出贡献的英雄模范人物候选人”名单。

“新华书店五十春秋”

——为新华书店五十周年题词

红军长征到达陕北后，面对日趋紧张的国内外斗争形势，中共中央充分认识到了刊物出版问题的重要性，很快将建立新华书店问题提上了议事日程。1937年4月24日，中共中央成立“陕西延安新华书局”，正式出版党中央机关理论刊物《解放》周刊。这一天，后来被认为是新华书店成立纪念日。当年10月，“陕西延安新华书局”改名为“陕西延安新华书店”，店址设在延安清凉山。1939年9月1日，毛泽东亲自题写了“新华书店”四个大字，并派秘书柴沫送到书店，作为招牌悬挂在书店门额之上。

陕西延安新华书店成立初期，主要发行党中央的机关刊物和中央党报委员会编译的书刊。之后，其他解放区也相继成立本地书店，极大地推动了出版宣传工作的开展。为了协调各地新华书店的工作，1948年8月，党中央在西柏坡建立了全国出版工作的统一集中领导机关。12月，毛泽东重新题写了“新华书店”四个大字，由中共中央宣传部派人送到解放军平津前线有关部门。全国解放后，各地建立的新华书店都统一使用了这个题字，直至今天。

邓小平对新华书店的筹建和发展工作也十分关心。在1949年6、7月间筹备进军大西南期间，邓小平就建议抽调一批专业干部负责筹建西南新华书店事宜。根据他的提议，中共中央宣传部出版委员会从华东、晋绥等地动员和调配了赴西南各省建立新华书店的干部。8月20日和24日，邓小平又委托宋任穷两次接见出版队伍的负责同志，要求他们充分准备，尽快把书店办起来。11月初，邓小平又以二野名义多次致电中央宣传部出版委员会，对西南各省新华书店经理人选、教科书、纸张供应等问题逐一落实。在邓小平的关心下，新华书店西南总分店于 1950 年 1 月 3 日隆重开业。这是西南第一家新华书店。它宣告了旧时代出版发行业的终结，掀开了西南地区人民图书出版业的新篇章。开业当天，邓小平委派秘书长刘仰峤前去道贺，并安排《新华日报》对这个消息做了专门报道。11 月 16 日至 25 日，新华书店西南总分店召开西南区第一次分支店会议时，邓小平又欣然题词：“加强政治文化粮食的出版发行工作，消灭落后和愚昧状态，乃是我们长期而严重的政治任务。”这个题词，深刻阐明了新华书店出版发行工作的基本方针任务，指明了新华书店未来工作的发展方向。

为了统筹新中国成立后新华书店的出版发行工作，1949 年 10 月 3 日至 19 日，中共中央在北京召开了全国新华书店出版工作会议。会议确定了全国新华书店的统一集中、加强企业化经营管理的方针和具体办法以及出版事业首先要为工农兵服务的方针。会议决定，新华书店要严把校对关，扩大发行网，大量出版有益于人民的通俗读物。以这次会议为标志，全国出版事业开始走向全国范围的统一，成为繁荣社会主义文化的一块重要阵地。到 1985 年底，全国已有新华书店 8000 余处，职工近 10 万名，由新华书店联系和发展的售书点接近 10 万处。从 1950 年到 1986 年，新华书店累计发行图书约 1000 亿册，为宣传马列主义，传播科学文化知识，丰富和繁荣人民群众的文化生活做出了重大贡献。新华书店——这个由中国共产党人自己创办的文化品牌已经遍布祖国城乡各地，影响远播海内外，成为我国出版物市场的主导力量。

为庆祝 1987 年新华书店成立 50 周年，1986 年，新华书店总店开始着手编辑店史。11 月 26 日，邓小平题写了“新华书店五十春秋”的书名。

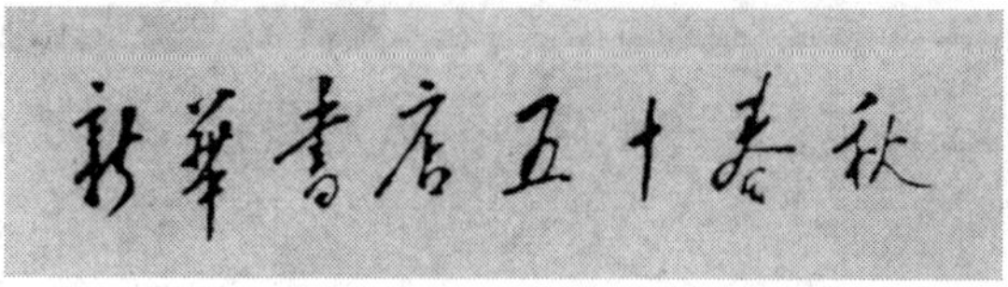

新华书店五十春秋

1987年1月该书正式出版，使用了邓小平的这个题名。

致壮烈牺牲的勇士

——为杨闇公烈士纪念碑题词

杨闇公，名尚述、尚达，字闇公，又名琨，是杨尚昆同志的四哥，1898年3月10日生于四川潼南（今属重庆）的一个地主家庭。幼时在家接受私塾教育。1913年入南京军官教导团学习，加入国民党。1917年东渡日本留学，先入成城学校补习日语，后转入日本陆军军官学校攻读军事。1920年秋回国，在重庆从事马克思主义的启蒙宣传活动。1922年在成都加入中国社会主义青年团。其间，结识吴玉章、恽代英等人，共同积极主张筹建共产主义团体。1924年1月12日，与吴玉章等在成都成立中国青年共产党。1924年秋，任中国社会主义青年团重庆地方执行委员会组织部长。1925年3月加入中国共产党。国共第一次合作后，积极发动群众开展反帝反军阀斗争，掀起大革命高潮。1925年10月，当选为中共四川地方委员会书记。1926年2月，担任中共重庆地方执行委员会书记。同年10月，担任重庆地委军委书记，开始把注意力转移到军事斗争方面上来。

1926年11月，中共四川地方执行委员会军事委员会成立，杨闇公任书记。12月上旬，杨闇公与朱德、刘伯承等一起参与策动驻泸州、顺庆的川军举行顺泸起义，有力地支持了北伐战争。顺泸起义虽然最终在军阀和帝国主义的联合绞杀下失败了，但这是中共重庆地委直接领导的第一次大规模的武装起义，是中国共产党最早独立领导的大规模军事行动，为后来的南昌起义提供了经验和教训。

1927年3月24日，游弋在长江上的英、美军舰借口保护外国侨民，于当日下午炮轰南京城，致使百余人伤亡，制造了震惊中外的南京惨案。

惨案发生后，杨闇公立即组织召开中共四川地委书记会议，并与国民党四川省党部负责人商妥，定于31日在重庆打枪坝召开群众大会，抗议帝国主义暴行。四川军阀刘湘为此专门致信杨闇公，对他恩威并施，希望他取消这次会议。杨闇公不为所惧，毅然决定如期出席大会。3月31日，会议开始后不久，刘湘便派遣军警冲进会场，大开杀戒，制造了骇人听闻的“三三一”大惨案。杨闇公在群众的掩护下得以脱险。4月1日，杨闇公主持召开党团地位负责人会议，决定四川省党组织转入地下工作，他本人亲自去武汉向中共中央汇报工作。

4月4日黎明，由于叛徒告密，杨闇公和夫人赵宗楷在去往武汉的轮船上被便衣特务抓获。赵宗楷被敌人囚禁了两天，后经党组织和杨闇公的父亲多方周旋，才被营救出来。杨闇公则被关押在重庆军阀蓝文彬佛图关的司令部里。特务们对他多次严刑拷打，迫使他交代四川省共产党和国民党左派的联络方式，但均被拒绝。4月6日，敌人残忍地割下杨闇公的舌头，砍掉双手，挖去双目，将其枪杀于佛图关，然后将尸体抛弃到佛图关岩下的一块麦地里。

杨闇公牺牲后，他的家人与党内的同志一起将其遗体运到江北相国寺暂放。杨淮清和赵宗楷随即将杨闇公的三本日记、遗照和其他遗物从重庆带回潼南县双江镇，藏于自家的阁楼墙洞里。国共第二次合作形成后，1938年，杨淮清和赵宗楷将杨閣公烈士的遗骸从重庆运回家乡潼南安葬。

1948年，杨淮清老人去世。弥留之际，他反复叮嘱杨家后人一定要妥为保藏杨闇公遗物。在杨家人的精心珍藏下，杨闇公的日记和遗照等革命档案能够得以妥善保存，直到新中国成立。1957年，四川省委为杨闇公烈士修墓立碑，朱德为其题写了碑文。

“文化大革命”期间，为了防止造反派抄家，杨淮清的养女杨觉民将杨闇公的遗物交到潼南县档案馆保管。不久，杨觉民因不堪忍受造反派的批斗含冤自尽。

十一届三中全会召开后，党中央决定为杨闇公修建陵园，并在其旧居内举办杨闇公烈士生平事迹展览。这些珍藏于潼南县档案馆的烈士档案得以重现人世。1979 年清明节，杨闇公墓茔修葺完毕，再度立碑。1987 年，为了加强革命传统教育，中共四川省委及重庆市委决定搬迁墓地，在潼南城郊尖子山麓修建杨闇公烈士陵园。2 月 12 日，邓小平为陵园题字，并为杨闇公烈士纪念碑题词：

杨闇公烈士永垂不朽

2009 年 9 月 10 日，在中央宣传部、中央组织部、中央统战部、中央文献研究室、中央党史研究室、民政部、人力资源社会保障部、全国总工会、共青团中央、全国妇联、解放军总政治部 11 个部门联合组织的“100 位为新中国成立做出突出贡献的英雄模范人物和 100 位新中国成立以来感动中国人物”评选活动中，杨闇公被评为“100 位为新中国成立做出突出贡献的英雄模范人物”。

“尊重知识尊重人才”

——为全军医学科学技术大会题词

党的十一届三中全会以后，中国人民解放军各级党委加强对医学科学技术工作的领导，恢复和健全了各级医学科学技术委员会，广泛开展学术活动，促进了医学科学技术的发展，取得数千项各类科研和技术革新成果。这些成果不仅在理论上有创新，在技术上也有新的突破，有的专业技术不仅填补了国内空白，还在国际医学科学研究上处于领先地位。

为了进一步提升医学科学技术研究事业，1982 年 3 月召开的人民解放军医学科学技术大会决定：把现有的人力、物力组织起来，开展多种形式的医疗、教学、科研大协作，同心协力向医学科学技术现代化进军。会议要求部队中从事医学科学事业的同志，要有为人民造福、为解放军指战员服务的高尚思想，树立理论与实践相结合的科学态度。要消除门户之见，互相学习，互相交流，取长补短，发扬风格，为发展医学科学做出更大贡献。以这次会议为标志，我军医学科学技术发展进入新的历史时期。在接下来的五年中，全军共获医学科技成果 9344 项，其中获国家发明奖的 61 项，国家科技进步奖的 49 项，军队科技成果一、二等奖 353 项。其中，在军事医学方面，野战外科、“三防”、军队卫生、航空医学、航海医学中的不少项目，已接近或达到国际先进水平。在临床医学研究方面，大面积深度烧伤治疗成果、十指断离和双腕断离再植成功，为国内外所瞩目；手术治疗复杂先天性心脏病，例数之多、死亡率之低居世界先进水平。全军 1/3 以上的专业进入了全国同类专业的先进行列。更为可喜的是，五年来，全军医学科技队伍得到加强。110 余名医学博士研究生、近 2000 名医学硕士研究生充实进来，正在发挥重要作用。全军医学科技战线具有高级技术职称的人数，比 1980 年增加了 3 倍，还出现了一批 40 岁左右的专家教授。在这种良好的发展势头下，各医院在为部队服务的前提下向社会开放。5 年中，全军医院共收治地方病人 430 多万人次，门诊治疗地方病人 7379 万人次。

为了交流经验，促进发展，1987 年 5 月 21 日至 30 日，全军医学科学技术大会在北京开幕。中央军委副秘书长、总后勤部长洪学智在开幕会上讲话指出，我军医学科技战线能够取得成绩，最根本的原因是坚持了四项基本原则和改革、开放、搞活的方针。实践证明，只有改革，才能发挥人的积极性、创造性。不改革就不能前进，不创新就不能提高。他希望全军医学科技工作者结合军队的实际，进一步探索军队医学科技发展的新路子，争取在更多的领域跻身于先进行列。他要求全军医学科技工作者以强烈的事业心和高度的责任感，积极改革创新，协作攻关，努力攀登医学科学技术高峰，使教学质量和医疗水平有大的提高，医疗作用和服务态度有大的改进，医学科学研究有新的突破。在闭幕会上，洪学智再次发表了讲话。他强调，军队医学卫生系统要适应新形势，进一步解放思想，大胆创新，探索军队医学科技工作改革、开放、搞活的新路子，改革旧的科技体制和管理体制，建立各种形式的责任制，调动广大科技人员的积极性和创造性，多出成果，快出人才，使我军医学科学技术有一个大的发展和新的突破，更好地为国家经济建设和军队现代化建设服务。

为庆祝大会的胜利召开，中央中央领导和中央军委领导同志也纷纷题词、写信，勉励全军医学科技工作者改革创新，开拓前进，努力提高医学科学技术水平，为国防现代化服务。

其中，邓小平的题词写于 5 月 14 日，题词是：

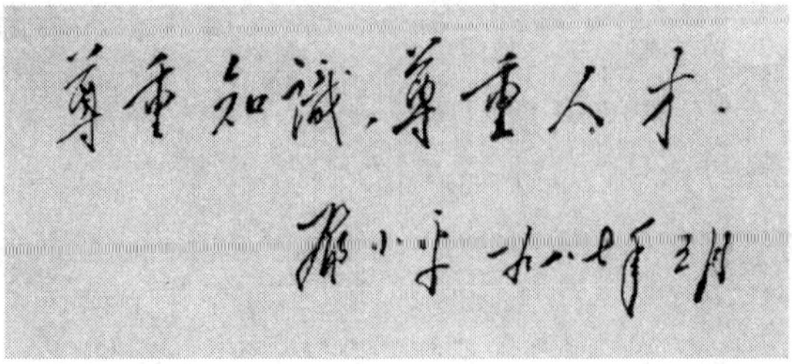

尊重知识　尊重人才

邓小平

一九八七年五月

“广州起义烈士永垂不朽”

——为广州起义烈士纪念碑题词

大革命失败后，为了审查和纠正党在大革命后期所犯的严重错误，制定新的路线和政策，中共中央于1927年8月7日在湖北汉口召开秘密紧急会议。会议确定了实行土地革命和武装起义的总方针。会后，党派出许多干部分赴各地，恢复和整顿党组织，组织领导武装起义。这其中，由张太雷、叶挺等领导的广州起义是规模比较大的一次武装暴动。

1927年11月，粤、桂军阀之间为争夺地盘爆发战争。张发奎将粤军主力调往肇庆、梧州一带，使得广州城内兵力空虚。广东省委书记张太雷根据中共中央的指示，成立了革命军事委员会，准备适时发动起义。12月11日凌晨，在张太雷、叶挺、黄平（革命军事委员会委员之一，1932年12月在天津被捕后叛变）、周文雍、叶剑英、苏兆征、聂荣臻、徐向前、杨殷的领导下，国民革命第四军教导团全部、警卫团一部和广州工人赤卫队7个连队以及市郊部分农民武装，联合发动了广州起义。在广州的苏联、朝鲜、越南的部分革命者和使领馆人员也参加了起义。经过几个小时的激战，起义军占领广州的绝大部分市区。随即成立了广州苏维埃政府，提出“打倒帝国主义”、“打倒军阀”、“镇压地主豪绅”的政治纲领，并颁布了维护工农利益的法令。

在敌强我弱的情况下，起义军不可能坚守广州。当晚，叶挺就主张在粤军主力尚未回师广州之前，应迅速把起义军撤出广州，退向农村。然而，共产国际代表诺依曼和起义军中部分将士坚持“城市中心论”的观点，拒绝了这一正确意见，错过了保存实力的最好时机。就这样，因寡不敌众，在起义的第三天，广州起义最终失败了。张太雷壮烈牺牲。在接下来的6天中，粤军在城内大肆搜捕起义人员和地下党，共屠杀了5700多名共产党员和革命群众。

广州起义是共产党人对抗国民党反动派叛变革命的又一次英勇反击。起义失败后，广东省委及时将武装力量分散出去，继续坚持斗争，保留了革命的火种。

新中国成立后，为了纪念在广州起义中死难的烈士，广东省和广州市人民政府决定在当年烈士牺牲的红花岗修建陵园。1954年5月，烈士陵园修建委员会成立，叶剑英同志任主任。7月，陵园举行了奠基典礼。1957年12月11日，陵园举行了揭幕典礼。陵园位于广州市中山二路92号，原址为广州起义失败后大批共产党员和革命志士英勇就义的殉难地，占地面积18万平方米。园名由周恩来题写。1958年5月1日，陵园正式对外开放。

1987年，为纪念广州起义60周年，广东省委和省政府决定在陵园内增建广州起义烈士纪念碑。5月14日，邓小平为纪念碑题词：

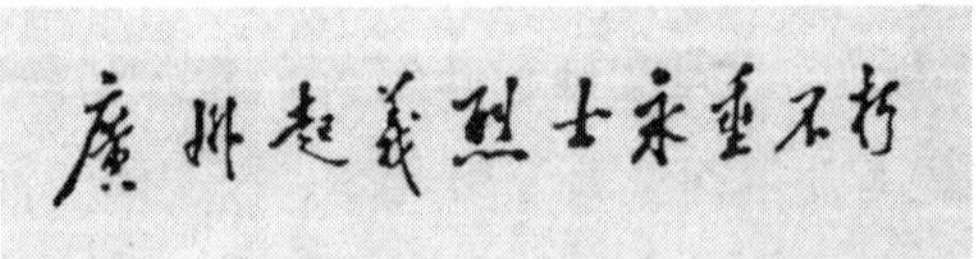

广州起义烈士永垂不朽

12月11日，纪念碑落成。纪念碑坐北向南，碑身连平台高达45米，主体为3块花岗岩巨石，伸出一只象征起义者钢铁般坚强的手臂，紧握着一支步枪，枪尖直指天空，寓意中国人民推翻了“三座大山”的压迫，“枪杆子里出政权”。碑正面的浮雕上方，用鎏金大字镌刻着邓小平的题词。

对吴玉章的崇高评价

——为吴玉章塑像题词

吴玉章，原名吴永珊，字树人，1878 年 12 月 30 日生于四川省自贡市荣县双石桥蔡家堰。自小忠厚笃诚，坚韧沉毅，喜读史书，学识渊博，有“金玉文章”之誉。1903 年东渡日本留学，进成城学校、冈山第六高等学校，接受民主思想。1906 年加入同盟会，任评议部评议员。二次革命失败后到法国，在法组建华法教育会，为国培养人才。1917 年回国，在北京创办留法俭学预备学校，选送留法学生近 2000 人。

五四运动后，吴玉章接受科学社会主义思想。1922 年到 1924 年任成都高等师范学校（四川大学前身）校长，传播新文化新思想，组织马克思主义团体。1925 年加入中国共产党。第一次国共合作期间从事统战工作并参加北伐。后参加南昌起义，任革命委员会委员兼秘书长。大革命失败后遵党指示赴苏联东方大学等校学习、任教，出席共产国际第七次代表大会、世界和平会议。1938 年回国参加民族抗战，当选为第一届国民参政会参政员，出任延安宪政促进会会长、鲁迅艺术学院院长、延安大学校长、边区政府文化委员会主任，以花甲之龄为国培养各类人才，与林伯渠、董必武、徐特立、谢觉哉一起被尊为“延安五老”。1940 年 1 月 15 日，为了表彰吴玉章的革命功绩，中共中央为他补行了 60 寿辰的庆祝大会。党中央在贺词中称他是“近几十年里一部活的中国革命史的缩影”。毛泽东亲临大会并致祝词，称赞他：“一个人做点好事并不难，难的是一辈子做好事，不做坏事，一贯的有益于广大群众，一贯的有益于青年，一贯的有益于革命，艰苦奋斗几十年如一日，这才是最难最难的啊！”

抗日战争胜利后，吴玉章随周恩来赴重庆参加政治协商会议，任中共四川省委书记。1948 年 8 月，党中央决定在华北联合大学和北方大学的基础上组建华北大学，吴玉章任校长。1949 年，出席中国人民政治协商会议第 届全体会议，参与中华人民共和国中央人民政府的筹建。

新中国成立后，为适应社会主义建设事业对各种建设干部的需要，党中央和中央人民政府决定成立中国人民大学。这是新中国的第一所新型正规大学。中国人民大学建校最早可以追溯到创建于 1937 年 7 月的陕北公学。1939 年 7 月，陕北公学与鲁迅艺术学院、安吴堡青年训练班、延安工人学校四校合并，成立华北联合大学，之后历经华北大学，成为今天的中国人民大学。经中共中央政治局提名，1950 年 2 月，中央人民政府任命吴玉章为第一任校长。此后，吴玉章一直担任中国人民大学校长长达 17 年之久，直至 1966 年 12 月 12 日去世。在担任中国人民大学校长期间，吴玉章为中国人民大学确立了正确的办学指导思想和方针，奠定了优良的传统和独特的校风，使中国人民大学成为新中国高等教育，特别是人文社会科学高等教育的一面旗帜。1954 年，中国人民大学被确定为全国首批 6 所重点大学之一。

在长期的革命生涯中，邓小平与吴玉章结下了不解之缘。邓小平早年能顺利留法学习，也得益于吴玉章创办留法俭学预备学校。“文化大革命”中，吴玉章始终支持受到批判的刘少奇、邓小平等久经考验的无产阶级革命家。在他最后一次出席党的中央会议——八届十一中全会投票时，还毫不犹豫地圈选了刘少奇、邓小平为党中央领导人。

1987 年，在中国人民大学建校 50 周年之际，校委会决定在校内设立吴玉章雕像，以表彰他对学校建设做出的贡献，供后人瞻仰。是年 10 月，邓小平应邀为塑像题词，对吴玉章做了崇高的评价：

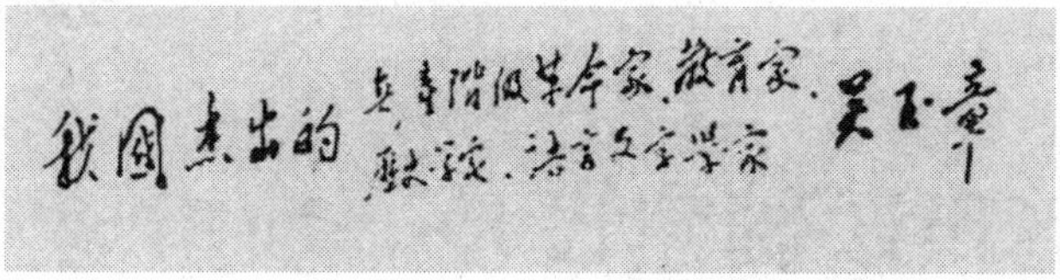

我国杰出的无产阶级革命家、教育家、历史学家、语言文字学家
吴玉章

民主和法制建设是一项重要工作

——为《中华人民共和国全国人民代表大会画册》题词

“文化大革命”结束后，痛定思痛，邓小平更加深刻地认识到民主和法制在国家治理过程中的重要作用。此后一段时间内，他多次谈到了这个问题。

1978 年 12 月 13 日，邓小平在中央工作会议闭幕时讲话指出：“当前这个时期，特别需要强调民主。因为在过去一个相当长的时间内，民主集中制没有真正实行，离开民主讲集中，民主太少。……为了保障人民民主，必须加强法制。必须使民主制度化、法律化，使这种制度和法律不因领导人的改变而改变，不因领导人的看法和注意力的改变而改变。”1979 年 3 月 30 日，邓小平在党的理论工作务虚会上讲话时说：“我们过去对民主宣传得不够，实行得不够，制度上有许多不完善，因此，继续努力发扬民主，是我们全党今后一个长时期的坚定不移的目标。”同年 6 月 15 日，邓小平在中国人民政治协商会议第五届全国委员会第二次会议上讲话时再次强调：“为了实现四个现代化，必须发扬社会主义民主和加强社会主义法制。”1980 年 1 月 16 日，邓小平在中央召集的干部会议上又对开展民主和法制建设工作中要注意的问题发表观点：“实现民主和法制，同实现四个现代化一样，不能用大跃进的做法，不能用‘大鸣大放’的做法。就是说，一定要有步骤，有领导。否则，只能助长动乱，只能妨碍四个现代化，也只能妨碍民主和法制。”由于邓小平等领导同志的重视，党的十一届三中全会之后，国家的民主和法制建设工作在一个短时期内取得了巨大发展。

然而，在实际生活中，一些人却将民主概念扩大化、绝对化。从 1986 年 12 月中下旬开始，合肥、北京等地一些高等院校的少数学生受资产阶级自由化思潮的影响，开始上街游行，表达各种不满情绪。极少数别有用心的人借机煽动，使有些地方一度出现了扰乱交通秩序和违法乱纪的情况。这个问题引起了邓小平的重视。他在不同场合反复强调中国的民主与西方国家民主的不同，以及如何用法律手段惩治阻碍社会主义建设的破坏行为的问题。在这种正确思想的指导下，经各地有关方面和学校当局的教育和疏导，游行事件到1987年初就逐渐平息了。

经这一事件的影响，1987年，新中国在民主和法制建设进程上迈开了一大步。全国人民代表大会加速制定了一些新的法律，并对现行法律适时进行了必要的修改和补充。这些法律既是在民主的基础上制定和修改，同时又以法律的形式保证了民主权利的实现。同年11月，为了系统总结新中国成立以来全国人民代表大会的发展历程，全国人民代表大会常务委员办公厅拟出版一本《中华人民共和国全国人民代表大会画册》（1949—1987）。为了充分肯定全国人大在新中国成立特别是改革开放以来在民主和法制建设工作上取得的成就，同时也是为了对他们提出更高的要求，应画册编辑组要求，邓小平于当月为画册题词：

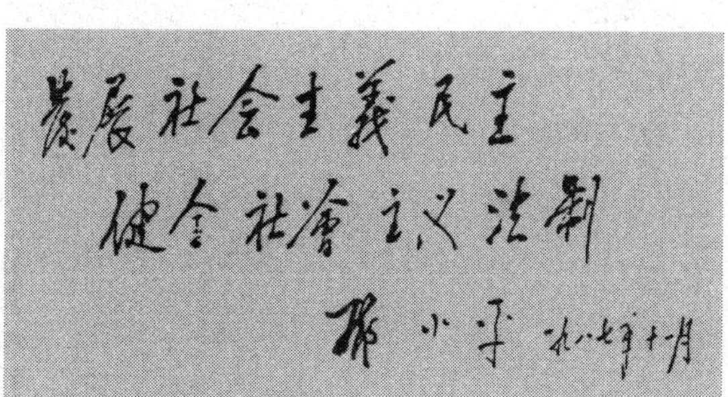

发展社会主义民主　健全社会主义法制

邓小平

一九八七年十一月

《大公报》的变迁

——为香港《大公报》复刊四十周年题词

《大公报》是目前为止在中国发行时间最长的中文报纸。那么，一份民间报纸，是如何历经社会跌宕书写一段报业传奇的呢?

《大公报》是英敛之于1902年6月17日在天津法租界创办的。英敛之在创刊号上发表《〈大公报〉序》，说明报纸取“大公”一名为“忘己之为大，无私之谓公”，办报宗旨是“开风气，牖民智，挹彼欧西学术，启我同胞聪明”。英敛之主持《大公报》10年，敢议朝政，使《大公报》成为华北地区引人注目的大型日报。进入民国后，由于形势变化，英敛之无力主持报馆局面。1916年9月，报业由原股东之一的王郅隆接管。1923年9月，王郅隆在日本关东大地震中丧生。难以为继的《大公报》于1925年11月27日宣布停刊。

1926年9月，吴鼎昌、张季鸾、胡政之合组新记公司，接办《大公报》。三人以“四不”（“不党”、“不私”、“不卖”、“不盲”）原则为办报方针。“不党”，是指“纯以公民之地位发表意见，此外无成见，无背景。凡其行为利于国者，吾人拥护之；其害国者，纠弹之”。“不卖”是指“不以言论作交易，不受一切带有政治性质之金钱补助，且不接受政治方面之入股投资”。“不私”，是指“除愿忠于报纸固有之职外，并无私图。易言之，对于报纸并无私用，愿向全国开放，使为公众喉舌”。“不盲”，是指不“随声附和”、不“评诋激烈，昧于事实”。“四不”方针体现了《大公报》新闻专业主义的追求，表现出一种客观公正的取向，使该报在10年之内成为全国一流的新闻报纸和舆论中心。

1936年4月1日，《大公报》落户上海望平街，创办上海版。津沪版同时发行，《大公报》正式成为一张名副其实的全国大报。

1937年卢沟桥事变后，天津、上海相继陷落。《大公报》力主抗战，表示“一不投降，二不受辱”。天津版、上海版分别于8月5日、12月14日停刊。此后，《大公报》同仁分赴各地办报。张季鸾率曹谷冰、王芸生等创办汉口版和重庆版；胡政之率金诚夫、徐铸成等先后创办香港版和桂林版。其间，《大公报》同仁克服重重困难，在艰难时局中不断周旋，使得大公报在规模和舆论影响力上成为业界翘楚。但由于战事频仍，《大公报》汉口版、香港版、桂林版最终相继停刊。

抗日战争胜利后，《大公报》着手停刊各版的复刊工作。1945年11月1日、12月1日，上海版和天津版相继复刊。1948年3月15日，香港版复刊。

香港版《大公报》的复刊承载了胡政之太多的心血。1948年1月，胡政之率上海部分骨干赴香港做自己的“最后开创”——筹办香港版的复刊。经过两个月的连续苦战，五次试版，终于在3月15日正式复刊。由于过度劳累，香港《大公报》复刊后1个多月胡政之病情忽然爆发，倒在香港报馆的办公桌上。后送往上海治疗仍无好转。1949年4月14日，离60周岁还差80天的胡政之病逝于上海虹桥医院，永远离开了他视之为生命的《大公报》。

新中国成立后，重庆《大公报》经过公私合营，在其基础上创办《重庆日报》，成为中共重庆市委机关报。天津《大公报》改名为《进步日报》，归天津市委宣传部领导。上海《大公报》于1953年1月1日北迁与《进步日报》合并出版全国性的《大公报》。1956年9月，合并后的《大公报》迁到北京，于10月1日出版，以财经、国际宣传为报道重点，由中央宣传部领导。“文化大革命”中，《大公报》于1966年9月10日停刊。报纸被改名为《前进报》，但也只办了103天就停刊了。

《大公报》几经播迁，一度出过天津、上海、汉口、重庆、桂林、香港、北京等7个版。但最终得以延续的，只有香港版。正因为香港版的坚持，才奠定了《大公报》百年老报的地位。新中国成立后，《大公报》在中共港澳工委的领导下，在香港继续出版发行。与《香港商报》、《文汇报》构成香港左派报纸的阵地。《大公报》以“坚持宣传正义声音”为宗旨，以立论中肯，报道翔实为特色，在国际上建立了良好声誉，被联合国推选为全球最具代表性的三份中文报纸之一。同时，它还是唯一获得美国密苏里新闻荣誉奖章的中文报纸。全亚洲获此殊荣的也只有两家（另一家是日本的《朝日新闻》）。

1988年，在香港版《大公报》在香港复刊40周年之际，邓小平、李先念、彭真、邓颖超、杨尚昆、荣毅仁、姬鹏飞、谷牧等领导同志纷纷题词祝贺。其中，邓小平的题词写于1988年1月22日。题词是：

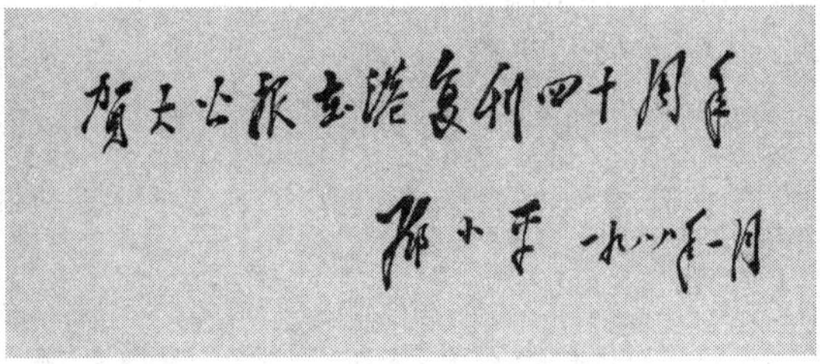

贺大公报在港复刊四十周年

邓小平

一九八八年一月

1988年3月15日，香港《大公报》发表《复刊四十周年献辞》，介绍了该报数十年来的历程和办报方针，同时刊登了邓小平等人的题词。

致伟大的国际主义战士

——为纪念路易·艾黎题词

路易·艾黎，1897 年 12 月 2 日生于新西兰坎特伯雷地区斯普林菲尔德镇。1916 年末参加新西兰远征军赴欧作战，曾两次负伤并荣获军功章。第一次世界大战结束后回国，与人合作办牧场。1927 年 4 月 21 日抱着“想看看这个神秘的国家”的心态来到中国上海。

艾黎到上海时，“四一二”反革命政变刚刚发生不久。上海当时正处在一片“白色恐怖”之中。经人介绍，艾黎在上海公共租界的工部局消防处找到了一份工作，当上了虹口救火会的一名小队长。他和同事们有些不一样，不吸烟，也不喜欢跳舞，就热衷于到小巷子里的工厂和车间去检查消防安全，而这项工作当时并没有人愿意主动去做。因为工作出色，10 个月后，艾黎被任命为消防处队长级的督察；1932 年，又被任命为上海租界公部局工业科首席工厂视察员。在中国的这段时间，艾登目睹了中国工人阶级生活之艰辛，目睹了洋人在中国领土上肆意妄为的现实。他最终决定投身到中国人民的革命事业中去。

1934 年，艾登参加了第一个国际性的马克思主义学习小组，并和中国共产党建立了联系。他利用自己外国人的身份，多次为上海地下党提供开会场所和避难地点。他还和史沫特莱、刘鼎等多方设法为红军购买医疗器械和药品。1936 年“西安事变”前夕，他冒险去太原，为中国共产党兑换红军在陕西缴获的地方钞票。全面抗战爆发后，艾黎与埃德加·斯诺和佩格·斯诺等中外友人发起“工合”运动，制定了在非敌占区建立工业合作社的计划，以此支援抗战。此后的 4 年间，艾登经常奔走于中国西北、川康、滇黔、湘桂、赣闽粤、浙皖、晋豫等抗战后方的城镇农村，组织和发展当地的工业合作社，先后建立了约2000个大小不同的合作社和作坊，生产数十种民用消费品和部分军需品，为前线培养并输送了大量技术工人。毛泽东曾两次接见他，对他为中国人民抗战做出的贡献给予了崇高评价。

由于艾登和共产党人往来密切，被国民党视为异己分子。1942年9月，国民政府解除了他的行政院技术顾问的职务。随后，艾登转向培训"工合"管理和技术干部的工作，同英国记者乔治·何克在陕西双石铺创办了培黎工艺学校。1944年，该校迁到甘肃省山丹县。1949年解放大西北时，艾黎调拨学校所有卡车，帮助运送中国人民解放军部队，为解放玉门等地做出了贡献。1953年，学校迁往兰州，改名兰州培黎石油技工学校，艾黎为名誉校长。此后，他定居北京，主要从事写作和国际和平事业工作。

为了全身心投入到中国的革命和建设事业中去，艾登终身未婚。但他却是一个有爱的人，在中国先后收养了4个孩子。他无私奉献的精神为他在中国赢得了众多的荣誉头衔：作家、诗人、社会活动家、历史学家、考古学家、教育家、"工合之父"、中新关系架桥人、英女王社会服务勋章获得者、北京市荣誉公民、甘肃省荣誉公民，等等。1977年12月2日，"文化大革命"后刚刚复出的邓小平参加了艾登80岁生日宴会，称他为"我们的老战士、老朋友、老同志"，对他的一生进行了高度的评价："为中国革命事业尽力的国际朋友有千千万万。像艾黎同志那样五十年如一日，在我们艰难困苦的时期，在我们创业的时期，在我们胜利以后，始终如一地为中国人民做了大量的工作，这是不容易的，所以他受到中国人民理所当然的尊敬。"

1987年12月27日，路易·艾黎因脑血管栓塞并发心功能衰竭在北京逝世，终年90岁。他在自传中写道："在中国我十分荣幸地被当作一名工作同志，在这里我生活得很愉快，我是一个新西兰人，但我也变成了一个中国人。"根据他的遗嘱，将他的骨灰撒在被他称之为第二故乡的山丹的土地上。

1988 年 4 月 21 日，是路易 · 艾黎来华 61 周年的日子。中国人民对外友好协会在人民大会堂隆重集会，向这位不久前病逝的伟大的国际主义战士表达不尽的思念，致以崇高的敬意。为了这次纪念活动，邓小平、李鹏、邓颖超分别为路易 · 艾黎题了词。其中，邓小平的题词写于 1988 年 3 月 22 日。题词是：

伟大的国际主义战士永垂不朽

邓小平题

2009 年，在中华人民共和国成立 60 周年之际，中央宣传部在网络上开展了一项活动：评选新中国成立前后 100 年间，对中国帮助最大、最受中国人民爱戴的 10 位国际友人。经过 5600 万名中国网民投票选举后，路易 · 艾黎的名字赫然在列。12 月 8 日，颁奖典礼在人民大会堂西大厅举行。路易 · 艾黎的侄女菲利帕专程从新西兰赶来，代表已故伯父接受了这个荣誉。在她手中的奖牌上，镌刻着一个伟大的名字——路易 · 艾黎。

《人民日报》的沧桑往事

——为《人民日报》创刊四十周年题词

《人民日报》于1948年6月15日在河北省平山县西北坡创刊，当时是中共中央华北局的机关报。1949年8月改为中共中央机关报。它是由晋察冀解放区的《晋察冀日报》和晋冀鲁豫《人民日报》合并而成的。要了解《人民日报》的创刊史，就不能不提到这两份报纸。

1937年11月7日，中国共产党在山西省五台县成立了第一个敌后抗日根据地——晋察冀军区。12月11日，根据地党的机关报《抗敌报》在阜平县城南关文娴街创刊。这是党在敌后抗日根据地创办最早的一份大区地方党报，也是人民日报报系中创办最早的报纸。晋察冀军区政治部主任舒同兼任报社主任，沙飞任副主任。1938年4月，中共晋察冀省委改为晋察冀区党委。《抗敌报》也由晋察冀军区军政委员会机关报改为晋察冀边区党委机关报，邓拓任社长。1939年1月，中共中央北方分局成立。《抗敌报》改为中共中央北方分局机关报。1940年11月7日，在晋察冀军区成立三周年之际，中共中央北方分局将《抗敌报》更名为《晋察冀日报》。1948年6月14日，由于创办华北《人民日报》的需要，这份晋察冀边区出版时间最长、影响最大、共出版发行2854期的报纸被迫终刊。邓拓在最后一期上发表了《终刊启事》，对《晋察冀日报》办报十年的历史做了一个全面总结。

晋冀鲁豫《人民日报》创刊于1946年5月15日，是中共中央晋冀鲁豫分局的机关报，报头由毛泽东题写。社址先后设在河北省邯郸市和武安县。主要发行于晋冀鲁豫根据地所辖太行、太岳、冀鲁豫、冀南等地区。

该报纸还一度兼负新华通讯社的发稿任务。1948 年 5 月 9 日，中共中央和中央军委发布《关于改变华北、中原解放区的组织、管辖境地及人选的决定》，决定合并晋冀鲁豫及晋察冀两解放区为华北解放区，合并晋冀鲁豫及晋察冀中央局为华北中央局。华北局成立后，决定将《晋察冀日报》与晋冀鲁豫《人民日报》合并，创刊华北《人民日报》作为机关报，张磐石任社长。1948 年 6 月 14 日，晋冀鲁豫《人民日报》和《晋察冀日报》一起终刊。

1948 年 6 月 15 日，华北《人民日报》在中共中央驻地平山县西北坡创刊。编辑部设在了距离西北坡东面 70 余公里一个名叫里庄的小山村里。办公地点借用在一位农户家中，印刷设备也极其简陋。

1949 年 1 月 31 日，北平和平解放。2 月 2 日，华北《人民日报》在北平创办了《人民日报》（北平版）。3 月 15 日，华北《人民日报》由河北省平山县里庄迁至北平市，进入原国民党《华北日报》社址——王府井大街西侧 117 号，与《人民日报》（北平版）合并出版，完成了从农村到城市的转移。8 月 1 日，华北《人民日报》由中共华北中央局机关报升格为中共中央机关报。胡乔木任社长，张磐石任副社长，邓拓任总编辑，安岗任副总编辑，王友唐任秘书长，郭渭任副秘书长。报社设总编室（下设 10 个编辑组和 2 个科）、秘书处、经理部、发行部和印刷厂，总编制内有人员 550 人。

《人民日报》第一期的刊号，延续华北《人民日报》的刊号，为 407 号。这就意味着今天的《人民日报》是此前报纸的延续。因此，中共中央机关报《人民日报》的创刊纪念日就被定为 1948 年 6 月 15 日。

1988 年，是《人民日报》创刊 40 周年纪念日。党和国家领导同志及老一辈革命家分别为报纸题词或写来贺信，勉励《人民日报》的工作人员发扬实事求是、开拓创新的精神，办好《人民日报》。邓小平的题词写于是年 3 月。题词是：

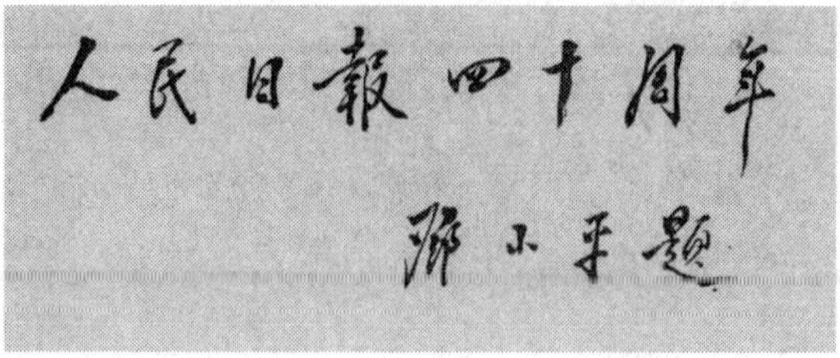

人民日报四十年

邓小平题

邓小平的题词，没有过多的评论。但就这寥寥数字，背后隐藏着《人民日报》创办以来不为大多数人知的艰辛历史。一份从乡村农家中走出来的报纸，最后在大城市立足并发展，其间的心酸也许只有这些报人才能体会。实际上，邓小平对《人民日报》的发展也是非常关心的。据不完全统计，他先后对《人民日报》的106篇社论和文章进行过批阅修改。他还四次为《人民日报》题词，这种情况在其他报纸身上是没有的。第一次是1946年5月15日晋冀鲁豫《人民日报》创刊之际，时任晋冀鲁豫中央局书记和晋冀鲁豫军区政治委员的邓小平手书“为人民服务”五个大字题赠报社；第二次是1947年5月15日晋冀鲁豫《人民日报》创刊1周年时，邓小平题词：“集中意志，集中力量全力击败蒋介石，争取民族解放和人民解放事业的最后胜利！祝贺人民日报一周年”；第三次是1985年7月1日《人民日报》海外版创刊之际，邓小平题写了“向海外朋友问好”；第四次则是在《人民日报》创刊40周年的时候。

今天，《人民日报》已经成为中国第一大报，被联合国教科文组织评为世界上最具权威性、最有影响力的十大报纸之一。

民族团结共同进步的盛会

——为全国民族团结进步表彰大会题词

中国是一个多民族国家，制定正确处理民族问题的政策，是关系到国家长治久安的一件大事。新中国成立后，中央人民政府在少数民族聚居的地区实行民族的区域自治政策，在维护祖国统一、实现民族平等、加强民族团结、促进各民族共同发展等方面取得了突出成绩。

为了总结、交流民族工作经验，商讨进一步加快少数民族发展、增强民族团结、巩固祖国统一、促进四化建设的大计，1988 年 4 月 25 日，第一次全国民族团结进步表彰大会在北京开幕。来自我国民族大家庭中 56 个成员的 502 名代表参加了大会。

4 月 29 日，大会举行闭幕式。国务院总理李鹏、全国人大常委会委员长万里、国家副主席王震、中央书记处书记阎明复出席了闭幕式。在闭幕式上，共表彰了 565 个先进集体和 601 名先进个人。他们中间，有为民族之间和民族内部的团结做出显著成绩的，有为改革、开放、勤劳致富做出表率的，有为民族地区的经济、文化、教育事业的发展做出突出贡献的，有为保卫祖国边疆、抗击外来侵略和反对分裂祖国、维护国家统一进行英勇斗争，立下功勋的。在欢快的乐曲声中，中央领导向受到表彰的部分代表颁发了奖状和荣誉证书，向他们表示祝贺，勉励他们为民族团结进步事业做出更多的贡献。

第一次全国民族团结进步表彰大会，是对我国民族团结进步事业的一次检阅，又是我国民族团结进步事业的一个新的起点。为了祝贺全国民族团结进步表彰大会的胜利召开，邓小平、杨尚昆、李鹏、李先念、陈云、彭真、邓颖超等领导同志都为大会题了词。其中，邓小平的题词是：

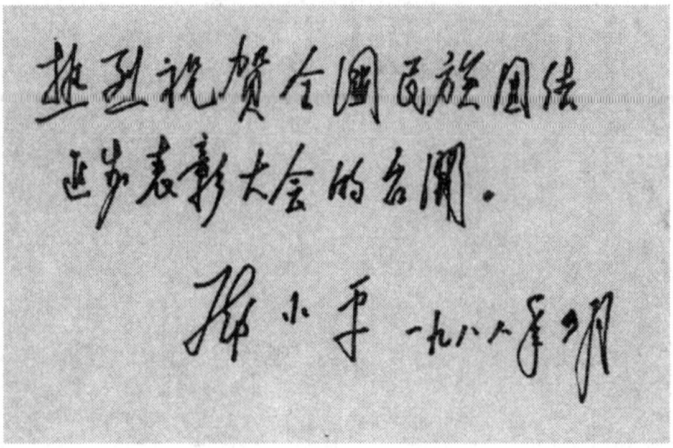

热烈祝贺全国民族团结进步表彰大会的召开。

邓小平

一九八八年四月

检验真理的唯一标准究竟是什么

——为《真理标准问题讨论纪念文集》题词

粉碎“四人帮”以后，党的领导人华国锋虽然也试图结束“文化大革命”造成的混乱，但他没有从根本上认清“文化大革命”的问题，特别是没有认清“文化大革命”和毛泽东晚年错误的关系问题。他甚至认为，由于“文化大革命”是毛主席亲自发动的，因而要给予充分肯定。1976 年 10 月 26 日，华国锋对中央宣传部门负责人明确指示：要集中力量揭批“四人帮”，连带“批邓”；避开“天安门事件”；凡是毛主席讲过的，点过头的，不要去批。

1977 年 3 月 10 日至 22 日，中共中央召开工作会议。在 14 日的讲话中，华国锋明确提出要以“两个凡是”的标准捍卫毛泽东思想、高举毛主席伟大旗帜的问题。他说：“在揭批‘四人帮’的斗争中，一定要注意，凡是毛主席作出的决策，都必须维护；凡是损害毛主席形象的言行，都必须制止。”

“两个凡是”方针的提出在党内外和全国人民中间引起了广泛讨论。赞成者有之，反对者亦有之。邓小平对此也表达了自己的看法。他对这年 4 月来看望自己的一些中央负责同志谈话时明确表示：“‘两个凡是’不行”，这“不是马克思主义，不是毛泽东思想”。他为此专门致信华国锋、叶剑英并转中共中央，提出：“我们必须世世代代地用准确的完整的毛泽东思想来指导我们全党、全军和全国人民。”邓小平的这种观点，得到了党内许多干部的拥护，成为委婉地抵制“两个凡是”的思想武器。

随着各个领域拨乱反正工作的开展，越来越多的人发现“两个凡是”在指导思想方面存在的问题。大家逐渐认识到：要彻底澄清思想混乱，纠正“文化大革命”中的错误，必须解决如何对待毛泽东的指示和决策的问题。而要解决这个问题，首先要解决判定真理的标准到底是什么的问题。在这种情况下，思想理论界不可避免地发生了实事求是与“两个凡是”两条路线的争论。

1978 年 4 月，《光明日报》编辑部准备将他们从南京大学哲学系教师胡福明处收到并几经修改的一篇文章《实践是检验真理的标准》在哲学专刊上发表。该报负责人看到文章清样后，意识到这篇文章的重大现实意义，便委托中央党校理论研究室的同志帮助做进一步修改。为了增强现实针对性，文章在修改过程中被改名为《实践是检验真理的唯一标准》。胡耀邦审阅了定稿。5 月 10 日，中央党校内部刊物《理论动态》第 60 期以首页头条位置刊出首先刊发了这篇文章。11 日，《光明日报》以“特约评论员”的名义公开发表这一文章（后来，一般将这天作为真理标准问题讨论的标志）。12 日，《人民日报》、《解放军报》全文转载。随后，全国绝大多数省、市、自治区的报纸也相继转载。

《实践是检验真理的唯一标准》这篇文章重申了实践是检验真理的唯一标准这个马克思主义认识论的基本原理。指出：“实践不仅是检验真理的标准，而且是唯一的标准。……这是因为，辩证唯物主义所说的真理是客观真理，是人的思想对于客观世界及其规律的正确反映。因此，作为检验真理的标准，就不能到主观领域内去寻找，不能到理论领域内去寻找，思想、理论自身不能成为检验自身是否符合客观实际的标准，正如在法律上原告是否属实，不能依他自己的起诉为标准一样。作为检验真理的标准，必须具有把人的思想和客观世界联系起来的特性，否则就无法检验。人的社会实践是改造客观世界的活动，是主观见之于客观的东西。实践具有把思想和客观实际联系起来的特性。因此，正是实践，也只有实践，才能够完成检验真理的任务。科学史上的无数事实，充分地说明了这个问题。”文章还强调：凡是科学的理论，都不会害怕实践的检验。马克思主义的理论宝库并不是一堆僵死不变的教条，它要在实践中不断增加新的观点、新的结论，抛弃那些不再适合新情况的个别旧观点、旧结论。现在，“四人帮”加在人们身上的精神枷锁还远没有完全粉碎，对“四人帮”设置的禁区“要敢于去触及，敢于去弄清是非”，不能拿现成的公式去限制、宰割、裁剪无限丰富的飞速发展的革命实践，应该勇于研究新的实践中提出的新问题。只有这样，才是对待马克思主义的正确态度。

《实践是检验真理的唯一标准》这篇文章从根本理论上否定了“两个凡是”的错误思想，引发了一场全国性的关于真理标准问题的大讨论。邓小平、叶剑英、李先念、陈云、胡耀邦、聂荣臻、徐向前、罗瑞卿、谭震林等一批老同志纷纷表明态度，支持这一讨论的开展。很快，真理标准问题大讨论从思想理论界扩大到党、政、军及社会各界，成为一场规模宏大、内涵丰富、影响深远的群众性大讨论。在不断深入的讨论中，“打破僵化”、“解放思想”的呼声越来越高，“两个凡是”的束缚和多年来盛行的个人崇拜开始被打破。真理标准讨论，重新确立马克思主义的思想路线、政治路线和组织路线，为即将召开的党的十一届三中全会做了舆论上和思想上的准备，成为实现党和国家历史性伟大转折的思想先导，有力地推动着各条战线的拨乱反正。

1988 年 5 月，光明日报出版社为纪念“大讨论”10 周年，决定出版一本为《真理标准问题讨论纪念文集》。文集由光明日报理论部负责选编。在编辑过程中，为增加文集的分量，光明出版社和光明日报社致信邓小平，请求为文集题词。11 日，邓小平欣然为该书题词：

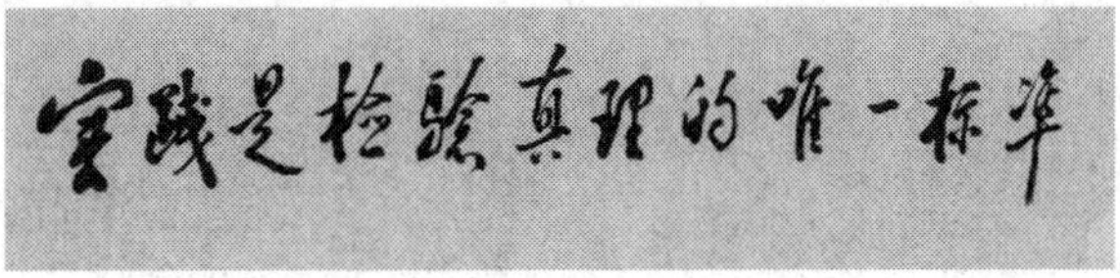

实践是检验真理的唯一标准

5 月 14 日，《光明日报》刊登了这个题词的影印件。

香港《文汇报》的新生

——为香港《文汇报》创刊四十周年题词

从中国第一份报纸发行至今，在大陆留下的一脉相承的老报纸，只有《新民晚报》和《文汇报》。在这两份老报中，《文汇报》创刊于战火纷飞的战争年代，更加显示出其生存和发展的艰辛。

1937年“七七事变”后，抗日战争全面爆发。11月，上海被日军占领，沦为“孤岛”。为了封锁舆论，日军当局要求公共租界工部局对租借内所有的中文报纸进行新闻检查。《申报》、《大公报》、《时事新报》、《民报》等报刊纷纷发表声明，拒绝这种侵犯新闻自由的行为，相继自动停刊。一时间，上海市内万马齐喑，市民几无途径获得新闻来源。

这种情况引起了严宝礼的注意。严宝礼，字问聘，1900年1月2日生于江苏省吴江县同里镇。曾就读于上海南洋公学。后任职于沪宁、沪杭甬铁路局总稽核室。与此同时，他还开办了一个交通广告公司，结交了一批新闻界朋友。他们经常聚在南京路新新公司的一个房间里交流信息，洽谈业务，成立了一个名为“新新俱乐部”的沙龙。日军侵略上海时，铁路瘫痪，严宝礼也被铁路局遣散。他看到上海市民陷于精神食粮断炊的情况，决定创办一份报纸来改变现状。这时，美商出版的中文《大美晚报》发出的一则声明给严宝礼带来启发。声明说：本新闻自由之旨，中英文双语《大美晚报》的新闻和言论概不受敌伪新闻检查。严宝礼认为，如果能为这份报纸挂上一个“洋招牌”，宣称是外国人经营的报纸，就可以借此拒绝新闻检查了。

严宝礼的想法得到了友人胡雄飞的支持。恰巧，胡雄飞认识一位名叫克明的英国人。克明曾经当过英文报纸的记者，后来又到跑马厅打工，经济状况不佳。胡雄飞许以高酬，使克明答应做《文汇报》的发行人，同时兼任总主笔。随后，根据英国公司法，严宝礼等筹组董事会，并向上海英国总领事馆立案。报社设英国董事 5 名，中国董事 5 名。英方董事都是克明找来的，中方董事是严宝礼、胡雄飞、徐耻痕、沈彬翰、方伯奋。他们都是新新俱乐部的主要成员。严宝礼担任报社经理。

1938 年 1 月 25 日，《文汇报》在上海诞生。在发刊词中，报纸明确表示："本着言论自由的最高原则，绝不受任何方面有形与无形的控制……如不幸遭受外界的阻力，余必设法排除之。"为了充实报纸编辑人员力量，严宝礼延聘《大公报》原总编辑徐铸成担任总编辑，后又陆续延聘李秋生、费彝民、朱云光、余鸿翔、徐绪昌、程玉西、王文彬等入驻《文汇报》。在不到半年的时间里，《文汇报》篇幅即从创刊时的对开一大张逐步扩展至对开四大张；发行增加到 6 万份，超过了接受日伪检查的《新闻报》，成为当时发行量最大的报纸。

《文汇报》敢于直言社会现实的做法激怒了日伪。他们甚至用扔炸弹的方法来破坏报社的正常运转。严宝礼等同仁不惧牺牲，顽强地坚守着舆论阵地。无奈之下，日伪又向租借工部局施加压力，并斥巨资收买发行人克明。1939 年 5 月 18 日，英国驻沪总领事馆发出通知，要求《文汇报》停刊两周，同时免去严宝礼总经理一职。6 月 1 日，由于克明的阻挠，报纸未能按期复刊。徐铸成等 26 名报社同仁遂发出紧急启示，声明《文汇报》坚持抗日救国之立场，决不与日伪同流合污。就这样，创刊仅一年零四个月的《文汇报》被迫停刊了。

抗日战争胜利后，《文汇报》于 1945 年 9 月 6 日正式复刊。但在国民党强大舆论压力之下，报纸在 1947 年 5 月 24 日再度停刊。随后，严宝礼、徐铸成等人辗转来到香港，继续《文汇报》的复刊工作。当时，国民党进步人士李济深、何香凝、蔡廷锴创建的国民党革命委员会，正在筹办其机关报。李济深等极希望原上海《文汇报》负责人徐铸成主持报政。双方经过商议，于是便把创办民革机关报与《文汇报》复刊计划结合起来。在双方的共同努力下，1948 年 9 月 9 日，香港文汇报正式创刊。

1949 年 5 月，上海解放。6 月 21 日，上海《文汇报》复刊。至此，《文汇报》形成了香港和上海两地共存的局面。这两家报纸虽没有任何隶属关系，但却共用一个报头，这种情况在中国报业史上实属罕见。

1988 年，恰逢香港《文汇报》创刊 40 周年之际。邓小平、李鹏、杨尚昆、李先念、田纪云等党和国家领导人相继题词祝贺。其中，邓小平的题词写于 9 月 6 日。题词是：

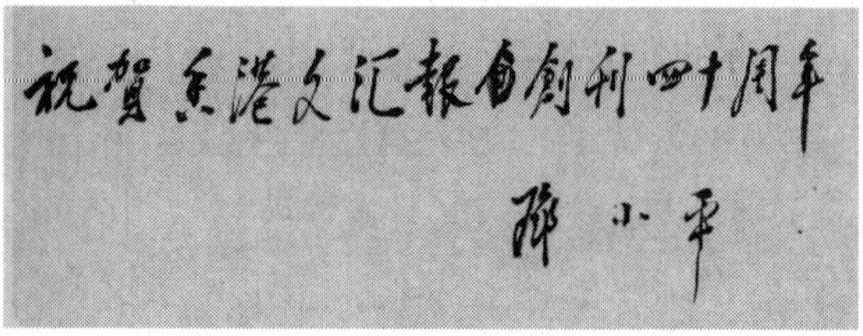

祝贺香港文汇报创刊四十周年

邓小平

对广西壮族自治区的殷切希望

——为广西壮族自治区成立三十周年题词

新中国成立后，中共中央确立民族区域自治制度为解决我国民族问题的基本政策。在内蒙古自治区、新疆维吾尔自治区和西藏自治区筹备委员会相继成立后，成立广西壮族自治区的问题就提到了议事日程。

广西，位于中国华南地区西部，南濒北部湾，面向东南亚，西南与越南毗邻。这里土地肥沃，雨量充沛，物产富饶，蕴藏铁、煤、钨、锰、金、锡、锑、铝等41种矿产。广西境内世代居住着汉、壮、瑶、苗、侗、回等12个民族。其中，壮族约占全国壮族的97%，占广西人口的37%。在国民政府统治时期，由于实行民族压迫政策，很多少数民族同胞都不敢承认自己的族属。新中国成立后，各级党委和政府在此广泛宣传民族政策，开展民族识别工作，使广大少数民族同胞终于放下思想包袱，恢复了自己本来的族属。广西西部地区许多原来自称为“汉族”或被称为“土人”、“板人”的少数民族都恢复为了“僮族”。与此同时，各级党组织还在有条件的地方建立民族自治地方、民族乡或者民族民主联合政府。这些举措，为在广西建立自治区提供了有益的经验探索。

1957年7月15日，第一届全国人民代表大会第四次会议做出《关于成立广西壮族自治区的决议》，批准周恩来总理提出的议案，撤销广西省建制，成立广西壮族自治区，以原广西省的行政区域为广西壮族自治区的行政区域。9月4日，广西省召开第一届人民代表大会第五次会议，决定成立以韦国清为主任委员，李任仁、覃应机、陈再励、莫乃群、卢绍武为副主任委员，王浩等35人为委员组成广西壮族自治区筹备委员会，着手筹备成立自治区的各项工作。会议决定，为了尽快实现广西壮族自治区的成立，应理解着手开展以下三项工作：在全省范围内进行广泛宣传成立广西壮族自治区的重大意义；选举广西壮族自治区第一届人民代表大会代表；起草《广西壮族自治区自治条例（草案）》和《广西壮族自治区人民代表大会和人民委员会组织条例（草案）》。会后，筹备委员会立即投入到紧张的工作之中。

在各方面条件相对成熟之后，1958 年 3 月 5 日至 13 日，广西壮族自治区第一届人民代表大会第一次会议在南宁隆重召开。到会的各族各界代表共 412 人，列席代表 478 人。中共中央代表贺龙副总理，张云逸大将，国家民委副主任汪锋，全国人大民委副主任委员谢扶民以及来自内蒙古自治区、新疆维吾尔自治区、西藏自治区、吉林、青海、甘肃、四川、云南、贵州、湖北、湖南、广东、北京、上海和广州军区等省、市、自治区以及军队的代表以及省内各地区各民族的代表、过去在广西参加革命斗争的老同志和广西在外地工作的著名人士出席了大会。应邀出席大会的还有越南民主共和国越北自治区各族人民代表团团长朱文晋，副团长潘文省、杨公活和全体团员以及越南民主共和国驻南宁领事馆代领事阮梅。在 3 月 5 日的开幕会上，韦国清代表主席团向大会致开幕词，宣布广西壮族自治区正式成立。3 月 13 日，大会选举韦国清为广西壮族自治区主席，贺希明、李任仁、覃应机、莫乃群、卢绍武为副主席，韦纯束等 43 人为自治区人民委员会委员。大会决议：从 1959 年起，每年 3 月 15 日为广西壮族自治区成立纪念日。从此，广西各族人民在民族区域自治的制度下走向了社会主义建设的伟大之路。

1978 年，经中共中央批准，广西壮族自治区成立纪念日改为每年的 12 月 11 日，与百色起义纪念日、广西解放纪念日共同纪念。党的十一届三中全会以后，广西各族干部群众在党中央的领导下，坚定不移地以经济建设为中心，坚持四项基本原则，坚持改革开放，使自治区的各项事业有了很大发展。各族人民的生活不断得到改善，教育、科技、文化、卫生、体育等各项事业也得到了显著的进步。平等、团结、互助的社会主义民族关系进一步巩固。

邓小平与广西有着深厚的历史渊源。1929 年和 1930 年，邓小平等同志在广西先后组织和领导了震撼全国的百色起义和龙州起义，创建了红七军、红八军和左右江革命根据地，为中国革命的胜利做出了巨大的贡献。1988 年 11 月 2 日，在广西壮族自治区成立 30 周年的前夕，邓小平欣然题词祝贺：

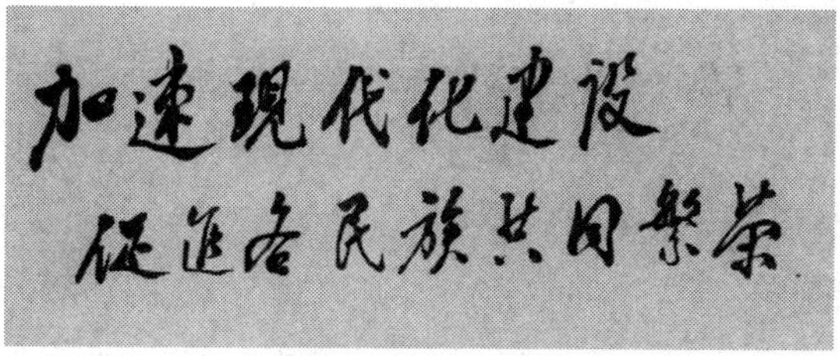

加速现代化建设 促进各民族共同繁荣

12 月 11 日，在广西南宁召开的庆祝广西壮族自治区成立 30 周年的大会上，中央代表团团长宋任穷向自治区党委、顾委、人大常委会、人民政府、政协、纪委和广西军区赠送了写有邓小平题词的锦旗。

“冲破天险绝路逢生”

——为河南焦作烈士陵园烈士纪念碑题词

河南焦作烈士陵园位于河南省焦作市市区中心西南隅，是晋冀鲁豫军区太行军区和河南省建立最早的革命烈士陵园。

1943 年 9 月初，根据军事斗争需要，晋冀鲁豫军分区司令员刘伯承、政委邓小平决策在晋东南和豫北中间地带铁路沿线开辟太行第八军分区，并组建了武装部队。随后，八分区迅速开辟了陵川、陵高、晋东等根据地，解放了冶头、八斗陵、夺火、柳树口等地。同年 12 月，成立了中共太行八地委和第八行政督察专员公署。1945 年 1 月，八分区控制了焦作以东、九里山以北的山区和平原，随后打响了“路南战役”，解放了道清铁路以南广大地区。9 月 8 日，焦作解放。10 月 28 日，太行军区根据晋冀鲁豫中央局的指示，将中共太行第八地委改为中共太行第四地委，八分区、八专署随之更名为太行第四军区、四专署，辖博爱、修武、陵川、武陟、温县、获嘉、沁阳七县和焦作市。

为了纪念在抗日战争中牺牲的烈士，经太行军区和晋冀鲁豫边区政府同意，太行四分区、四专署决定在焦作广场建立“四分区抗日烈士纪念碑”，并修建公墓。1945 年 11 月 15 日，太行四分区在焦作广场召开了晋豫人民复活纪念大会和追悼大会，同时举行了烈士陵园奠基仪式。1946 年 2 月，陵园竣工。陵园占地 25 亩，当时称太行第八军分区殉国烈士公墓，主要建筑有大门、纪念碑、纪念亭、假山、烈士墓区等。太行四分区抗日烈士纪念碑坐落在焦作广场中心，整个塔身呈五面立锥形，每面顶端各雕塑一颗五角星。纪念碑用水泥砌成，周围建有水泥柱，以铁链作护栏，高

8.5米。碑基各面镶嵌着五块长方形的黑色石碑，碑文《晋豫人民复活记》长达3000余字，由太行第四行政督察专员杜毓沄同志撰写。碑身共有5面，分别刻着刘伯承、邓小平、秦基伟、李雪峰、杨秀峰5位革命领导人的题词。晋冀鲁豫军区司令员刘伯承的题词是：“四分区抗日烈士纪念碑”；晋冀鲁豫军区政治委员邓小平的题词是：“冲破天险　绝路逢生”；晋冀鲁豫边区政府主席杨秀峰的题词是：“四专区人民复活纪念碑”；太行军区政治委员李雪峰的题词是：“英雄事业　群众作风”；太行军区司令员秦基伟的题词是：“烈士英名　万世流芳”。

1946年6月，国民党顽固派背信弃义，撕毁停战协定，发动全面内战，大举进攻解放区。9月19日，焦作被敌人占领。纪念碑也随之遭到了严重破坏：首长题词被枪打，纪念碑文被石击，四周水泥柱和铁环被毁。

1948年9月24日，焦作第二次解放后，政府立即拨出巨款征调大批民工和街道群众，重建陵园，并定名为焦作市烈士陵园。进入20世纪50年代，随着祖国建设事业的飞跃发展，城市面貌日新月异，焦作也由一个矿区城镇发展成为新兴的重工业城市，市中心迁往焦东。因此，市政府决定把老广场之纪念碑移建于工人文化宫广场（现东方红广场）。新建筑于1959年落成，并改名为“纪念塔”，首长题词和碑文仍保持原貌。“文化大革命”爆发后，邓小平等人受到了批判。为了保存碑上的题词，焦作市委负责人想出了一个办法：把纪念碑从头到脚包装一下。为此，他们加高了塔身，扩宽了塔基。碑的五面全部选用“人民英雄永垂不朽”字样，由北京人民英雄纪念碑上的“人民英雄永垂不朽”字样按比例缩小而成。碑身颜色为浅棕色，由白水泥加颜料按一定比例调和。塔基座五面都镶嵌着长方形石碑，无碑文，塔基有9个台阶的水磨石环形道，边沿有栏杆，高大华丽的10束50盏白玉兰灯绕塔含苞欲放。原碑上首长的题词和碑文包藏在塔内。

党的十一届三中全会后，焦作市委、市政府决定按原纪念碑的题词、碑文的布局，拨专款建焦作烈士陵园烈士纪念碑。但当时邓小平等同志的题词手迹已经因战乱下落不明。因此，1989 年，在黄镇同志来焦期间，通过他请健在的邓小平、李雪峰、秦基伟三位老前辈按原内容重新书写了题词。刘伯承和杨秀峰的题词按原文从所遗手稿中选字组成。7 月 14 日，邓小平再次为纪念碑题词：

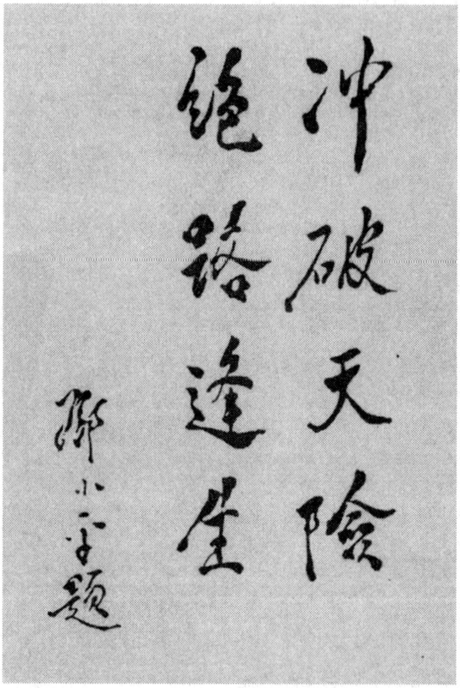

冲破天险　绝路逢生

邓小平题

1993 年 4 月 5 日，焦作烈士陵园烈士纪念碑在市烈士陵园落成。碑高 19.45 米，寓意 1945 年焦作迎来第一次解放。碑的周围有 8 根柱子，代表了“太行第八军分区”。整个纪念碑由灰色天然花岗岩贴面，气势恢宏，巍峨壮观。碑体上镌刻的邓小平的题词即采用 1989 年 7 月 14 日的题词。

中国少年儿童组织的发展变迁

——为纪念中国少年先锋队建队四十周年题词

中国共产党自成立之日起，就十分重视儿童组织的建设。在中国革命的不同历史时期，就有着不同名称的革命儿童组织。

中国共产党建立和领导的第一个少年儿童革命组织名叫劳动童子团，于1922年建立在湖南、江西边界的安源矿区。此后，党组织又先后在武汉、上海、广州、天津、唐山等大城市建立起少年儿童革命组织。在1927年至1936年土地革命战争时期，党在各苏区根据地以劳动童子团为基础建立了共产儿童团，由共青团领导。1930年12月，共青团通过决议，确定儿童运动的性质是“共产主义儿童运动”，它的任务是以共产主义精神教育儿童。决议规定儿童组织统一称为“共产儿童团”，以红领带为标志，口号是“准备着，时时刻刻准备着!”这个口号的意义是：现在要打倒帝国主义、国民党反动派；打倒地主、资本家；拥护苏维埃、拥护红军；将来要创造共产主义的世界，要时时刻刻准备着。儿童团的礼节是行举手礼，五指并拢，高举过头，表示全世界五大洲的无产阶级的利益，高于个人的利益。共青团从中央到地方各级团部，都设立儿童局，领导儿童工作。此后，苏区儿童普遍参加了共产儿童团。他们在抗日战争和解放战争积极参加革命斗争，贡献了自己的力量，有的甚至献出了宝贵的生命。

1949年元旦，中国共产党中央委员会发布了关于建立中国新民主主义青年团的决议。决议对青年团提出了四项工作任务，其中之一就是“领导少年与儿童工作”。4月，青年团召开第一次全国代表大会，决定建立全国统一的少年儿童组织——中国少年儿童队。10月13日，团中央公布了

《关于建立少年儿童队的决议》和中国少年儿童队章程草案。决议指出："中国少年儿童队是在中国新民主主义青年团领导下的少年儿童组织，吸收9岁到15岁的少年儿童参加。这个组织是在学习和各种集体活动中，团结和教育少年儿童，培养他们成为爱祖国、爱人民、爱劳动、爱科学和爱护公共财物的新中国的优秀儿女。"从此，一个全国统一的中国少年儿童组织诞生了。这一天，就成为中国少年先锋队的建队纪念日。

1953年6月，青年团第二次全国代表大会关于修改团章的报告中指出："为了更确切地反映少年儿童队的性质任务和适应儿童们的愿望，有必要将队的名称改为'中国少年先锋队'。"与会代表大会一致通过这个宝贵。随后，"中国少年儿童队"改名为"中国少年先锋队"。1954年6月1日，中国少年先锋队队章正式公布。

"文化大革命"期间，少先队组织的名字被"红小兵"所取代。

粉碎"四人帮"后，共青团于1978年10月16日至26日召开第十次全国代表大会，宣布了党中央关于恢复我国少年儿童组织中国少年先锋队名称和重建中国少年先锋队的决定。会议提出了新时期少先队工作的任务是：坚持德、智、体、美全面发展的方针，贯彻"五爱"教育，把全体少年儿童组织起来，把少先队工作活跃起来，为把少年儿童培养成为献身人民，热爱科学，具有民主精神和健壮体魄的新一代，为造就一支朝气蓬勃的四化建设预备队而奋斗。随后召开的共青团十届一中全会通过了新修改的少先队章程，确定了《我们是共产主义接班人》为队歌。以此，中国少先队进入了发展史上的一个崭新阶段。

1989年10月13日，是中国少年先锋队建队40周年纪念日。10月10日，邓小平给全国少先队组织题词：

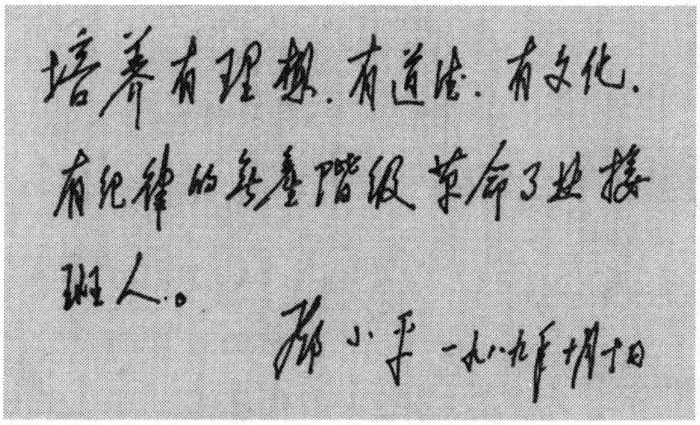

培养有理想、有道德、有文化、有纪律的无产阶级革命事业接班人。

邓小平

一九八九年十月十日

独当一面开展军事斗争

——为百色起义、龙州起义六十周年题词

百色起义、龙州起义是土地革命战争时期继南昌起义、秋收起义和广州起义之后，中国共产党领导发动的两次影响较大的武装起义。

邓小平是这两次起义主要领导者和组织者。

1929年春，桂系军阀李宗仁在蒋桂战争中失败。7月初，素与李宗仁有矛盾的新桂系左派将领俞作柏、李明瑞在蒋介石的支持下主政广西。为了巩固在广西的统治，俞作柏、李明瑞希望中国共产党方面能派出干部来广西军政部门工作，共同抵制蒋桂军阀势力。考虑到邓小平曾在国民军联军冯玉祥部工作过，有一定统战工作和武装工作经验，8月底，中共中央决定选派他以中共中央代表的身份全面领导广西党组织的工作。邓小平到达广西后，化名邓斌，公开身份是国民党广西省政府秘书。在他的努力下，广西在大革命失败两年多后出现了中共和国民党左派人士密切合作的局面，中共广西党组织也得到了一定程度的恢复。

9月下旬，俞作柏、李明瑞错误地估计了形势，决定与国民党军阀张发奎联合出兵广东，公开反蒋。邓小平极力反对这种做法，认为在目前这种形势下举兵必定失败。但俞作柏、李明瑞并未采纳邓小平的意见。10月13日，在俞作柏、李明瑞反蒋失败的紧急关头，邓小平果断决定由我党掌握的三支革命武装——广西警备第四、第五大队和教导总队在南宁举行兵变，然后移师由韦拔群、黄治峰等领导的有近十年农民运动基础的左右江，实行工农武装割据。10月20日，邓小平、张云逸率部到达右江恩隆县城。10月22日，进驻桂西重镇百色城。在这里，邓小平召开了军委和

右江特委会议，决定加紧发动起义。

12 月 11 日，由邓小平、张云逸、李明瑞、陈豪人、韦拔群、雷经天等领导的百色起义成功举行，中国工农红军第七军宣告成立。邓小平是中央代表（后任军政委兼军前委书记），张云逸任军长，陈豪人任军政治部主任和前委书记。全军辖 3 个纵队 4000 多人，李谦、胡斌、韦拔群任纵队长，沈静斋、袁任远、李朴任纵队政治部主任。军部设在百色粤东会馆，前委和政治部设在清风楼。以此同时，成立了右江苏维埃政府和百色县临时苏维埃政府。百色起义的胜利，标志着右江革命进入了新的阶段。

就在百色起义准备工作紧张进行的同时，龙州起义的准备工作也在积极谋划之中。这时，中共中央已经来电命邓小平去上海汇报工作。邓小平在百色布置完工作后，又带领余惠、袁任远等一批党员干部前往龙州，部署龙州起义的准备工作。12 月初，邓小平从这里出发，绕道越南、香港前往上海。

1930 年 2 月 1 日，龙州起义举行。中共左江军委在龙州县城召开 1 万多人参加的工农兵群众大会，宣告中国共产党的政治主张，宣布成立中国红军第八军和左江革命委员会。俞作豫任军长，何世昌任政治部主任，宛旦平任参谋长，李明瑞任红七军、红八军总指挥。红八军由广西警备第五大队和左江工农武装组成，下辖两个纵队。随后，左江地区的上金、凭祥、龙茗、养利、崇善等县相继建立革命委员会。未建立革命政权的县也成为红八军和左江革命委员会的活动范围。龙州起义有力地策应了右江地区的革命斗争，并使左右江地区革命根据地连成一片。至此，广西红军发展到 7000 人，红色区域扩展到 20 多个县，拥有 100 多万人口，成为当时全国较大的革命根据地之一。不久，根据中共中央军委命令，邓小平兼任红八军政治委员。

百色起义和龙州起义的革命风暴，沉重地打击了国民党反动派黑暗统治，极大地鼓舞了南部边疆各族人民的革命斗争，使桂系军阀大为惊恐。敌人以四个团的兵力袭击龙州。红八军由于内部尚不巩固，在敌众我寡的情况下，尽管进行了英勇抵抗，但最终不得不放弃了龙州。后来，红八军剩下的一部分，辗转进入右江地区，编入了红七军。9 月，红七军离开右江根据地。随后，红七军转战桂、湘、粤、赣四省，英勇地粉碎了敌人的围追堵截，战胜了难以想象的各种困难，于 1931 年 7 月到达兴国县桥头镇与中央红军会合，实现了“汇合朱毛红军”的殷切愿望。从此，红七军成为中央红军的一部分，在毛主席、朱总司令直接指挥下，转战南北。

领导百色和龙州起义是邓小平独当一面开展军事工作的开始，因此，他对这两次起义的印象非常深刻。1989 年 12 月 6 日，在百色起义和龙州起义 60 周年纪念前夕，邓小平欣然题词：

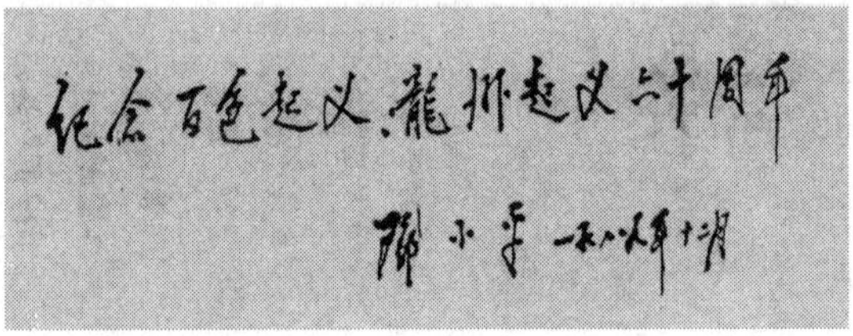

纪念百色起义、龙州起义六十周年

邓小平

一九八九年十二月

“绿化祖国，造福万代”

——为全民义务植树活动十周年题词

在中国近代史上，最早倡导植树造林的是革命先行者孙中山先生。

1893 年，孙中山在《上李鸿章书》中提出“急兴农学，讲求树畜”，以强国家。1915 年，孙中山提议以每年的清明为我国的植树节。同年 7 月 21 日，北洋政府正式下令，以每年清明节为植树节，指定地点，选择树种，全国各级政府，机关，学校如期参加，举行植树节典礼并从事植树。自此，我国有了植树节。

1925 年 3 月 12 日，孙中山先生逝世。为了纪念他，1928 年 3 月 1 日，国民党中央执行委员会通过决议，决定在总理逝世纪念日各地举行植树活动，以提倡植树造林。3 月 2 日，国民党中央通电各省政府：“本党秉承遗志，努力为革命的建设，当此海宇将清，国基大定，益切追念国父之诚……每岁三月十二日，全国各地一致举行植树典礼，以为全国造中山林之提倡，务期蔚成大观，昭布无极。”此后，轰轰烈烈的植树仪式与造林运动在全国广泛开展。

新中国成立后，毛泽东、邓小平等领导同志对植树活动非常重视。1956 年，毛泽东发出了“绿化祖国”、“实现大地园林化”的号召，吹响了中国“12 年绿化运动”的号角。运动的目标是“在 12 年内，基本上消灭荒地荒山，在一切宅旁、村旁、路旁、水旁，以及荒地荒山上，即在一切可能的地方，均要按规格种起树来，实行绿化”。邓小平每次外出考察，也经常谈到植树造林问题。1965 年，他视察贵州时强调要通过种树发展多种经营，改善百姓生活。他说：“贵州要遍地开花搞林场，沿铁路、水路造林。山多，稍为整一下，收入不知有多少。单是种树，就不知有多大收入。林子太少，要大造林。”1966 年，他视察西北时有对西北局的负责同志说：“水土保持，黄土高原种树，要搞一百年才行啊。”“一棵柳树就是一个小水库。你们要栽树，树栽多了，将来气候就变化了。”从 1958 年到 1983 年，邓小平先后五次视察大庆时，每次都不厌其烦地叮嘱当地干部要“多栽些树”、“多种树”。

1979 年，在邓小平提议下，第五届全国人大常委会第六次会议决定，每年 3 月 12 日为我国的植树节。

新中国成立后，仍以每年 3 月 12 日为植树节，但一直未以法律的形式确定下来。1981 年夏，四川、陕西遭受了特大水灾，给人民群众的生命和财产安全造成了重大损失。这场水灾引起了邓小平的深刻思考。同年 9 月，他找来时任国务院副总理兼国家农委主任的万里，向他谈了自己的想法：“是否可以规定每人每年都要种几棵树，比如种三棵或五棵树，要包种包活，多种者受奖，无故不履行此项义务者受罚。可否提出个文件，由全国人民代表大会通过，或者由人大常委会通过，使它成为法律，及时施行。”

1981 年 10 月 19 日和 11 月 9 日，中央书记处连续两次召开会议讨论邓小平提出的意见。会议最终决定，由国务院向全国人大常委会提交决议(草案)。12 月 13 日，五届全国人大四次会议审议通过了《关于展开全民义务植树运动的决议》，在法律上为每个适龄公民规定了每年植树三至五株的义务。随后，国务院制定了实施办法，规定：“凡中华人民共和国公民，男 11 岁至 60 岁，女 11 岁至 55 岁，除丧失劳动能力者外，均应承担义务植树任务。”有了法律上的约束和具体的操作细则后，全国性的义务职务活动逐渐开展起来。

邓小平不仅是义务植树的倡导者，还是此项运动的积极实践者。1982 年 3 月 12 日，在全民义务植树运动的决议实施的第一年，已近 80 岁高龄的邓小平虽然并不属于法律规定的植树人群年龄范围，但他还是带领家人一起到北京西山脚下种下了一棵又一棵树。之后，每年的植树节，都能见到邓小平的身影。1983 年、1984 年在十三陵水库；1985 年、1986 年、1987 年在天坛；1988 年在景山；1989 年在亚运村。邓小平一次又一次身体力行，栽下了不知多少棵树。

1991 年，是全民义务植树 10 周年。10 年来，参加义务植树的人数达到 20 亿人次，累计植树 110 亿株，城市人均绿地增加了 60%。大范围的植树造林运动不仅改善了环境，还产生了巨大的经济效益。3 月 4 日，邓小平为此题词纪念：

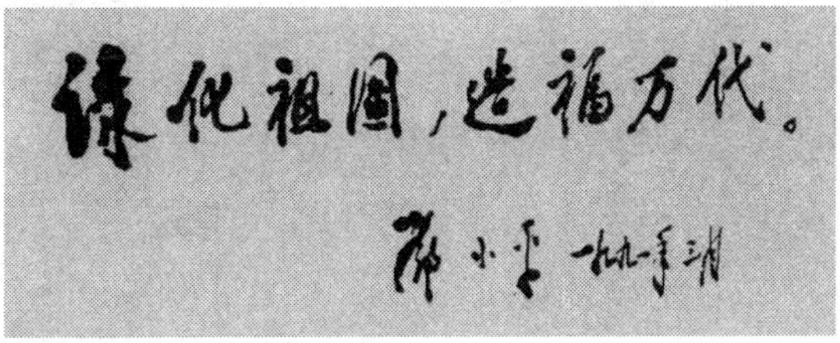

绿化祖国，造福万代。

邓小平

一九九一年三月

“八六三”计划的出台

——为全国“八六三”计划工作会议题词

20世纪80年代以来，科学技术迅猛发展，对人类生活产生了重大影响。为了在国际竞争中赢得先机，许多国家都把发展高技术列为国家发展战略的重要组成部分，投入了大量人力和财力。

1983年，美国提出了建立以天空为基地实施全导弹拦截的综合防御体系战略计划。因为这个计划与美国科幻电影《星球大战》非常相似，所以人们形象地称其为“星球大战计划”。“星球大战计划”的实质既是军备发展计划，又是高新技术发展计划。它的出笼，立刻在全世界引起惊涛骇浪。随后，苏联及东欧集团制定了《科技进步综合纲领》、印度发表了《新技术政策声明》、西欧18国提出了“尤里卡计划”，日本制定了“今后十年振兴科学技术政策大纲”……

面对全球性的高科技时代的来临，中国科学界产生了意见分歧。一种观点认为，中国应该把握住机会，努力在高科技领域有所建树，所需经费可以从其他地方节省出来；另一种观点认为，中国目前尚不具备发展高科技的经济实力，可以先搞短期见效的项目。等赚够了钱，有了经济实力，就可以直接购买外国的研发成果了。

到了1986年，争论仍在继续。著名光学家王大珩和著名电子学家陈芳允对此忧心如焚。同年2月的一天，陈芳允再次为此事拜访王大珩。两位“两弹一星”元老经过反复商讨，最后决定给最高领导人写信，陈述中国发展高新技术的迫切原因。两人的想法得到了著名核物理专家王淦昌和著名航天专家杨嘉墀的赞同。四人决定，由王大珩起草一份发展中国高技术研究的建议书，经过修改后，共同署名呈报中央。

建议书的起草和修改历经近一个月。在这份《关于跟踪研究外国战略性高技术发展的建议》中，共提出了六个重点问题：其一，高科技问题事关国际上的国力竞争，中国对此不能置之不理；其二，在关系到国力的高技术方面，首先要争取一个“有”字，有与没有，大不一样。真正的高科技是花钱买不来的；其三，鉴于中国的经济情况，从事该技术的规划与范围，无法与工业发达的国家相比。因为，必须“突出重点，有限目标”，强调储备与带动性；其四，积极跟踪国际先进水平，要在能进入所涉及领域的国际俱乐部里，占有一席之地；其五，发现现有高技术骨干的作用，通过实践，培养人才，为下一个世纪的发展做好准备；其六时不我待，要有紧迫感，发展高技术是需要实践的，抓晚了就等于甘居落后，难于再起。

定稿后，四位科学家郑重地签上了自己的名字：王大珩、王淦昌、杨嘉墀、陈芳允。

随后，王大珩又给邓小平等中央领导同志写了一封内容简短的信。信中说：“我们四位科学院学部委员关心美国‘战略防御倡议’即星球大战计划，对世界各国引起的反应和采取的对策，认为我国也应采取适当的对策，为此，提出了‘关于跟踪研究外国战略性高技术发展的建议’。现经我们签名呈上，敬恳察阅裁夺。我们四人的现任职务分别是：王淦昌为核工业部科技委副主任；陈芳允为国防科工委科技委专职委员；杨嘉墀为航天部空间技术院科技委副主任；王大珩为科学院技术科学部主任。”

3 月 3 日，王大珩把这份建议书和信托付给时任技术科学部副主任的张宏，请他转呈邓小平。

改革开放以后，邓小平曾到国外考察过，深知中国在科技方面同西方发达资本主义国家的差距。他对建议书中提到的高科技规划兴奋不已，3 月 5 日，他在这份建议书上写下了这样一段话：“这个建议十分重要，找些专家和有关负责同志讨论，提出意见，以凭决策。此事宜速作决断，不可拖延。”

邓小平做出批示后，国务院迅速会同有关部门，组织了几百名专家，进行了周密的调查论证。在此基础上，制定了《国家高技术研究发展纲要》。

1986 年 11 月 18 日，国务院正式发出了关于《国家高技术研究发展纲要》的通知。纲要根据王大珩等人的建议，坚持采取制定有限项目实行重点突破的方针，重点选择那些对国力具有重要影响的战略性项目，强调项目的预研先导性、储备性和带动性。纲要还按照邓小平的指示，实行军民结合、以民为主的原则。纲要确定了生物技术、航天技术、信息技术、激光技术、自动化技术、能源技术、材料技术等七个重点研究领域。

由于四位科学家写信的时间和邓小平批示的时间都是 1986 年 3 月，因此，这个《国家高技术研究发展纲要》又被简称为“863 计划”。就这样，在四位科学家极力推动、在邓小平亲自批示、在相关部门共同论证之下，一项国家高技术发展计划就这样诞生了。

1991 年，是“863 计划”实施 5 周年。5 年来，共取得了 400 多项科技成果。其中 50 多项达到国际 20 世纪 80 年代中后期水平，有不少项目已进入中间试验阶段。通过这个计划的实施，我国已组织了一支阵容整齐的精干的国家高技术研究队伍。4 月 22 日至 25 日，国家科委在北京召开全国“863”计划工作会议，总结“七五”期间“863”计划从批准、起步到全面实施所取得的重要进展和成功经验，审议“八五”期间“863”计划的战略设想和具体措施，表彰和奖励为我国高技术研究发展做出突出贡献的先进集体和个人。

4 月 23 日，邓小平欣然为大会题词：

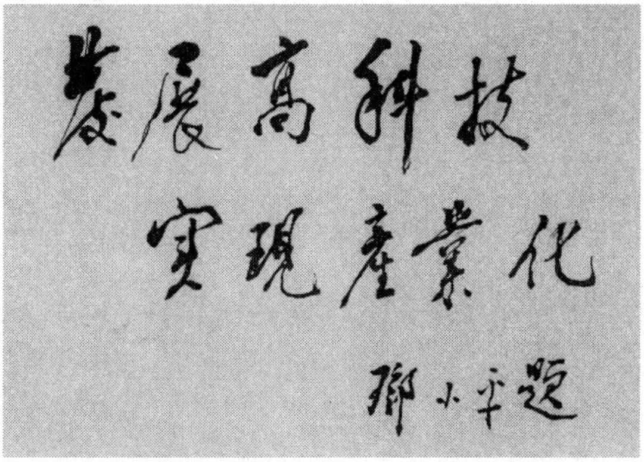

发展高科技　实现产业化

邓小平题

图书在版编目（CIP）数据

邓小平题词背后的故事/曾珺著．—北京：时事出版社，2016. 1
ISBN 978-7-80232-903-4

Ⅰ．①邓…　Ⅱ．①曾…　Ⅲ．①传记文学—作品集—中国—当代
Ⅳ．①I25

中国版本图书馆 CIP 数据核字（2015）第 253032 号

出 版 发 行：时事出版社
地　　　址：北京市海淀区万寿寺甲 2 号
邮　　　编：100081
发 行 热 线：（010）88547590　88547591
读者服务部：（010）88547595
传　　　真：（010）88547592
电 子 邮 箱：shishichubanshe@ sina. com
网　　　址：www. shishishe. com
印　　　刷：北京市昌平百善印刷厂

开本：787×1092　1/16　印张：19. 75　字数：297 千字
2016 年 1 月第 1 版　2016 年 1 月第 1 次印刷
定价：60. 00 元
（如有印装质量问题，请与本社发行部联系调换）